Über dieses Buch

Als Anne Pipers witziger Liebesroman ›Jack und Jenny‹ vor fünfundzwanzig Jahren zum ersten Mal auf Deutsch erschien, sorgte er für einige Aufregung. Tiefernst und dackelfaltig befanden etliche Leser, die sich dazu in Zeitungszuschriften äußerten, dies Buch sei doch zu frivol geraten. Eine Rezensentin für das Bibliotheksfachblatt ›Bücherei und Bildung‹ konstatierte bündig: »Das Buch kommt für unsere Bücherei nicht in Frage.« Tatsächlich treibt es Titelheldin Jenny ziemlich bunt, bevor sie am guten Ende in den Armen ihres Herzbuben Jack landet. Auf dem Weg dorthin verbraucht sie drei Ehemänner und einige Liebhaber und ist auch sonst kein Kind von Traurigkeit. Die Autorin erzählt die Hindernis-Geschichte von der ehemaligen Warenhausverkäuferin, die sich vom naiven Vorstadtmädchen zur bezaubernd verruchten Erotikerin mausert, und dem Schwerenöter Jack, der allmählich vom brotlosen Bohemien zum gefragten Societymaler aufsteigt, in bester angelsächsischer Tradition: mit understatement und britischem Humor. Die sauertöpfischen Einwände gegen dies Buch hat inzwischen die Zeit erledigt. Geblieben ist das schiere Lesevergnügen – ein Unterhaltungsroman, der diesen Namen verdient.

Die Autorin

Die in den fünfziger Jahren sehr populäre britische Autorin Anne Piper stammt vom Land, arbeitete während des Weltkrieges als Kurier in Burma und beim Informationsministerium in Indien. Außer ›Jack und Jenny‹ (Originaltitel ›Early to Bed‹, 1951) veröffentlichte sie die Romane ›Cuckoo‹ (1952), ›Love on the Make‹ (1953) und ›Green for Love‹ (1954). Sie lebt heute als TV-Autorin zurückgezogen in der Grafschaft Oxfordshire.

Anne Piper

Jack und Jenny

Roman

Aus dem Englischen von
Wolfgang Hildesheimer

Fischer Taschenbuch Verlag

Titel der Originalausgabe: Early to Bed
Erschienen im Verlag Putnam & Co., Ltd., London

Für P. Proteus

Fischer Taschenbuch Verlag
August 1980
Ungekürzte Ausgabe
Umschlagentwurf: Jan Buchholz/Reni Hinsch
Fischer Taschenbuch Verlag GmbH, Frankfurt am Main
Lizenzausgabe mit freundlicher Genehmigung des
Wolfgang Krüger Verlags GmbH, Frankfurt am Main

Gesamtherstellung: Hanseatische Druckanstalt GmbH, Hamburg
Printed in Germany
680-ISBN-3-596-22470-5

1. KAPITEL

Jack

Die meisten von ihnen habe ich dann schließlich geheiratet. Heute empfinde ich es als sonderbar, wenn ich bedenke, wie die ganze Geschichte begann. Ich war ein solch braves kleines Ding, als meine Eltern im Jahre 1930 starben, und ich begreife gar nicht mehr, wie ich jemals den Mut aufbrachte, mich allein in der Innenstadt von London niederzulassen, anstatt bei meiner Tante May draußen in Putney zu wohnen. Hätte ich es getan, so wäre ich noch dort: als Juniorpartnerin in diesem winzigen Jungfernhaushalt, wo es acht Uhren gibt, die den ganzen Tag ticken, bimmeln oder schlagen.

Ich war in einem dieser riesigen Warenhäuser in der Oxford-Street angestellt. Jeden Morgen ging ich zu Fuß über den Rathbone-Place zur Arbeit; immer grau oder schwarz gekleidet, mit einem großen weißen Kragen; sehr prüde im Aussehen. Anfangs stellte es natürlich Trauerkleidung dar; aber dann behielt ich es bei: ich sähe so tüchtig darin aus, dachte ich, daß ich vielleicht gar zur Einkäuferin aufsteigen könne. Ich wohnte ganz in der Nähe des Warenhauses und brauchte mich in der Frühe nicht zu beeilen; ich konnte noch aufräumen und ein paar Einkäufe erledigen. Ich war sehr stolz auf meine Wohnung, die aus einem Zimmer und einer anschließenden Spülküche bestand. Diese enthielt einen Kocher und einen Ausguß mit Wasserhahn.

Eines Morgens im Frühling betrat ein junger Mann das Warenhaus. Er trug einen Packen Zeichnungen unter dem Arm. Er war groß, etwas zu mager, und besaß ein Paar sündiger brauner Augen. Ich war damals in der Kurzwarenabteilung, ganz nahe der Eingangstür. Er kam geradewegs auf mich zu und sah mich fest an.

»Guten Morgen, mein blondes Kind«, sagte er; eine Art der Anrede, die mir nicht zusagte. Ich bewahrte eisige Haltung.

»Haben Sie einen Wunsch, mein Herr?« fragte ich und rasselte mit den Sicherheitsnadeln, als hätte ich wirklich keinen Augenblick Zeit.

»Ja. Sagen Sie mir bitte, wo ich diese Zeichnungen loswerden kann. Gibt es hier eine Reklame-Abteilung?«

Ich gab ihm Auskunft. Er salutierte und zog ab. Eine halbe Stunde später war er wieder da.

»Abgeschmiert«, sagte er vergnügt. »Wie wär's, wenn wir beide meinen dritten Fehlschlag dieser Woche bei einem Abendessen feierten?«

Er stützte seine Ellbogen auf einen Haufen von Sockenhaltern und grinste mich an. Ich sah den Aufseher kommen und sagte böse: »Du lieber Gott, seien Sie doch nicht so kindisch!«

»Das fasse ich als eine Zusage auf und werde am hinteren Eingang auf Sie warten, wenn Ihr Laden schließt.« Damit richtete er sich wieder auf und war fort durch eine Drehtür, bevor ich ein Wort sagen konnte.

Mein Gott, war ich aufgeregt! Noch nie war ich mit einem jungen Mann ausgegangen! Auch war ich nicht sicher, ob es überhaupt schicklich sei: schließlich waren wir uns nur so über den Ladentisch begegnet. Ich wußte nicht, an wen ich mich wenden sollte; mit keinem der anderen Mädchen war ich richtig befreundet, und Tante May zu fragen, hätte wenig Zweck gehabt. Sie hätte ganz gewiß nein gesagt. Natürlich entschied ich mich dafür. Es waren diese Augen, denen ich nicht widerstehen konnte. Den ganzen Tag mußte ich an sie denken.

Er stand vor der Tür, als ich hinaustrat. Die neidischen Blicke der anderen Mädchen taten mir wohl, als er auf mich zukam und sich bei mir einhakte, als seien wir seit Jahren befreundet.

»Ich muß sagen, Sie sind ziemlich frech«, bemerkte ich, als wir gerade an Frascatis Restaurant vorbeikamen.

»Ich wollte, ich könnte Sie dahin einladen«, sagte er; das war eigentlich keine rechte Antwort.

»Ehrlich gesagt«, fuhr er fort, »ich wollte, ich könnte Sie überhaupt irgendwohin einladen. Tatsächlich war ich, als ich mich mit Ihnen für heute abend verabredete, der festen Überzeugung, daß ich noch einen ganzen Pfundschein zu Hause hätte, aber leider mußte ich feststellen, daß ich mich getäuscht hatte.« Ich löste meinen Arm aus dem seinen, und da standen wir nun und sahen einander an.

»Warum haben Sie mich denn dann abgeholt?« fragte ich.

»Na, ich wollte doch nicht, daß Sie dächten, ich hätte Sie vergessen. Ich wollte es Ihnen erklären, Sie sollten doch nicht zu schlecht von mir denken.«

Ich mußte ihn dauernd ansehen – er hatte so ein hübsches, lustiges Gesicht.

»Wie heißen Sie denn überhaupt?« fragte ich.

»Jack. Und Sie?«

»Jenny. – Aber was werden Sie denn nun heute abend essen?«

»Wahrscheinlich ein Brötchen und eine Tasse Tee irgendwo.«

Ich stand da und überlegte. Die Leute stießen uns dauernd an, manchmal drängelten sie sich zwischen uns hindurch, aber wir blieben stehen, als seien wir allein auf der Welt. Nach einer Weile sagte ich: »Wenn Sie mit mir kommen möchten – ein Brötchen und eine Tasse Tee können Sie auch bei mir haben. Ich wohne hier gleich um die Ecke.«

Bis heute weiß ich nicht, ob er es nicht schon die ganze Zeit darauf angelegt hatte. Jedenfalls zeigte er sich über mein Angebot sehr erfreut.

»Sie sind ein gutes Kind«, sagte er, »und ich verspreche Ihnen, ich werde Sie zu einem erstklassigen Abendessen einladen, sobald ich wieder ein paar Zeichnungen verkauft habe.«

Meine Wohnung war im dritten Stock, und das Treppenhaus war sehr schmutzig und roch nach Katzen. Beim Hinaufgehen zog Jack ein paarmal die Luft durch die Nase ein und sagte:

»Das ist aber eine seltsame Behausung für ein hübsches Mädchen, das ganz alleinsteht.«

Im Zimmer sah er sich dann neugierig überall um, betrachtete meinen dunkelroten Teppich, die gelben Vorhänge und den einzigen Armsessel. Ich hatte nämlich ein paar Möbel aus dem Haus meiner Eltern übernommen und den Rest verkauft. Er versuchte es zunächst mit dem Sessel, setzte sich aber dann aufs Bett.

»Nehmen Sie doch den Hut ab«, sagte er, »es ist ein Jammer, solch wunderbares Mondscheinhaar zu verstecken.«

Es läßt sich nicht leugnen: Künstler sagen wirklich nette Dinge. Es war das erste Mal, daß irgend jemand mich hübsch genannt hatte, von der Erwähnung meines Haares ganz zu schweigen.

Ich ging in die Spülküche, um den Bestand an Resten zu prüfen. Da war noch ein Laib Brot und etwas Käse und ein Ei. Ich kochte es hart und halbierte es.

Als ich zurückkam, stand Jack am Fenster und zeichnete. Er hatte die eigenartigen Farbtöne der Hauswände gegenüber im schwindenden Abendlicht mit ein paar farbigen Kreiden festgehalten.

»Das gefällt mir«, sagte ich. »Wirklich sehr hübsch.«

»Sie haben noch eine Menge zu lernen, Jenny. Mädchen sind hübsch, aber Bilder niemals – jedenfalls nicht meine Bilder oder die, die mich interessieren.«

»Was haben Sie denn heute im Warenhaus bei sich gehabt?« Er warf mir seine Mappe herüber, und ich besah mir die Zeichnungen: meist Skizzen von Frauen in verschiedenen Aufmachungen und Stellungen. Mir schienen sie gut zu sein – womit ich meine, daß man erkennen konnte, daß es Frauen und daß die Kleider elegant waren.

»Warum wollten die sie denn nicht haben?« fragte ich.

»Ach, irgend jemand wird sie schon nehmen. Euer Laden hat einen festangestellten Zeichner. Ich mache das Zeug ja ohnehin nur, um die Miete bezahlen zu können. Eigentlich bin ich richtiger Maler.«

Wir setzten uns zu unserer Mahlzeit nieder: Brot, Käse, halbe Eier und Tee. Ich stellte den Tisch so, daß Jack auf dem Bett sitzen bleiben konnte, und setzte mich ihm gegenüber auf den einzigen Stuhl.

»Sie sind ein seltsames Mädchen«, sagte er, den Mund voll Ei.

»Warum?« fragte ich.

»Na ja, wie Sie hier so brav und anständig mitten in Soho wohnen, ganz gewiß unberührt wie frisch gefallener Schnee – und solch einen Draufgänger wie mich zum Abendessen mitnehmen.«

»Warum nicht?«

»Sie haben recht: warum nicht? Nur daß Mädchen wie Sie das nicht sehr oft tun, es sei denn, sie sind eben doch nicht so wie Sie. – Mein Gott, haben Sie aber ein schönes Gesicht, sogar beim Essen. Es ist wirklich kaum zu glauben.« Er stützte seine Ellbogen auf den Tisch und starrte mich unverwandt an, bis ich mich beinahe verschluckte und mein Gesicht zu glühen begann. »Nicht ganz Botticelli, vielleicht. Doch wohl mehr Memling, außer, daß Sie kein Junge sind. Aber Sie sollten Ihr Haar kurz tragen. Es ist irgendwie zu glatt gestriegelt, so hinter den Ohren aufgesteckt. Es muß kurz und gerade fallen, sagen wir, wie ein Bellini-Knabe. Lassen Sie es doch mal herunter!«

»Jetzt gleich?« fragte ich, noch ganz warm und rot. Er nickte bloß, und ich löste mein Haar; es fiel nach allen Seiten herab, wie es eben zu jener Zeit so war.

»Doch Botticelli: Primavera«, sagte er versunken; »so; jetzt dürfen Sie sich auf keinen Fall rühren«, und schon kramte er seinen Bleistift hervor und begann darauf loszuzeichnen. Das war ja alles ganz gut und schön, aber ich hatte Hunger, und nun durfte ich mich erstmal eine halbe Stunde lang nicht bewegen. Trotzdem: ich muß sagen, es wurde eine sehr gute Zeichnung. Ich habe sie noch heute. Sie dürfte etwa hundert Pfund wert sein. Jedenfalls war dies das erste Mal, daß mir bewußt wurde, daß ich schön war.

Ich war natürlich sehr überrascht. Meine Eltern hatten mir niemals dergleichen gesagt; sie waren sehr streng mit mir gewesen, als ich Kind war, und die Mädchen auf der Schule sprachen niemals über solche Dinge, und, wie ich schon sagte, Jack war der erste Mann, mit dem ich irgend etwas zu tun hatte. Nun wußte ich es also: ich war zwanzig Jahre alt, eine Waise, und ein gutaussehender Mann fand mich schön. Ich aß weiter, als sei nichts geschehen, aber in mir prickelte es wie Champagner.

»Durch Sie werde ich mein Glück machen«, sagte Jack, »solange ich Sie habe, werde ich Sie zeichnen und malen, von hinten und von vorn, von oben und unten, angezogen und ausgezogen.«

»Nie!« rief ich entrüstet; »eine solche Unverschämtheit!«

»Also gut. Nicht ausgezogen; aber alles andere.« Währenddessen zeichnete er ruhig vor sich hin, und nach ein paar Minuten warf er mir das Blatt herüber. Er hatte mein Bett genau abgezeichnet, mit den vier hölzernen Pfosten, meine Steppdecke, und mein Bild vom »Licht der Welt« darüber, und auf der Steppdecke lag ein Mädchen, die Arme hinter dem Kopf verschränkt. Es war splitterfasernackt und hatte *mein* Gesicht! Ich war wütend.

»Gehen Sie!« rief ich, »und kommen Sie niemals wieder. Es tut mir leid, daß ich Sie überhaupt mitgenommen habe. Ich bin nicht so ein Mädchen!« Und dann brach ich in Tränen aus, weil ich so aufgeregt war und überhaupt ganz durchgedreht, und Jack war so völlig anders als irgend jemand, den ich jemals gekannt hatte, und ich war es doch noch nicht gewöhnt, schön zu sein. Aber er hob mich einfach auf, setzte sich auf den Sessel und mich auf seine Knie und streichelte ganz sanft mein Haar.

»Arme kleine Jenny. Es tut mir wirklich leid. Wirklich, ich bin ein ganz gemeiner Hund. Ich werde nur ganz anständige Bilder von dir malen, ja? Das verspreche ich dir.« Und dann küßte er mich auf die Stirn und gab mir sein Taschentuch, das mir allerdings mehr wie ein Mallappen vorkam, aber mir war schon alles gleichgültig, und ich lag nur in seinen Armen, starrte in das Gasfeuer und fragte mich, ob ich das wirklich sei, und dachte, was für ein schöner Platz es doch in den Armen eines Mannes sei. Und um zehn Uhr stand er auf, legte mich auf das Bett und ging.

Das also war der Anfang. Von nun an trafen wir uns drei- bis viermal in der Woche; aber ich wußte niemals vorher, wann er am hinteren Ausgang auf mich warten würde. Manchmal gingen wir zu mir, manchmal zu ihm in die Mornington-Straße. Wenn wir zu ihm gingen, malte er mich in Öl auf große Leinwandstücke, und wenn wir zu mir gingen, machte er entweder Bleistiftskizzen oder Kohlezeichnungen. Während er arbeitete, unterhielt er sich mit mir, daher war es für mich auch nicht so langweilig, wie es sonst vielleicht gewesen wäre. Damals war er noch auf der Akademie, und abends erzählte er mir gewöhnlich, was er tagsüber gelernt hatte, oder sprach über Malerei und Maler. Er war schon ziemlich alt für einen Kunststudenten, aber er hatte sich erst spät dazu entschlossen, als er schon auf der Universität war. Seit Monaten hatte er mich nicht mehr geküßt, und ich machte mir schon Gedanken darüber; aber dafür füllte sich mein Zimmer mit Bildern von mir, die mir bewiesen, daß ich von allen Seiten hübsch war, und ich dachte mir, jedenfalls sieht er mich gern an, sonst würde er es nicht immer wieder tun. Ich ließ mir das Haar nach seinen Angaben schneiden und trug es nun kurz und gerade, was den anderen Mädchen sehr neuartig vorkam. So ging es den ganzen Sommer hindurch, und an Sonntagen besuchten wir schöne Gegenden, wir gingen nach Richmond oder Kew oder themseabwärts nach Greenwich. Er schleppte mich auch durch alle Londoner Bildergalerien, und ich erwärmte mich so für die Malerei, daß ich bereits im September einen Rubens von einem Rembrandt unterscheiden konnte.

Und eines Tages sagte er, er würde verreisen.

»Lange?« fragte ich.

»Oh, etwa einen Monat. Ein Freund, den ich von Cambridge her kenne, hat mir angeboten, mit ihm nach Südfrankreich zu fahren. Er ist der Sohn eines Lords und hat mehr Geld, als er allein ausgeben kann. Er bezahlt alles für mich, bloß um das Vergnügen meiner Gegenwart zu haben.«

London war schrecklich leer ohne ihn. Mir war noch nicht ganz klar, wie ich den Monat überleben würde. Ich war schon so an seine Gesellschaft gewöhnt. Ich hatte mich mit niemand anders angefreundet, hatte ja gar keine Zeit dazu gehabt.

Zunächst veranstaltete ich ein großes Frühlings-Reinemachen in meiner Wohnung und stopfte meine sämtlichen Strümpfe; aber auch dann war erst eine einzige Woche vergangen. Am Sonntag fuhr ich also hinaus nach Putney, um Tante May zu besuchen.

»Ach, mein liebes Kind, das ist aber nett«, sagte sie; »es ist ja schon eine Ewigkeit her, seit wir uns gesehen haben. Aber du siehst sehr müde aus. Du solltest öfters über das Wochenende herauskommen; die frische Luft, weißt du. – Meinst du nicht, daß die Arbeit im Warenhaus vielleicht doch zu anstrengend für dich ist? Du bist ja niemals sehr robust gewesen, und wenn man so zart ist, soll man nicht all diese schweren Sachen tragen.«

Ich bahnte mir den Weg zwischen drei Tischen von verschiedener Größe hindurch und setzte mich auf den kleinen harten

Strickstuhl vor dem Kamingitter.

»Ich brauche ja gar nichts hochzuheben, Tante May. Ich bin im Augenblick bei den Strumpfwaren, und Strümpfe sind ziemlich leicht.« Tante May nahm die Teehaube, an der sie gerade strickte, zur Hand und schielte mich durch ihre doppelt geschliffenen Brillengläser an.

»Weißt du, Jenny, du hast es doch eigentlich nicht nötig zu arbeiten. Wenn du deine kleine Erbschaft zu meiner tust, können wir es in diesem Haus hier sehr gemütlich haben und vielleicht sogar vormittags eine Hilfe für die grobe Arbeit nehmen. – Na ja, ich weiß schon: Mädchen sind ja nicht zu halten, heutzutage.«

Sie bewirtete mich mit einer wunderbaren, reichhaltigen Teemahlzeit, einschließlich selbstgebackener Schokoladentorte. Nach dem Tee hielt ich ihr eine Menge Wolle zum Abwickeln.

»Schade, daß du nicht öfters hier bist, mein Kind. Stühle sind so unbequem zum Abwickeln.«

Und natürlich gingen die ganze Zeit diese Uhren los. Keine von ihnen ging richtig, außer höchstens die in der Küche, die gewöhnlich nur zehn Minuten vorging. Ich gab vor, ich hätte eine Verabredung zum Abendessen, und ging schnell weg, um einem hysterischen Anfall vorzubeugen.

Irgendwie schleppte ich mich auch durch die nächsten drei Wochen; und schließlich kam der Abend, an dem Jack beim Hintereingang auf mich warten wollte; und er war nicht da. Und da wurde es mir zum ersten Mal bewußt, daß ich ihn liebte. Ich hatte mein Haar gewaschen, hatte eine neue rote Bluse angezogen und eine große Fleischpastete vorbereitet, die nur in den Backofen geschoben zu werden brauchte, und nun war er nicht da. Ich wartete eine Weile, aber es war kalt geworden, Anfang Oktober, und ich besaß keinen richtigen Wintermantel, und schließlich ging ich nach Hause und drehte den Gasofen an. Auch den Backofen stellte ich an, weil die Pastete ja schließlich doch gegessen werden mußte, und dann legte ich mich aufs Bett und heulte bitterlich und so lange, bis mein Gesicht ganz geschwollen war. Ich schluchzte immer noch ab und zu, und das Haar klebte mir im Gesicht, und meine Nase war so rot wie meine Bluse, als es an der Tür klopfte, und da stand Jack. Ich sank einfach in seine Arme, und er küßte mich, als wollte er niemals aufhören, und wir redeten beide dummes Zeug und hörten kaum zu, was der andere sagte. Sein Zug hatte sich verspätet; er war geradewegs vom Bahnhof zu mir gekommen. Die Mittelmeersonne hatte sein Gesicht gebräunt, sein Haar gebleicht, und seine Augen waren brauner als je zuvor.

Ich konnte den Blick nicht von ihm abwenden, und plötzlich wurde mir bewußt, wie ich selbst wohl aussehen mochte, und ich verbarg mein Gesicht an seiner Schulter, und alles, was er sagte, war: »Liebste, sag mir, daß du meinetwegen geweint hast«, und ich stammelte: »Natürlich hab' ich das; ich liebe dich doch so«, da hörte er überhaupt nicht mehr auf mit dem Küssen.

Nach einer Weile fiel mir dann die Pastete ein, und wir aßen sie; wir saßen dabei auf dem Bett und hielten uns an den Händen, und er erzählte mir von Südfrankreich und sagte, wir müßten nächstes Jahr zusammen dorthin fahren, und wie anders Südfrankreich sei als die ihm bekannte Landschaft um Paris herum, und wie der Honourable Edward, den er begleitet habe, immer nur die verkehrten Plätze besuchen wollte und die meiste Zeit im Casino gewesen sei.

Und als wir mit dem Essen fertig waren, erschien es uns als das Bequemste, uns auf das Bett zu legen, und wenn man zusammen auf einem schmalen Bett liegt, ist es am besten, daß einer den Arm um den anderen legt, damit der andere nicht hinunterfällt; und dann erzählte mir Jack, wie er mich jeden Tag aufs neue vermißt hätte und wie mein aschblondes Haar zu den roten Felsen und dem blauen Meer gepaßt hätte, und noch viele andere angenehme Dinge mehr. Maler können einen so wundervoll überzeugen, daß man etwas ganz Besonderes und Interessantes ist. Keiner der Nachfolger hat meinem Selbstbewußtsein so wohlgetan wie Jack. Natürlich kam dann auch die Sache, daß ich ein Teil von ihm sei, und daß seine Arbeit ohne mich nichts wert wäre, und natürlich wäre es mein Verdienst, wenn er eines Tages berühmt würde, und daß wir uns in jeder Beziehung ergänzten – außer in einer, und sollte man das nicht auch einmal versuchen? Natürlich gebrauchte er schönere Worte; so schön, daß ich im Laufe des Abends immer überzeugter davon wurde, daß unser großes Verlangen nach einander mindestens ebenso schlimm sei, wie der Sache abzuhelfen, und als er dann schließlich damit herauskam, er werde die ganze Nacht bei mir bleiben, war ich eigentlich nicht weiter überrascht, und böse schon gar nicht. Ich erinnere mich noch, wie ich dachte, daß ich auf der ganzen Welt nur vor mir selbst die Verantwortung trüge und daß die ganze Welt ohne Jack sowieso nichts wert wäre.

So machte ich mich dann ans Ausziehen, und gerade als ich in mein weißes Flanellnachthemd schlüpfen wollte, bat er mich stillzuhalten; er sagte: »Einen Moment, Liebste!« und begann, mich zu zeichnen, wie ich da auf der Kaminmatte stand, mein

Nachthemd in der Hand, der Unterrock zu Füßen gerutscht, ich selbst ins Gasfeuer starrend. Und auch dabei dachte ich mir nichts mehr. Wenn man einmal seine Kleider ausgezogen hat, dann scheint die Nacktheit die natürlichste Sache von der Welt zu sein. Zwar rösteten mir die Waden langsam, aber immerhin gelang es mir doch, meine nachdenkliche Unschuldsmiene beizubehalten. Wenn ich mich nicht täusche, ist diese Pose inzwischen nach Holland gewandert; oder vielmehr das große Ölbild, das er danach malte.

Und dann trug er mich ins Bett, und das war das. Ich kann nicht behaupten, daß ich es jemals bereut hätte.

Am nächsten Morgen ging ich zur Arbeit, wie immer in Schwarz, mit einem sauberen weißen Kragen, trug brav mein Mittagbrot bei mir, und niemand ahnte, daß ein ein Meter fünfundachtzig großer Mann in meinem Bett schlief, eingewickelt in meine sämtlichen Bettücher wie eine Schmetterlingspuppe. Das wurde übrigens später die Ursache einiger Erbitterung: daß er immer alle Bettücher und Decken an sich riß. Er war auch sonst entsetzlich unordentlich. In der darauffolgenden Woche zog er mit all seinen Staffeleien und Leinwandrahmen und Pinseln bei mir ein; meine Wohnung lag näher an der Akademie. Und wenn ich abends nach Hause kam, fand ich das ganze Zimmer mit Zeichnungen bedeckt, Farbe klebte an den schön polierten Tischen, Zigaretten waren an den Zierpflanzen ausgedrückt, die natürlich prompt eingingen. Jack zahlte zwar die Miete, aber das wog das Chaos nicht auf, das er verursachte. Er brachte auch Freunde mit nach Hause – natürlich alles Maler, alle dürsteten sie nach Tee, waren hungrig und erwarteten irgendeine Mahlzeit, so daß ich manchmal froh war, ruhig in der Küche sitzen und stopfen zu können. Dauernd wusch ich Jacks Socken. Bevor er zu mir gezogen war, hatte er sie seiner Mutter geschickt, aber nun tat ich das alles. Ich möchte wissen, was seine Mutter wohl dachte, als die Sockenzufuhr plötzlich abbrach. Manchmal sagten die Maler dann: »Los, Jenny, wir brauchen dich!«, und dann mußte ich eine ewige Zeit in einer entsetzlich unbequemen Pose mit verdrehtem Kopf dasitzen. Nach einer Weile machte es mir auch nichts mehr aus, für die anderen nackt Modell zu stehen oder dazuliegen wie die Venus von Tizian. Einmal brachte einer von ihnen eine kleine schwarze Katze mit, und wir schliefen nebeneinander ein und wachten den ganzen Abend nicht mehr auf; die kleine Katze, warm und satt von einem großen Teller Milch, kitzelte meine bloßen Schenkel. Ich war Jacks feste Freundin, das war jedem klar, und keiner der anderen belästigte mich. Sie redeten eine Menge über Leute, den Namen ich damals noch nicht kannte, Brancusi, Leger, Bonnard. Aber für die unerquicklichen, langweiligen, anstrengenden Abende wurde ich dann in den Nächten belohnt, wenn die anderen fort und wir beide allein waren. Ich muß sagen, er war ein wunderbarer Liebhaber. Sanft und schonend zu Anfang, später jedoch sehr belehrend.

Das Leben im Warenhaus erschien mir mit jedem Tag unwirklicher. Oft dachte ich bei mir: was für ein gottloses Frauenzimmer bist du geworden! – aber ich kam mir nicht verändert vor, höchstens besser; damit meine ich umgänglicher und fröhlicher. Ich hatte jetzt jemanden, der mich ausfüllte, und für den ich sorgen durfte. Und unversehens war wieder ein Jahr vorbei, und Jack fuhr wieder nach Frankreich – mit dem Honourable Edward. Leider hatten wir nicht genug Geld zusammenbekommen, daß ich hätte mitfahren können. Und so fuhr ich mit Tante May für vierzehn Tage nach Eastbourne ans Meer. Es regnete fast jeden Tag, und Tante May litt an Rheumatismus. Jack sandte mir eine von diesen gräßlichen »Ach-wärest-Du-doch-hier«-Ansichtskarten aus Cannes, und ich war viel zu neidisch, um mich zu freuen, als er mit seiner neuerworbenen Sonnenbräune wieder zurückkehrte.

Einige Wochen später traf er sich wieder mit dem Honourable Edward, und sie verabredeten, daß wir – Edward, seine Schwester, Jack und ich – zusammen ausgehen sollten. Jack hatte Edward nichts von mir erzählt, außer, daß ich eine Bekannte von ihm sei; daher stellte ich meine Existenz etwas interessanter dar: ich wäre in einem Verlag tätig. Bevor wir weggingen, half mir Jack höchst sorgsam beim Anziehen; ich trug ein neues schwarzes Taftkleid, das ich aus Resten aus meinem Warenhaus zusammengeschneidert hatte. Denn das Abendessen sollte im »Ritz« stattfinden.

Als wir dort ankamen, versuchte ich, nicht allzu neugierig zu erscheinen, um mich nicht zu sehr zu blamieren. Deshalb redete ich auch sehr wenig. Später gingen wir ins Theater, und ich wurde Edward zugeteilt, oder jedenfalls, Edward sorgte dafür, daß er neben mich zu sitzen kam, und dann unterhielt er sich die ganze Zeit mit mir. Ja, wirklich sah er mich die ganze Zeit so an, als traue er seinen Augen nicht recht. Es war eigentlich etwas peinlich. Ich flüsterte Jack zu: »Habe ich irgend etwas an der Nase?« und er fragte: »Warum?« und ich sagte: »Weil dein Freund mich die ganze Zeit so anstarrt«, und er sagte: »Wahrscheinlich gefällst du ihm«, und dann wandte er sich wieder der Honourable Delia zu, die übrigens auch nicht von Pappe war. Auch Edward sah nicht gerade übel aus, wenn auch mehr in der Art eines Gardeoffiziers. Er hatte eine Stellung bei der indischen Regierung.

Nach diesem Abend ging ich öfters mit Edward aus. Und wenn ich sage, wir gingen aus, so ist das anders zu verstehen als eine Portion Spaghetti in Soho oder eine Tasse Kaffee beim »Alten Bill«. Wir gingen ins »Ritz«, ins »Savoy«, ins »Claridge«, und in all die neuen Revuen. Er ging mit mir tanzen, was Jack niemals getan hatte, und wir fuhren in seinem Bentley. Ich fand das alles wunderbar, außer meinen Kleidersorgen natürlich, aber glücklicherweise ließ Edward seinen Blick niemals tiefer streifen als bis zu meinem Hals.

Nach so einem Abend im »Ritz« erschien mir mein Zimmer besonders erbärmlich. Ich erlaubte Edward niemals, mich bis zur Haustür zu begleiten. Er ließ mich an der Straßenecke aussteigen, und die letzten zwanzig Meter ging ich zu Fuß. Mit dem Aroma von anderer Leute Zigarren und »Nuits de Paris« noch in meiner Nase, war der Katzengeruch im Treppenhaus immer wieder ein neuer Schock. Dann trat ich ein, und da lagen Jack und drei oder vier andere über den Fußboden verstreut. Und der Abfalleimer in der Spülküche war bis zum Rande voll, und das unaufgewaschene Geschirr des ganzen Tages im Ausguß aufgetürmt, und Jack rief: »Ah, da bist du ja, Jenny!« so nebenher, als sei ich die Reinmachefrau, die ich ja eigentlich auch mehr oder weniger war. Ich band mir die Schürze über das Taftkleid, setzte Wasser auf und begann mit dem Spülen, und keiner dachte auch nur daran, mir seine Hilfe anzubieten; sie redeten so lange über diesen verdammten Brancusi, bis ich sie alle hätte ohrfeigen können. Und dann immer wieder die Misere mit den Bettüchern. Anfangs hatte es mir nichts ausgemacht; ich zerrte sie immer zurück, oder im Sommer verließ ich das Bett und schlief auf dem Fußboden weiter. Aber im Winter ist es auf dem Fußboden nicht so recht gemütlich, und schließlich wurde ich wütend auf Jack, wie er so in seiner ganzen Länge diagonal lag und das ganze Bett beschlagnahmte. Edwards Heiratsantrag erfolgte am Silvesterabend. Es ging alles sehr formell vor sich. Es war bei einem privaten Fest, und wir saßen draußen in der Halle unter einer riesigen Zimmerpalme. Die scharfkantigen Palmblätter hingen zwischen uns herab und machten die Angelegenheit etwas schwierig für ihn; schließlich hatte der gute Junge mich ja noch niemals geküßt. Er ergriff meine Hand mit ungestümer Leidenschaft, aber da ich lange schwarze Handschuhe trug, war auch das nicht ganz das richtige.

»Liebe, geliebte Jenny«, sagte er, »ich kann es nicht mehr länger geheimhalten. Wollen Sie meine Frau werden? Sie sind so unnahbar und schön, und es ist gefährlich für ein so schönes und unschuldiges Mädchen wie Sie, allein zu sein. Ich möchte Ihr Beschützer sein!«

Ich muß gestehen, ich war ziemlich erstaunt, nicht so sehr wegen der Unschuld – denn wie sollte der Gute anders über mich denken? –, sondern vielmehr über den Antrag selbst. Ich glaube, ich habe noch nichts über Edwards Eltern und Familie gesagt. Es war genau so, wie man es sich so vorstellte: der große Landsitz, die große Stadtwohnung, die tyrannische Mama, der gutartige verbindlich-zurückgezogene Vater, der Titel und das Geld, das an den Bäumen wächst. Das war es jedenfalls, was ich den Erzählungen Edwards entnommen hatte. Natürlich war er in Eton erzogen und im Trinity-College, Cambridge, und es war unwahrscheinlich, daß er jemals darüber hinauswachsen würde. Gewiß, er war nur der zweite Sohn, daher nicht der Erbe des Titels, aber auch so, dachte ich, würde seine Mutter der Tochter eines Oberfeldwebels und einer französischen Gouvernante nicht gerade um den Hals fallen, wenn auch beide tot waren. Nicht etwa, daß ich Edward über meine Herkunft aufgeklärt hätte. Ich glaube, er hatte die Angelegenheit mehr oder weniger so verstanden, daß mein Vater Arzt gewesen sei, was ja noch als verhältnismäßig respektabel galt. Jack hatte bei der Veredelung meiner Aussprache Wunder gewirkt, und das übrige mochte meiner französischen Mutter in die Schuhe geschoben werden. Jedenfalls, ich gab ihm nicht die Chance, sein Angebot zurückzunehmen.

»Liebster Edward«, so sagte ich, »Ihr Antrag ehrt mich sehr. Ich überlasse es Ihnen, den Hochzeitstag zu bestimmen.« Er fragte mich, was ich denn über den vierzehnten Februar dächte, da er gern heiraten möchte, bevor er nach Indien ginge. Das sei auch der Grund, warum alles etwas schnell gegangen sei, und ich sagte, das Datum gefalle mir außerordentlich, denn zufällig sei es mein Geburtstag, und dann zog Edward einen Ring hervor, mit einem Brillanten von der Größe eines Kieselsteines, und nun gelang es uns schließlich doch, meine Hand aus dem Handschuh hervorzuziehen und den Ring an den Ringfinger zu stecken. Dann sagte Edward, ich solle doch meine Arbeit im Verlag aufgeben und den letzten Monat bei seiner Mutter verbringen und von dort aus heiraten; sie könne für meine Aussteuer sorgen. Da ich nicht annahm, daß Jack für meine Aussteuer sorgen oder die Rolle des Brautvaters übernehmen würde, erklärte ich mich mit diesem Plan einverstanden, und nun war es inzwischen zwei Uhr morgens geworden und Zeit, nach Hause zu gehen.

Edward gab mir einen ziemlich schüchternen Gutenachtkuß, und ich kehrte heim zu Jack.

Er saß allein in seinem Pyjama vor dem Gasofen und hatte seinen Wintermantel übergezogen. Im Ofen brannte kein Feuer, und er zitterte vor Kälte.

»Gott sei Dank, Liebling, da bist du ja. Ich hoffe, du hast einen Shilling für das Gas. Hast wenigstens du anständig gegessen? – Erzähl' mir aber um Gottes willen nicht das Menü. Du hast mir nur eine Tasse voll kalter Makkaroni mit Käse dagelassen. Übrigens wünsche ich dir ein frohes neues Jahr.«

Ich warf einen Shilling in den Gasautomaten und setzte mich auf den Fußboden neben seinen Sessel. Automatisch begann Jack, mein Haar zu streicheln.

»Ich wünsche dir auch ein frohes neues Jahr. Übrigens hat Edward mir einen Heiratsantrag gemacht«, sagte ich und starrte ins Feuer. Seine Hand auf meinem Kopf hörte mit dem Streicheln auf.

»Und was hast du geantwortet?«

»Angenommen, natürlich. Niemand hat mir bisher einen Heiratsantrag gemacht, und ich kann es mir nicht leisten, einen Antrag aus diesen Kreisen abzulehnen.« Mit Absicht sagte ich es ganz leicht hin, wenn auch etwas bitter.

»Ach, Liebste«, sagte er hilflos, und mein Herz drohte zu zerspringen. Aber ich wußte auch, daß es so nicht weitergehen konnte.

»Was für ein gerissenes kleines Frauenzimmer du doch bist!« Sein Ton wurde etwas härter. »Baut sich sein Nest, während noch die Sonne scheint. Na ja, hier wird ohnehin nicht viel zu holen sein – und außerdem werde ich wohl eine Grippe bekommen.«

Und so war es. Ich gab meine Stellung im Warenhaus auf, erzählte Edward, ich müsse vierzehn Tage verreisen, um eine alte Cousine zu besuchen, und blieb zu Hause, um Jack zu pflegen. Die erste Woche ging es ihm wirklich ziemlich schlecht, und ich mußte, in eine Decke gewickelt, auf dem Fußboden schlafen. Als es ihm besser ging, zeichnete er mich den ganzen Tag lang.

»Unsere Zeit ist knapp bemessen«, sagte er, im Bett aufgerichtet, umgeben von Farbtuben, und obgleich ich zu packen hatte, mußte ich zwei endlose Stunden mit einem blauen Krug auf dem Tisch sitzen. Als alles vorbei und die Wohnung gereinigt war, ließ ich ihn an seine Schwester in Gloucestershire schreiben, er sei krank, und sie möchte ihn zu sich nehmen. Und am Tage ihrer Ankunft ging ich zum Bahnhof Paddington, wo ich mich mit Edward verabredet hatte. Ich tat, als ob ich soeben von meiner Cousine zurückkehrte. Von jetzt an, dachte ich, werde ich ein ehrliches, anständiges Leben führen, sonst wird alles viel zu kompliziert; und außerdem werde ich niemals mehr jemanden lieben. Es tut zu weh! Ich fuhr zu meinen zukünftigen Schwiegereltern, mit meiner ganzen Habe in einem einzigen Koffer, auf dessen Boden ich zwei Zeichnungen von Jack versteckt hatte.

2. KAPITEL

Edward

Edwards Mutter bewahrte Fassung. Wir kamen gerade zurecht zum Tee: Die Familie saß in der großen Halle herum und aß Toast mit Butter: George, der Älteste – noch größer als Edward und noch mehr Typ Gardeoffizier –, Delia und Rosemary und Rosemarys Mann, Monty, und – am nettesten von der ganzen Gesellschaft – die kleine Betsy. Sie war damals erst sechzehn und noch nicht offiziell in die Gesellschaft eingeführt, aber sie hatte jedenfalls wesentlich mehr Phantasie als alle anderen zusammen. Ich hielt mich an Betsy, und glücklicherweise schien auch ich ihr zu gefallen; das war meine Rettung, denn ich muß sagen, die Begrüßung der anderen war nicht gerade ermutigend. Edward hatte seiner Mutter erzählt, meine Eltern seien tot, und ich sei halbfranzösischer Abkunft, und nun glaubte sie selbstverständlich, ich hätte es auf das Vermögen abgesehen. Aber da Edward so fest entschlossen war, mich zu heiraten, machte sie gute Miene zum bösen Spiel und verbrachte fast einen Monat damit, mich für mein Debut in der großen Welt vorzubereiten.

Kaum hatte ich mich in Chipworth niedergelassen und mich von der peinlichen Tatsache erholt, daß die Dienstmädchen meine Unterwäsche begutachteten, und kaum war mir klargeworden, daß, falls ich die Zeit bis zum vierzehnten Februar überleben sollte, ich mir unbedingt ein Paar dicke Bettschuhe kaufen müsse, als sich Edwards Mutter entschloß, mich sofort wieder zurück nach London zu schleppen, um mir eine anständige Aussteuer zu besorgen. Gott sei Dank bestand Betsy darauf mitzukommen. Ein Flügel in der Stadtvilla im Belgravia-Viertel wurde für uns angeheizt. Betsy und ich bekamen Zimmer nebeneinander. Am ersten Abend schlüpfte sie zu mir herein, in ihrem blauen Flanellpyjama, und setzte sich mit untergeschlagenen Beinen auf mein Bett.

»Menschenskind, du hast ein Glück, Jenny; all die himmlischen neuen Kleider, soviel du willst, und dazu die Hochzeit und all das. Schade, daß du ausgerechnet Edward heiraten mußt, aber es gibt vielleicht noch Schlimmeres.« Damals trug sie ihr langes, dunkles Haar noch in Rattenschwänzen. Sie hatte wunderschöne große schwarze Augen und ein zartes schmales Gesicht. Heimlich schrieb sie an einem Roman.

»Edward ist sehr nett«, sagte ich großmütig, »und ich habe wirklich großes Glück, daß ich ihn heiraten darf. Ich hoffe nur, daß du ebenso großes Glück hast, wenn es soweit ist. Und die neuen Kleider – na ja, da kommt es wohl weniger darauf an, was *mir* gefällt, als was deine Mutter für passend hält.«

Denn so war es wirklich. Und nicht nur das; sie bestand sogar darauf, meine Haare mit der Brennschere ondulieren zu lassen – was natürlich scheußlich aussah: die Locken standen mir nur so vom Kopf ab. Stunden verbrachte ich damit, sie wieder glattzubürsten. Ich schwebte in tausend Ängsten, die Einkäufe könnten uns in meinen früheren Laden führen, aber glücklicherweise war ein Warenhaus nicht fein genug für die alte Dame; wir hielten uns an die kleineren, eleganten Geschäfte. Das Brautkleid mußte ich dreimal anprobieren: eine eilige Sonderanfertigung aus cremefarbenem Brokat, wahnsinnig teuer. Ich hörte schließlich gar nicht mehr zu, wenn über die Preise gesprochen wurde. Edward nahm jeden Tag den Lunch mit uns.

»Guten Morgen, mein Lieber«, sagte seine Mutter, »wir haben einen sehr erfolgreichen Vormittag hinter uns. Jennifer bekommt sechs Garnituren gestickter Unterwäsche, und der Tropenhelm ist bestellt und drei feste Metallkoffer. Es wird alles direkt nach Chipworth geschickt.«

Edward sah besorgt aus.

»Ich kann doch Jenny mit ihrer zarten Haut nicht in die Sonne gehen lassen. Ich glaube, sie braucht keinen Tropenhelm.«

»Selbstverständlich braucht sie einen Tropenhelm, mein Lieber, und wenn sie ihn auch niemals aufsetzt.«

Zum erstenmal rückte für mich Indien in den Bereich des Möglichen. Ich versuchte, mir Edwards rosa-weißes Gesicht unter einem Tropenhelm vorzustellen.

»Jennifer wird natürlich Lilien tragen, und die Brautjungfern rote Rosen.« Betsy und Delia, die unverheirateten Töchter, sollten mir in goldenen Kleidern zum Altar folgen. Glücklicherweise waren Rosemarys Kinder noch nicht groß genug, um meine Schleppe zu tragen. Ich war natürlich über alle die Vorbereitungen entzückt, und ein paar von meinen Kleidern waren wirklich zauberhaft. Zum Beispiel ein graublaues Straßenkleid begeisterte mich sehr, über das ich meinen Nerzmantel tragen würde, der Wärme halber natürlich. Und jeden Tag brachte mir Edward ein neues Schmuckstück mit. Es war schon sagenhaft. Wenn er mir die Brillanten überreichte, wußte er allerdings niemals etwas Schönes dazu zu sagen; er schob sie mir nur einfach so hin und murmelte:

»Da ... – eine Kleinigkeit –, macht dir vielleicht Spaß«, und während ich dann die Kleinigkeit aus dem Papier wickelte, wurde er ganz rot. Jack hatte mir nie etwas geschenkt, außer den Zeichnungen und einem Becher aus Biarritz. Aber schöne Dinge sagen, ja, das konnte er.

Betsy wollte ihr Haar abschneiden lassen, so wie meines, und quälte damit andauernd ihre Mutter. Sie fürchtete nämlich den alten Drachen längst nicht so, wie ich es tat. Sie war ein ausgesprochener Nachkömmling, die gute Betsy, und sehr verwöhnt. Jedenfalls, als wir nach Chipworth zurückkehrten, hatte sie zwar ihr Haar noch, aber dafür auch eine neue rote Jacke, die sie lustig, ihre Mutter aber höchst unpassend fand.

Edward brachte uns zur Bahn, beladen mit einem Stoß Zeitschriften und Pralinenschachteln. Er meinte, ich kenne seine Familie nun schon zehn Tage lang und könne jetzt ohne weiteres mit ihnen allein zurückfahren. Er versprach aber, jedes Wochenende hinauszukommen.

»Sei man beruhigt, Edward!« rief Betsy aus dem Wagenfenster. »Ich paß schon auf, daß die Erwachsenen sie nicht einschüchtern.«

»Betsy, Betsy! Sofort steckst du deinen Kopf hinein, und rede gefälligst keinen solchen Unsinn.« Die rote Nase ihrer Mutter zitterte vor Empörung.

Chipworth sah noch genauso abschreckend aus wie vor zehn Tagen. Nur kamen mir diesmal die grauen Steinmauern noch grauer vor als sonst; der Park war nämlich tief verschneit. Mein Herz sank. Ich hatte natürlich vergessen, mir Bettschuhe zu kaufen. Ich hoffte, wenigstens meinen neuen Nerzmantel über das Bett legen zu können, ohne daß jemand es merken würde. Clark empfing uns an der Eingangstür. Er unterdrückte sein Zähneklappern ganz gut. Oder tragen vielleicht Diener besonders warme Unterwäsche?

Da saß die ganze Sippschaft wieder und strich Butter auf den Toast. George gab mir seinen Platz am Kamin. Das war übrigens eine sehr großzügige Geste, denn es war ein Holzfeuer, und nur diejenigen, die dicht bei der Glut saßen, wurden überhaupt warm. Die Mutter rauschte herein, übernahm die Teekanne von Rosemary und erzählte allen alles, so daß ich nur ruhig dabeizusitzen und hin und wieder zu lächeln brauchte. George fragte mich: »Alles in Ordnung mit Edward?« und betrachtete damit seine Pflicht als erfüllt. Später kam auch Edwards Vater. Er blinzelte im Kreis umher, um zu sehen, wer da sei, und schien sehr erfreut, mich wiederzusehen. Natürlich hatte er vergessen, weshalb ich überhaupt weg gewesen war, und seine Frau mußte ihm noch einmal alles genau erklären. Ein netter alter Herr, ich mochte ihn sehr gerne. Er war sanft und freundlich, gelehrtenhaft und vergeßlich, und nicht im geringsten so, wie ich mir einen Lord vorgestellt hatte: seine ganze Familie – außer Betsy – behandelte ihn ziemlich von oben herab und machte sich nicht die Mühe, sich mit ihm zu unterhalten, wenn es nicht unbedingt nötig war. Er trug einen kleinen Schnurrbart nach französischer Art.

Ich hatte Angst, in mein eisiges Schlafzimmer hinaufzugehen, um mich zum Abendessen umzuziehen, aber zu meiner Überraschung hatte irgend jemand das Kaminfeuer angezündet. Eines meiner neuen Abendkleider, ein schweres gelbseidenes, lag schon für mich bereit. Betsy kam hereingestürzt, um meine Toilette zu begutachten, und betrachtete mich von allen Seiten.

»Also wirklich, Jenny – du bist ein Traum. Kein Wunder, daß Edward verrückt nach dir ist. Du solltest zur Bühne gehen. Ja, wirklich! Kann ich mal deinen Lippenstift haben?«

Sie durchstreifte mein Zimmer und betastete meine Sachen, als hätte sie nie etwas Eigenes besessen. Sie nahm eine der schweren Silberbürsten, die Edward für mich mit Monogramm hatte versehen lassen, und öffnete schnell ihre Zöpfe.

»Sieh mal her! Ich glaube, ich werde es heute abend so tragen, ganz offen; wie findest du das?« Sie begann darauploszubürsten.

»Ich glaube, es ist besser, du bindest es zurück. Ich gebe dir ein Band. Ich habe ein kirschrotes, das genau zu deinem Samt paßt. Wenn du es offen läßt, wird es dir nämlich nur in die Suppe hängen.«

»Da hast du recht. – Oh, Jenny, leg doch mal diese Brillantohrringe und dieses Armband an.«

»Du willst mich wohl zum wandelnden Museum machen? Ich werde bloß diese große Goldbrosche hier in die Mitte stecken. – Wenn du übrigens meine Bürsten nicht mehr brauchst, würde ich mir ganz gern das Haar machen.« Das Lockengekräusel hatte sich inzwischen beinahe gelöst, und ich setzte mich vor den dreiteiligen Spiegel, völlig zufrieden mit mir; nur konnte ich dort wiederum nichts sehen. In der Mitte hing zwar eine Lampe, und eine zweite stand neben dem Bett, aber die Beleuchtung reichte nicht aus, um sich abends zurechtzumachen. Betsy hielt netterweise die Nachttischlampe für mich hoch.

Beim Abendessen saß ich zwischen dem alten Herrn und George. George war so einsilbig wie je, aber sein Vater erzählte mir eine Menge über Porzellane des achtzehnten Jahrhunderts. Er schrieb an einem Buch darüber. Allmählich gewöhnte ich mich an die ungeheuerlichen Diners mit fünf Gängen, und an diesem Ende des riesigen Tisches war ich außer Reichweite meiner Schwiegermutter, so daß ich aus mir herausgehen und den leichten französischen Akzent fallenlassen konnte, den ich gewöhnlich annahm, um ihr zu imponieren.

Das Abendessen wurde schließlich der einzige Teil des Tages, dem ich mit Vergnügen entgegensah. Während der übrigen Zeit hielt mich meine Schwiegermutter an ihrer Seite fest. Die anderen gingen schlittenfahren und eislaufen, aber für mich fand man das Risiko eines gebrochenen Beines zu groß; und dazu kamen die endlosen Vorbereitungen für die Hochzeit – Einladungen, Antworten, das Auspacken der Geschenke, die Blumen und die Musik; viele Verwandte mußten untergebracht werden, wer sollte im Hause wohnen, und wer konnte in den Dorfgasthof abgeschoben werden? Auf diese Weise erfuhr ich, welche von den Verwandten als wichtig galten. Und die ganze Zeit wachte die alte Dame über meine Manieren, meine Bewegungen, lehrte mich das Anordnen von Blumen, das Verhalten einer guten Gastgeberin, die Etikette bei fremden Gesandtschaften, die Auswahl der richtigen Leute, die für Edwards Karriere wichtig waren, was man zu Gartenfesten in der Residenz des Vizekönigs oder auf die Elefantenjagd anziehen müsse. Ich weiß nicht, woher sie all dies wußte. Sie selbst war nämlich niemals in Indien gewesen; aber die Aristokratie scheint tatsächlich mit einem Instinkt für das Empire geboren zu werden. Ich hörte aufmerksam zu, weil ich dachte, es könne auf jeden Fall nichts schaden, die Sache richtig zu machen. Ein Brief von Edward versetzte mir einen Schock. Er lautete:

25. Januar 1932

Liebste Jenny! Leider ist es mir nicht möglich, dieses Wochenende herauszukommen, da ich am Samstag mit Sir Ralph zu Abend essen muß. Ich kann schlecht ablehnen. Bitte schicke mir eine Fotografie von Dir, wenn Du eine hast. Wenn nicht, werde ich veranlassen, daß jemand von Mortimers herauskommt, um Dich aufzunehmen. Ich hoffe, Du fühlst Dich wohl in Chipworth. Es muß wohl sehr kalt sein. Ich vergaß, Dir zu sagen, daß ich unseren Freund Jack gebeten habe, Trauzeuge zu sein. Jedenfalls hat er zugesagt. Schließlich hat er uns ja miteinander bekannt gemacht. Ich glaube, er war eine Zeitlang selber ziemlich wild auf Dich. Aber er sagt, er freue sich sehr, daß wir so glücklich sind.

Ich kann Dir nicht sagen, wie dankbar ich bin, mein Liebling, daß *ich* der Bevorzugte bin.

Alles Liebe, halte Dich warm, wenn Du kannst.

Edward.

Donnerwetter, dachte ich mir, dieser Schlingel – ich meine Jack – treibt's wirklich etwas zu weit. Aber ich werde mir von ihm nicht meinen ganzen Spaß verderben lassen – oder ihn etwa auf die Idee kommen lassen, daß er mich aus der Ruhe bringen könnte.

Ich dachte schon, der vierzehnte Februar würde niemals kommen – bei dieser Kälte und dem fortwährenden Genörgel meiner Schwiegermutter und der dauernden Angst vor dem, was als nächstes erledigt werden mußte. Und das allerschlimmste war, daß Edward am zwölften Februar ankam und Jack mitbrachte. Ich ging Edward in der Halle entgegen, und wieder sah ich in Jacks sündige Augen, mit denen er mich über Edwards Schulter hinweg anlachte.

Ich küßte Edward besonders zärtlich und hielt Jack meine Hand hin.

»Guten Tag, Jack«, sagte ich sehr höflich. »Wie nett von dir, daß du schon so früh kommst.«

»Es ist mir ein Vergnügen, Jenny«, sagte er. »Ich freue mich ja schon so auf deine Hochzeit.«

Damit gingen wir alle zum Tee, und ich strich Jack die Butter auf den Toast. Während des ganzen Abends widmete sich Jack ausschließlich Delia. Eigentlich hätte ich mich darüber freuen sollen, aber ich tat es nicht. Zum Abendessen wählte ich mit besonderer Sorgfalt ein herrliches, nachtblaues Taftkleid mit einer echten weißen Rose (von Betsy für mich aus dem Treibhaus stibitzt) und schwebte nur so ins Zimmer, in der Erwartung, Jack bliebe der Mund offenstehen – aber er sah noch nicht einmal auf oder unterbrach sein anscheinend anregendes Gespräch mit Delia über die Jagd. Edward blieb natürlich der Mund offenstehen, und er schwirrte nur so um mich herum wie eine Wespe, aber irgendwie war es doch nicht dasselbe. Beim Essen saß ich zwischen Edward und Jack, aber Jack hatte Delia als zweite Tischdame, und die ganze Zeit über lachten die beiden, als würden sie dafür bezahlt.

Das einzige Bemerkenswerte war nur, daß Jacks Knie das meine berührte, wie weit ich es auch wegzuziehen versuchte. Schließlich wandte ich mich ganz Edward zu; Jack hingegen schien nur für Delia da, aber noch immer berührten wir einander. Das Furchtbare daran war, daß er mich tatsächlich ganz aufgeregt machte, und das merkte er auch, denn ich kam richtig ins Zittern.

Nur beim Fisch führten wir ein kurzes Gespräch, das ungefähr folgendermaßen lautete:

Jack: »Ich sehe, du hast wundervollen Schmuck.«

Ich: »Ja; Edward ist immer so aufmerksam zu mir.«

Jack: »Eignet sich übrigens vorzüglich zum Versetzen.«

Ich: »Hast du in letzter Zeit viel gemalt?«

Jack: »O ja. Mein neues Modell ist großartig. Dunkler spanischer Typ; ungeheuer anziehend.«

Ich: »Ach, sehr interessant.«

Jack: »Sag mal: ist dieses Parfüm nicht vielleicht ein bißchen aufdringlich für eine echte Lady?«

Ich: »Ich hoffe, du hast deinen Schlitten mitgebracht.«

Jack: »Ich bin nicht sehr wild auf Sport im Freien. Übrigens, dein Schlüpfer schaut 'raus.«

Ich hatte keinen Schlüpfer an; das konnte also nicht sein. Ich warf ihm einen vernichtenden Blick zu und schenkte meine Aufmerksamkeit jetzt ganz meinem Verlobten.

Aber in dieser Nacht weinte ich mich in den Schlaf – zum ersten Mal seit ich meine Wohnung in London verlassen hatte –, und mein Bett erschien mir kalt und leer.

Am Abend des dreizehnten Februar ging Edward zu einem Herrenabend, den ein anderer adliger Junggeselle für ihn gab. Jack nahm er mit. Und so hatte ich Muße, mich auf einige meiner neuen Onkel und Tanten zu konzentrieren, die inzwischen angekommen waren und sich eifrig damit beschäftigten, mich zu begutachten und in den Ecken über mich zu tuscheln. Die Onkel waren offensichtlich milde gestimmt, die Tanten dagegen raunten sich mit ohrenbetäubendem Flüstern zu: »Wo, sagte Marion doch, hat Edward sie aufgetrieben?«

Todmüde von dieser Zerreißprobe, fand ich mich endlich in meinem Schlafzimmer; und ich hatte gerade mein Kleid ausgezogen und stand vor dem Fenster, als es leise klopfte.

»Herein, Betsy«, sagte ich und langte nach meinem neuen pastellblauen Morgenrock, und da war es Jack. Er schlüpfte herein, schloß die Tür und lehnte sich dagegen. Ich fing wieder an zu zittern, und deshalb setzte ich mich schnell aufs Bett und versuchte, so kühl wie möglich zu erscheinen.

»Was in aller Welt hast du hier zu suchen?« fragte ich. »Warum bist du nicht bei Edward?«

»Dein Zukünftiger ist sternhagelbesoffen«, sagte er und ließ mich keinen Moment aus den Augen, so daß ich von den Zehenspitzen aufwärts zu erröten begann. Er sah gut aus in seinem

Smoking. »Und da dachte ich, er merkt es nicht, wenn ich mir seinen Wagen ausleihe und für eine Stunde die Gesellschaft verlasse.«

»Das erklärt noch lange nicht, was du um elf Uhr in der Nacht in meinem Schlafzimmer tust. Wie du weißt, heirate ich morgen nachmittag.«

»Deswegen bin ich hier, mein Kind. Ich möchte, daß du in dein neues Leben glückliche Erinnerungen an mich mitnimmst.«

»Du hast auch getrunken, Jack.«

»Natürlich habe ich das, aber nicht viel – noch nicht. Nachher, wenn ich zurückgehe, werde ich mich so betrinken wie Edward. Jenny Wren, sieh mich an.« Aber ich konnte es nicht; ich strich nur immer wieder über meinen seidenen Schlafrock und wünschte, ich wäre tot. Da kam er herüber, setzte sich neben mich und hob mein Gesicht hoch, so daß die Tränen herunterliefen.

»Warum kannst du mich nicht in Ruhe lassen?« jammerte ich. »Warum mußtest du nur kommen?« Und dann begrub ich mein Gesicht an seiner Schulter und weinte erlöst, und er lieh mir wie gewöhnlich sein Taschentuch, das nicht sauberer als früher war, trotz des Smokings, der – wie ich kichernd feststellte – aus der Verleihanstalt kam.

»Eigentlich«, sagte er, »ist es noch nicht zu spät, Liebling, die ganze Sache abzublasen.«

»Doch, es ist zu spät, und ich will es ja auch gar nicht. Es macht mir Spaß – außer wenn du da bist.«

Sein Gesicht nahm einen etwas grausamen Ausdruck an.

»In diesem Fall, mein Liebling, werde ich bei dir bleiben. Heute nacht bist du noch mein, selbst wenn du morgen Edward gehörst.«

»Wie meinst du das?« fragte ich mit sehr zaghafter Stimme.

»Du weißt ganz genau, wie ich das meine«, sagte er, stand auf und drehte den Schlüssel in der Tür um. Dann begann er, sich auszuziehen; ganz gemächlich – er kramte alle Sachen aus seinen Taschen und legte sie der Reihe nach auf die Kommode –, als seien wir seit Jahren verheiratet. Ich zitterte die ganze Zeit über so sehr, daß ich unfähig war aufzustehen.

»Wenn du auch nur in die Nähe des Bettes kommst, schreie ich laut«, sagte ich schwach.

»Das wirst du lieber sein lassen«, meinte er nur. »Was würde die Frau Schwiegermutter sagen, wenn sie in der Nacht vor deiner Hochzeit einen ausgewachsenen Mann in deinem Schlafzimmer fände? Außerdem hast du die taube Tante Anne auf der einen und ein Badezimmer auf der anderen Seite. Niemand hört dich also. Ich habe mich mit der Angelegenheit ganz genau beschäftigt.«

»Warte nur, Jack«, sagte ich, »eines Tages werde ich mich noch an dir rächen!«

In meinem alten braunen Schlafrock, den er sich von der Tür geholt hatte, wandte er sich zu mir.

»Reg dich nicht auf, Liebling«, sagte er. »Wir sind bereits mehr als quitt. Du hast mir weit mehr angetan, als es mir je möglich sein wird, dir anzutun. Komm jetzt zu Bett.«

So fehlte mir jede Gelegenheit, mein Haar für die Hochzeit aufzudrehen, und ich ging mit völlig glatten Strähnen zum Altar. Außerdem wachte ich viel zu spät auf. Um elf Uhr brachte mir Betsy das Frühstück mit einem Stoß von Telegrammen. Sie kamen alle von Edwards Freunden, denn ich hatte außer Jack keine Freunde. Tante May hatte ich klargemacht, daß es für sie zu weit wäre, zur Hochzeit zu kommen. Wir würden sie am nächsten Tag in London besuchen.

Jack hatte mir eine Geburtstagskarte mit einem furchtbaren Vers darauf geschickt; er lautete:

Es ist bekannt, daß käufliche Geschenke
Vertrauter Freundschaft schädlich sind.
Daher von mir, mein teures Kind,
Bekommst Du einen Rat: Bedenke,
Daß ich Dir stets auf künft'gem Wege
Ein treues Angedenken hege.

»Ach, Betsy«, sagte ich, »eigentlich bin ich viel zu müde, um zu heiraten. Ich möchte viel lieber bis morgen im Bett bleiben. Wie steht's denn unten?« Betsy balancierte das Tablett und zog die Vorhänge zurück, so daß eine blasse Sonne sichtbar wurde.

»Ein Chaos. Edward und Jack haben beide einen grausigen Kater und sehen aus wie Leichen. Und natürlich versuchen alle Verwandten, sie zu kurieren, und machen Mutter nur rasend damit, und das Telefon hört überhaupt nicht auf zu klingeln. Basset kommt um zwölf, um dir beim Ankleiden zu helfen, und um eins bekommen wir beide hier oben eine kalte Mahlzeit. Du weißt doch, Edward darfst du vor der Kirche nicht sehen.«

»Ja, natürlich.« Mit Mühe richtete ich mich auf und strich mir die Haare aus den Augen. Edwards Ring blinzelte mich zynisch an.

Die Mittagsmahlzeit war sehr gemütlich: nur ich und Betsy in Morgenröcken, die Kleider hinter uns auf dem Bett. Basset war damit beschäftigt, an meiner Schleppe ein oder zwei Falten festzustecken. Ab und zu legte sie noch ein Holzscheit auf das Feuer, so daß mein Zimmer beinahe warm war. Meine Schwiegermutter kam um halb zwei, um meine Aufmachung zu begutachten. Das Kleid war wirklich ein Gedicht: oben sehr anliegend, nach unten fiel es in großen Glocken auseinander, und darüber lagen viele Meter Schleier und Schleppe. Ich übte im Zimmer, damit auf und ab zu gehen, während Betsy in ihr goldenes Gewand gesteckt wurde. Unter dem Schleier und den Orangenblüten sah mein glattes Haar übrigens gar nicht so schlimm aus. Als ich mich im Spiegel betrachtete, fiel mir plötzlich eine Reihe von Bildern ein, die Jack von mir, so ganz in Weiß, gemalt hatte: – nur waren sie für einen Seifenfabrikanten gewesen, und das Weiß war ein Badetuch. Ich hatte stundenlang stehen müssen, einen Fuß auf den Stuhl gestützt, und mein Haar über das Gesicht fallend. In meiner kleinen Wohnung war ja kein Badezimmer, wo ich hätte üben können.

Der Wagen kam um Viertel vor zwei, und Edwards Vater und ich fuhren allein in die Kirche. Während der ganzen Fahrt hielt er meine Hand. Damit meine ich natürlich nicht, daß er ein alter Wüstling war. – Er mochte mich gern, und ich glaube, ich tat ihm auch etwas leid, weil ich Edward heiratete. Wieder erzählte er mir von Porzellanen des achtzehnten Jahrhunderts. Es war eigentlich sehr beruhigend. Dies war das letzte Mal, daß ich mich mit ihm unterhalten konnte.

Basset kam nach vorne gestürzt, um meine Schleppe zurechtzulegen, bevor wir die Kirche betraten, Delia und Betsy schlossen sich hinten an. Sämtliche Dorfbewohner standen neugierig herum, während die Verwandten sich bemühten, noch vornehmer zu erscheinen. In der Kirche roch es stark nach einem Gemisch von Ölheizung und Lilien. Der Organist schneuzte sich ausgiebig, und dann begann er mit dem Hochzeitsmarsch aus »Lohengrin«, und ich mußte Edwards Vater dazu bringen, seinen Schritt etwas zu beschleunigen. Jacks Haar ist zu lang, dachte ich; Edwards blonder Kopf dagegen war glatt geschniegelt. Ihre Gesichter konnte ich natürlich nicht sehen.

Und dann kommt mitten in der Zeremonie der schreckliche Moment, wenn der Vater zurücktritt und der Trauzeuge die Sache in die Hand nimmt, und jedermann gespannt ist, ob er den Ring wohl hat. Natürlich tauchte in mir der Gedanke auf, Jack könnte ihn absichtlich vergessen haben. Und er wußte, daß ich das dachte; unsere Augen trafen sich, und er tat so, als krame er danach in seinen Taschen; jedenfalls fand er ihn, und schließlich steckte er an meinem Finger.

Von da an wandelte ich in einer Art Trance, bis ich um fünf Uhr mit Edward allein im Zug saß. Der Trauzeuge und die Brautjungfern brachten uns zur Bahn, und Jack war besonders herzlich, und mit bemerkenswertem Überschwang küßte er die Braut zum Abschied; ich biß ihn dabei ganz sanft ins Ohr, bevor ich meinen Kopf hereinzog, und mit Genugtuung stellte ich einen Ausdruck von erstauntem Schmerz in seinem Gesicht fest, als der Zug abfuhr. Ich schmiegte mich in meinen Nerz und lächelte glücklich zu Edward hinauf. Er schaute mich etwas besorgt an.

»Ist dir auch warm genug, Liebling? Hier ist noch eine Decke. Darf ich mich neben dich setzen?« Er kam herüber, ohne meine Erlaubnis abzuwarten, und nahm meine Hand. Sie steckte wieder in einem Handschuh, diesmal in einem aus Pelz. Ich kam mir ein wenig lieblos vor, deshalb zog ich den Handschuh aus und erlaubte Edward, meine Hand bis zum Paddington-Bahnhof beschützend in der seinen zu halten. Er sagte, wir würden heute nacht im Hotel in London richtig ausschlafen, und ich sollte mir über nichts Gedanken machen, und dann vielleicht die morgige Nacht, unsere letzte an Land ---, aber er wolle mich in keiner Weise zu irgend etwas zwingen, und auf dem Schiff hätten wir dann eine gemütliche Luxuskabine. Diese Art von Unterhaltung brachte den armen Edward in größte Verlegenheit, und deshalb half ich ihm, so gut ich konnte, darüber hinweg, indem ich ihm sagte, wie lieb und rücksichtsvoll er sei.

Unser Zimmer im Hotel sah aus wie ein Gewächshaus; die Zentralheizung lief auf Hochtouren, und auf jedem Tisch und Stuhl standen Blumen. Ich sah mich hilflos nach einer Sitzgelegenheit um und ließ mich schließlich behutsam auf dem rosaseidenen Doppelbett nieder. Unter all den Rosen und Orchideen, Nelken und Lilien befand sich auch ein zerzauster Strauß Vergißmeinnicht. Eine schäbige kleine Karte steckte dabei, auf der stand: »Von einem sehr engen Freund.« Ich warf die ganze Angelegenheit in den Papierkorb, bevor Edward kam.

Edward trat ein und wurde so rosa wie die Bettdecke, auf der er mich sitzen sah. Trotz der mutigen Worte in der Bahn schien es, als habe er sich über die letzten Konsequenzen einer Heirat noch keine rechten Gedanken gemacht. Er murmelte etwas vor sich hin, stürzte ins Badezimmer und drehte sämtliche Hähne auf. Ich schleuderte meine Schuhe von mir und streckte mich wohlig aus. Mir tat Edward nicht besonders leid. Ich wußte, ihm fiel die Sache schwer, aber mir würde sie nach der letzten Nacht noch zehnmal schwerer fallen. Jack hatte verdammt gut dafür gesorgt, daß ich ihn nicht so bald vergessen würde.

Nach einer Weile kam Edward auf Zehenspitzen zurück, blieb vor mir stehen und sah mich an. Vorsichtshalber hatte ich die Augen geschlossen, um einem weiteren Gespräch vorzubeugen, aber ich war hellwach. Schließlich hüstelte er ein wenig, so daß ich aufwachen mußte.

»Verzeih, Liebling, aber es ist wegen des Essens. Sie wollen wissen, ob sie es hier oder unten anrichten sollen.«

»Unten bitte«, sagte ich etwas zu schnell, aber auch Edward schien erleichtert, unser Alleinsein aufschieben zu können. Ein leichter Whiskygeruch verbreitete sich im Zimmer, und ich hatte den Verdacht, daß er sich im Badezimmer Mut angetrunken hatte. Ich besprühte mich ausgiebig mit dem Parfüm, das Jack nicht mochte, und Arm in Arm gingen wir hinunter.

Natürlich wurden wir von den Kellnern nur so umschwirrt. Alle kannten sie Edward und wußten, weshalb wir hier waren; im Sektkühler stand eine Flasche Champagner, genau, wie es sein muß. Edward trank den größten Teil davon, und je mehr er trank, desto seelenvoller starrte er mich an, bis er schließlich bei der Nachspeise sagte: »Du bist so schön, daß ich heulen könnte«, was eigentlich recht niederschmetternd war, zumal er so aussah, als wolle er im nächsten Moment damit anfangen. Ich versuchte, ihm eine komische Geschichte über Clark in Chipworth zu erzählen, um ihn aufzuheitern, aber er ließ sich von seinem Thema nicht abbringen.

»Du bist wie eine wunderschöne, kalte Schneeflocke«, sagte er, »oder wie ein großes, unberührtes Schneefeld, das still im Mondlicht liegt. Ein *kleines* Feld, ein kleiner, winziger Garten voller Früchte.«

Dies warf jedenfalls ein neues Licht auf Edward. Ich hatte nicht gewußt, daß in ihm so etwas wie ein Dichter stecke. Aber es würde wohl jedesmal mindestens eine dreiviertel Flasche Champagner kosten, diese Seite in ihm zu erwecken. Bald nach dem Essen überredete ich ihn hinaufzugehen, was sich als die beste Lösung herausstellte, da er mittlerweile ziemlich angeheitert war, im Zimmer herumlief und Nelken einsammelte, um sie mir in den Schoß zu legen. Ich brachte ihn dazu, sich hinzulegen, und ohne weitere Schwierigkeiten zog ich ihm die Kleider aus und den Pyjama an. Ich selbst nahm mein duftiges Aussteuernachthemd und legte mich neben ihn und fühlte mich so alt wie Methusalem. Er machte noch einen schwachen Versuch, mich an seine Brust zu drücken, aber ich drehte ihn energisch auf die andere Seite, und nach zwei Minuten schnarchte er bereits. Ach du meine Güte, dachte ich, hoffentlich kommt das nur vom Champagner. Schnarchen war ich nicht gewöhnt.

So verbrachte ich also schließlich meine erste Brautnacht ohne weitere Hindernisse, und Edward hat es niemals über sich gebracht, mich zu fragen, wie sie eigentlich verlaufen sei.

Indien ist ein sehr heißes Land. Das haben zwar andere bereits festgestellt, aber für mich kam es doch als ein ziemlicher Schock. Ich hatte nicht erwartet, daß ich es so grauenhaft finden würde. Nach dem bitterkalten Februar in Chipworth war es übrigens sehr seltsam, die englischen Frauen in Indien bereits in Baumwollkleidern vorzufinden. Natürlich war es im März noch nicht wirklich heiß, aber es sollte sich bald steigern.

Edward hatte für einige Monate in Bombay zu tun, deshalb bezogen wir zunächst ein scheußlich möbliertes Gartenhaus auf dem Malabar-Hill, das etwa die Atmosphäre von behäbigem Wohlstand mit der von bürgerlicher Vorstadt vereint. Und nun dämmerte es mir allmählich, worauf ich mich eingelassen hatte.

Vor allem brachten mich all diese kleinen Inder im Haus zur Verzweiflung. Edward hatte eine ganze Schar von ihnen eingestellt, sechs an der Zahl, den Türhüter miteingerechnet, dessen Funktion mir niemals recht klargeworden ist. Natürlich öffnete er oft die Haustür, und wenn er es nicht tat, so hütete er sie eben, aber seine Hauptaufgabe schien darin zu bestehen, nachts umherzugehen und ein grauenerregendes Geräusch – halb Husten, halb Fauchen – von sich zu geben, um Einbrecher abzuschrecken.

Ferner hatte jeder seinen eigenen Kuli, und ich noch eine Ayah, zum Nähen und Flicken und um mir beim Ankleiden zu helfen, wenn ich mich zu schwach fühlte; und dann der Koch und der Küchenjunge, und obendrein noch dieser arme, elende Unberührbare, der umherschlich und alle Schmutzarbeiten verrichtete. Das macht sogar sieben, nicht sechs. Jedenfalls: es war eine stattliche Anzahl, und anfangs war ich den ganzen Tag mit ihnen allein im Haus. Sie hielten mich in Trab. Kaum setzte ich mich für eine Minute hin, um einen ruhigen Gedanken zu fassen, als auch schon der Koch wegen des Mittagessens kam, oder die Ayah wegen neuer Knöpfe für eine Bluse, oder ein Kuli mit einem Vetter von ihm, der ein besonders guter Schneider sein sollte. Sie konnten fast kein Englisch, und mein Hindostani war gleich Null, so daß es immer eine Ewigkeit dauerte, bis wir uns auch nur über den geringsten Punkt geeinigt hatten. Oft patschten auch alle sieben auf einmal herein, mit bloßen Füßen, und schnatterten um die Wette, um sich zu erkundigen, was die Memsahib gesagt oder gewünscht hätte.

Zum Haus gehörte ein hübscher Garten, und von dort aus konnte man die ganze Rundung der Bucht von Bombay überblicken. Innen war der Fußboden überall mit schwarz-weißem Marmor getäfelt, wie in einem Badezimmer, und große Ventilatoren hingen an den Decken. Die Möbel waren allerdings scheußlich. Dicke Ledersessel, die bei der Hitze an einem kleben blieben, oder Korbstühle, an denen man sich die Haut aufkratzte.

Anfangs hatte ich gedacht, es würde mir Spaß machen, all meine Lieblingsgerichte zu bestellen, aber diese fielen selten so aus, wie ich gehofft hatte, und waren oft genau das Gegenteil davon, so daß ich es nach einiger Zeit aufgab und die Sache dem Personal überließ. Es war immer dasselbe: was ich auch sagte, sie machten es falsch, und so gab ich es auch bald auf, ihnen überhaupt etwas zu sagen.

Edward war sehr besorgt darüber, daß ich mit dem Personal nicht fertig wurde. Ich glaube, der Gedanke, daß es Frauen auf der Welt gäbe, die kein Personal anlernen können, paßte nicht in sein Weltbild.

»Liebling«, meinte er eines Abends bei Tisch, »du mußt Ram sagen, daß das Huhn zu zäh ist.«

»Ja, Liebling«, antwortete ich, aber ich wußte, daß ich es nicht tun würde.

»Sir John hat uns zum Essen eingeladen«, fuhr er fort, »und zwar am nächsten Donnerstag. Ich hoffe, wir werden einen guten Eindruck machen. Es ist nämlich äußerst wichtig.«

»Ja, Liebling«, sagte ich und wußte, daß er *mich* meinte; denn Edward zweifelte niemals daran, daß *er* einen guten Eindruck erwecken würde; aber er war sich noch nicht sicher, wie Bombay *mich* aufnehmen würde.

Bombay war sehr gnädig. Daß Edward ohne Fehl und Tadel sei, wußte man, und daher nahm man von mir dasselbe an.

Wir speisten in einem Palast mit Rundbögen, die ins Freie führten, den Nachthimmel vor uns. Sir John fragte mich, ob ich gern reite, und bot mir an, mich auf die Tigerjagd mitzunehmen. Seine Frau sagte, es sei ein Jammer, daß ich nicht Bridge spiele, aber sie selbst würde es mir im Handumdrehen beibringen. Nach Tisch beklagten sich alle Damen darüber, daß ich sie nicht zu Rate gezogen hätte, bevor ich die Dienstboten engagierte; sie waren alle überzeugt, daß mich meine jetzige Dienerschaft nach Strich und Faden bestehle. Zum ersten Mal verspürte ich Anhänglichkeit meinen Angestellten gegenüber.

»Ich danke dir, Liebling«, sagte Edward, als wir in der *Tonga* heimschaukelten, »du hast meinem Ansehen sehr genützt.« Tagsüber war Edward unerträglich herablassend zu mir, nachts dafür waren die Rollen vertauscht. Er sagte dann immer, er sei nicht gut genug für mich, und er wolle, daß ich stets das schöne, unverdorbene kleine Mädchen bleibe, und er habe Angst, daß ich durch ihn zu schnell erwachsen würde, und eine Menge anderen Unsinn.

Armer Edward, er war so langweilig, sowohl im Bett als auch außerhalb. In jenen Tagen habe ich viel gegähnt. Edward dachte, ich wäre zart und sehr leicht ermüdet.

Sie hatten Erfolg mit meinem Bridgeunterricht, die freundlichen Damen. Ich war für ein oder zwei Monate Mode geworden, bevor sie alle in die Berge fuhren. Sie hatten es sich angewöhnt, zum Morgenkaffee vorbeizukommen, um ein paar Partien zu spielen. Ich finde übrigens, daß diese morgendlichen Bridgepartien die unmoralischste Beschäftigung waren, der ich jemals in meinem ganzen Leben nachgegangen bin. Ich weiß nicht mehr, warum ich die Damen kommen ließ; vielleicht nur, weil es nicht ganz so langweilig war, wie die ganze Zeit allein zu sein.

Sie gerieten außer sich, als sie hörten, daß ich während der heißen Jahreszeit in Bombay bleiben würde.

»Aber meine Beste, das ich doch wirklich lächerlich. Wie grausam von Edward. Es ist unmöglich für eine Frau – Sie haben ja keine Ahnung, wie es hier ist.« Jedenfalls: selbst ein Sommer mit Edward in Bombay war einem monatelangen Aufenthalt im Gebirge in ausschließlich weiblicher Gesellschaft vorzuziehen. Ich setzte ein süßes, sanftes Lächeln auf, das ich zu jener Zeit recht gut beherrschte, und sie gingen fort und dachten, was für eine tapfere, kleine Frau ich doch sei. – »Und sie sind so schrecklich verliebt ineinander, die beiden – wirklich rührend.«

Edward machte einen schwachen Versuch, mich mit den anderen fortzuschicken, fühlte sich aber doch recht geschmeichelt, daß ich bleiben wollte.

Es war ein seltsames Dasein. Ich weiß wirklich nicht mehr, wie ich mich durch diesen Sommer schleppte. Den Morgen verbrachte ich fast immer in oder auf meinem Bett. An Jack dachte ich nicht. Ich dachte überhaupt nicht viel. Ich atmete nur die flaue, stickige Luft und vegetierte in einer zeitlosen Leere von Langeweile, die von dem schwächlichen Surren des Ventilators, der langsam über meinem Kopf kreiste, noch betont wurde. Die Dienstboten kamen wie gewöhnlich und fragten mich alles mögliche, aber nur der Form halber. Ich konnte mich nicht dazu aufraffen, in die Stadt zu gehen. Wenn ich irgend etwas brauchte, schickte ich jemanden, und wenn er mit etwas Falschem zurückkehrte, ließ ich es dabei.

Zum Mittagessen stand ich auf. Es war gewöhnlich eine schwere, unbekömmliche Mahlzeit, die überdies noch meist schlecht schmeckte. Zum Nachtisch gab es Pudding, den Edward, der mittags nach Hause kam, so gern mochte.

Dann legte ich mich wieder ins Bett, schlief genau von zwei bis fünf und wachte ganz ausgedörrt zum Tee auf. Um sechs erholte ich mich etwas und machte sogar einen kleinen Spaziergang. Wir wohnten in der Nähe der »Türme des Schweigens«, und manchmal ging ich durch die Gärten oder setzte mich auf eine Bank und schaute ziellos über das Meer. Damals dachte ich natürlich noch, die Strafe, mit Edward verheiratet zu sein, würde lebenslänglich gelten.

Am erträglichsten war es noch, wenn Edward abends irgend jemanden aus seinem Büro oder irgendeinen Offizier auf Urlaub mitbrachte; oft wurden wir dann beim Whisky recht vergnügt. Edward fühlte sich bald in Indien so wohl wie eine Maus im Käse. Sein Puddinggesicht nahm festere Züge an, und sein natürlicher Hang zur Wichtigtuerei wurde noch ausgeprägter. Jetzt, so dachte ich, habe ich alles, was man mit Geld kaufen kann, und doch bin ich in meinen zweiundzwanzig Jahren noch niemals so unglücklich gewesen. Ich begann, mir trübe Gedanken über die gerechte Strafe für alle meine Sünden zu machen. Dauernd drang Edward in mich, ich solle in den Club hinuntergehen und schwimmen, aber nicht einmal dazu konnte ich mich aufraffen. Anfang September schickte mir Jack eine von diesen »Oh-wärest-Du-doch-hier«-Postkarten aus Carcassonne, und auf einer Postkarte vom Taj-Hotel schrieb ich folgendes zurück:

Zu schade, daß Du nicht hier bist. Nichts als den ganzen Tag in Sonne und Meer baden. Oder da ist der reizende Club, wo man Golf spielt. Ich bin die einzige Europäerin in Bombay, die anderen sind in den Bergen; Du kannst Dir vorstellen, wie beschäftigt ich bin.

Deine stets untreue Jenny.

Nach dieser geistigen Anstrengung schlief ich vier Stunden lang. Die einzige weitere Anstrengung war ein wöchentlicher Brief nach Chipworth mit genauen Berichten über alles, was wir unternahmen, und über Edwards Gesundheit. Edward dagegen begann, sich über meinen Gesundheitszustand Sorgen zu machen. »Du solltest wirklich zum Arzt gehen, Liebling. Ich glaube, etwas mehr Energie wäre doch nötig. Die Hitze in Bombay soll durchaus nicht schädlich sein: wir haben fast die ganze Zeit Seewind gehabt, und außerdem hat die Regenzeit jetzt angefangen.«

Ich ging also zum Arzt, der mir ein eisenhaltiges Kräftigungsmittel verschrieb und sagte, ich müsse unbedingt in der nächsten heißen Jahreszeit ins Gebirge gehen.

Der Winter belebte mich wieder etwas. Ich spielte noch viel mehr Bridge und strickte sogar ein Bettjäckchen. Wir hatten regelmäßig Gäste; ich tat, was von mir erwartet wurde, und war immer ruhig und höflich.

Kurz vor Weihnachten wurde Edward nach Kalkutta versetzt. Zuerst dachte ich, das Leben in einer anderen Stadt würde einen Unterschied ausmachen, aber nicht das geringste davon: – das gleiche alte Haus, der gleiche alte Marmorfußboden, die harten Stühle von irgendeinem früheren Bewohner. Die sechs Angestellten in Kalkutta brachten mich genauso zur Verzweiflung wie die in Bombay. Die Gesellschaft eines anderen Clubs nahm uns genauso begeistert auf. Edward spielte regelmäßig Golf und Polo. Und ich spielte natürlich Bridge. Heute nach fünfzehn Jahren kann ich mich nicht mehr an einen einzigen Namen der Leute erinnern, die wir damals kannten. Und wenn mir ein Name einfällt, dann bestimmt nicht das dazugehörige Gesicht.

Aber an Mr. Singh erinnere ich mich doch. Eines Vormittags gegen Ende März machte ich am Chowringhee Besorgungen. Ich betrat eine Buchhandlung, nicht etwa weil ich Bücher las, sondern um ein paar Briefumschläge zu kaufen. Als ich bezahlt hatte, wandte ich mich so schnell um, daß ich mit voller Wucht auf einen weichen Fuß trat. Ich sah in die vorwurfsvollen, klaren Augen eines sehr gutaussehenden jungen Sikh. Er trug einen gutgeschnittenen, europäischen, grauen Anzug und auf dem Kopf einen schönen purpurnen Turban. Sein langer, seidiger, ungeschnittener Bart war geschmackvoll unter dem Kinn aufgerollt.

»Verzeihen Sie vielmals«, sagte ich, sehr schuldbewußt. »Hoffentlich habe ich Ihnen mit meinen hohen Absätzen nicht die Zehen gebrochen.«

»Ich versichere Ihnen, der Schmerz ist bereits vorüber«, antwortete er mit einer tiefen Verbeugung und trat an meinen Platz am Ladentisch. Zu meiner Schande muß ich gestehen, daß ich mich an der Tür eine Weile aufhielt und mir Postkarten von den Gebäuden der Stadt besah, so daß er nun genötigt war, mich anzusprechen, als er den Laden verließ.

»Jetzt muß ich Sie um Verzeihung bitten«, sagte er, als ich

meinen Rock zusammennahm, um ihn durchzulassen, und dann nach kurzem Zögern: »Haben Sie das äußerst interessante Buch hier gelesen, über Sir Edward Lutyens' neue Bauten in New Delhi?«

»Nein – aber ich fürchte, daß ich nicht nach Delhi kommen werde. Wir sind gerade aus Bombay hierhergezogen.«

»In Bombay und Kalkutta haben Sie das wirkliche Indien noch nicht gesehen. Aber für eine Engländerin ist es natürlich schwer, überhaupt etwas zu sehen.«

Ich seufzte. Bis dahin hatte ich an derlei Dinge noch nicht gedacht, aber plötzlich wünschte ich mir, allein durch ganz Indien reisen zu dürfen. Oder zumindest: auf keinen Fall mit Edward.

»Na ja«, sagte Mr. Singh und riß sich – wie ich erfreut feststellte – mit Mühe los, »ich muß ins Büro zurück. Vielleicht treffen wir uns einmal wieder.«

Ich sah ihm nach, wie er – gleich einem anmutigen Panther – die Straße hinabging und in einer Tür am Ende des Häuserblocks verschwand. Ich schlenderte hinterher und sah, daß er bei einer Zeitung arbeitete.

Zwei Tage später sagte Edward, er habe eine Konferenz und komme zum Mittagessen nicht nach Hause. Ich erklärte dem Personal, ich würde in der Stadt essen. In ziemlich auffallender Weise stellte ich mich vor dem Büro von Mr. Singh auf und las die Zeitungsausschnitte. Nach etwa zehn Minuten kam er heraus; lächelnd erkannte er mich wieder.

»Ah, *la belle dame sans merci* persönlich«, bemerkte er. »Das Schicksal hat uns also wieder zusammengeführt. Darf ich mir die Freiheit nehmen, Sie zum Mittagessen in Firpos Restaurant einzuladen?«

»Gerne. – Lernen Sie viel englische Literatur in der Schule?«

»Man gestattet uns nicht, unsere eigenen großartigen Dichter zu lesen«, erwiderte er bitter. Ich ermutigte ihn nicht, das Gespräch in dieser Bahn fortzusetzen, denn das war mir peinlich. Statt dessen plauderten wir von seinem Zuhause in Nord-Indien, während wir den Chowringhee zum Restaurant Firpo hinabgingen. Unser Mittagessen machte mir Spaß. Ich fand seine Augen so schön; sie erinnerten mich an die von Jack, nur waren sie mehr wie die eines Cockerspaniels und natürlich nicht so frech. Er hatte lange, samtene Wimpern, wie ein Mädchen. Aber er fühlte sich nicht recht behaglich; dauernd sah er sich unruhig in dem vollen Raum um.

»Was ist denn?« fragte ich.

»Ich habe Angst, meine Freunde könnten mich hier mit Ihnen sehen. Sie wären sehr böse; und wenn meine Familie davon erfährt, würde meine Mutter mir das nie verzeihen.« Seine zierlichen Wimpern bebten. Er selbst zitterte.

»Oh, und was ist daran so schrecklich, mit mir zu essen?«

Ich muß sagen, ich war ziemlich beleidigt.

»Oh, verstehen Sie mich bitte nicht falsch.« Seine Augen zeigten tiefste Besorgnis. »Ich meine das durchaus nicht persönlich. Es ist nur – ich stamme aus einer sehr aristokratischen Familie, und meine Mutter glaubt, alle weißen Frauen seien schlecht und verdorben. Natürlich: wenn sie sehen könnte, wie schön und edel *Sie* sind, würde sie es verstehen. Aber leider würde sie eben nur den Bericht hören und niemals Gelegenheit haben, Ihr zartes Gesicht anzuschauen.«

»Armer Mr. Singh«, sagte ich. »Ich will Ihnen wirklich keine Unannehmlichkeiten machen. Ich bin ohnehin fertig; vielleicht sollten wir jetzt lieber gehen.« Wir stiegen die Treppe hinab, und ich lächelte einem von Edwards Kollegen zu, der gerade heraufkam und sich an die Wand drückte, um uns durchzulassen, und ein etwas sonderbares Gesicht machte. An der Tür seiner Redaktion streckte ich Mr. Singh meine Hand entgegen. Er schüttelte sie herzlich.

»Alles, alles Gute«, sagte er. »Ich werde Sie nie vergessen.«

An diesem Abend polterte Edward herein wie ein Gewitter.

»Meine liebe Jenny«, brüllte er mit einer sehr lieblosen Stimme, »was denkst du dir eigentlich, bei Firpo mit einem widerlichen Orientalen herumzuziehen?« Er stand drohend über meinem Stuhl, als wolle er mich schlagen.

»Setz dich, mein Freund«, sagte ich. »Du stehst mir im Licht. Wie du siehst, versuche ich zu stricken. – Er war kein gewöhnlicher Orientale. Es war ein Sikh und keineswegs widerlich. Und ich bin nicht herumgezogen. Ich habe nur geluncht. Ich hatte nämlich Hunger.«

»Ich verstehe dich nicht. Wie bist du überhaupt auf die *Idee* gekommen?! Wer hat euch denn miteinander bekannt gemacht?«

Er setzte sich. Sein Atem ging schwer vor lauter Verzweiflung.

»Niemand. Wir haben uns einfach kennengelernt. In einer Buchhandlung.«

»Du lieber Himmel! In einer Buchhandlung kennengelernt! Mein liebes Kind, meine arme, kleine, unschuldige Jenny, das ist ja wirklich kaum zu glauben. Du meinst, du bist einfach mit ihm zum Essen gegangen, ohne irgend etwas von ihm zu wissen? Schlimm genug, wenn es ein Engländer gewesen wäre – aber ein *Inder!* Wirklich, Jenny, wie *konntest* du nur?« Er schien den Tränen nahe, und ich versuchte, die Sache ein wenig zu mildern.

»Reg dich nicht auf, Edward. Ich werde ihn nicht wiedersehen. Er sagte, seine Mutter wäre nicht einverstanden.«

»Verdammte Unverschämtheit!« – Edward schien beinahe zu platzen. Ich sagte schnell:

»Aber Liebling, ich gehe doch nächsten Monat nach Darjeeling.«

»Höchste Zeit. Wenn du so weitermachst, werde ich noch meine Stellung verlieren. Am besten fährst du nächste Woche sobald du gepackt hast. Dann besteht wenigstens die Hoffnung, daß sie im Büro die Angelegenheit vergessen. Mein Gott! Diese Schande!« Dramatisch griff er sich an den Kopf.

»Hör mal, Edward« – diesmal war ich richtig ärgerlich –, »ich glaube, du übertreibst doch etwas.«

Aber er führte sich noch lange danach so auf und verbot mir praktisch, das Haus zu verlassen, bis ich abreiste. Ich glaube wirklich, die Hitze bringt die Leute ein wenig aus der Fassung. Als er sich am Bahnhof von mir verabschiedete, tat ihm die Sache natürlich wieder leid. »Arme kleine Jenny«, sagte er, »ich weiß, es ist sehr schwer für dich, den Lauf der Welt zu verstehen, aber du mußt meinetwegen versuchen, dich an Indien zu gewöhnen. Wenn du im Herbst zurückkommst, wollen wir mehr unternehmen. Ich will sehen, daß du Reitstunden bekommst.«

Wir bahnten unseren Weg um eine Familie von Indern, die entweder schlafend oder tot auf dem Bahnsteig ausgestreckt lag. Edward hastete mit allen möglichen Zeitschriften und Obst in mein Erster-Klasse-Abteil.

»Im August komme ich für vierzehn Tage hinauf, und ich schreibe, sooft ich kann.«

»Bleib gesund«, fühlte ich mich verpflichtet zu sagen. Er hatte sich inzwischen einen kleinen blonden Schnurrbart wachsen lassen, den er sich ständig glattstrich. Er kniff mich in die Backe und faßte mich unters Kinn, als wolle er mir helfen, meine Haltung bis zum letzten Augenblick zu wahren. Überhaupt: Haltung lag in der Luft.

Ich fühlte mich tapfer wie nie. Meine Stimmung hob sich bei dem Gedanken, Edward für vier Monate los zu sein. Der Zug fuhr hinaus, und ich schwenkte – damenhaft und schüchtern – mein kleines Tüchlein, mit feinster Brüsseler Spitze besetzt.

3. KAPITEL

Lancelot

Edward hatte mich in einem sehr ruhigen Hotel am Rande Darjeelings untergebracht. Wahrscheinlich in dem Glauben, die anderen Gäste wären alle weiblich. Er hatte sich getäuscht.

Von meinem Schlafzimmerfenster aus sah man auf die Schneekette des Himalaja. Am Tage, als ich ankam, lag eine blaue Wolkenbank über den tiefergelegenen Bergrücken, und die weißen und rosa Gipfel schwebten darüber – so fern und schwerelos wie Berge im Traum. Lange stand ich da und lehnte mich hinaus und atmete die kühle Luft, erfüllt vom Duft der Magnolienbäume. Vielleicht, dachte ich, bin ich trotz allem doch noch ein Mensch; ich lebe, ich bin eine Frau. Die Ebenen Indiens verblaßten, das vergangene Jahr fiel von mir ab, wie ein halbvergessener böser Traum. In diesem Augenblick kamen mir allerlei erhebende Gedanken. Ich würde anfangen zu malen, eine Nonne werden, eine Menge von Edwards Geld weggeben, jede Woche Tante May schreiben. Aber alles war umsonst, denn als ich zum Essen hinunterging, sah ich Lancelot.

Er saß allein an einem Tisch. Das war an sich noch nicht bemerkenswert, da alle Gäste allein an ihren Tischen saßen. Was mir aber der Aufmerksamkeit wert erschien: er war ein Mann unter lauter Frauen.

Er trug eine Jacke aus rauhem Tweed (in zweitausend Meter Höhe kühlt es sich nachts erheblich ab), war wettergestählt und braun, hatte eisblaue Augen und einen gutgestutzten braunen Bart. Bei dieser Gelegenheit sah ich allerdings seine Augen noch nicht, denn er hielt sie ständig über das Buch gesenkt, in dem er während der ganzen Mahlzeit las. Ich hielt ihn für einen Forscher oder einen Bergsteiger. Er sah so aus, als sei er ein Dach über dem Kopf nicht gewöhnt. Er mochte wohl zwischen dreißig und vierzig sein. Ich beobachtete, wie alle Damen von Zeit zu Zeit einen Blick zu ihm hinüberwarfen, deshalb ignorierte ich ihn nach meiner ersten kurzen Bestandsaufnahme. Ich war es nicht gewöhnt, um *einen* Mann mit fünfzehn anderen Damen zu konkurrieren, und hielt einen derartigen Versuch für unter meiner Würde.

Trotzdem: am nächsten Abend zog ich mein nachtblaues Taftkleid an und besprühte mich mit dem sehr lauten Parfüm, das ich damals benutzte; es hieß »Verführung« und tat seine Wirkung. Lancelots Nasenflügel zuckten, als ich an seinem Tisch vorbeirauschte, und er hob die blauen Augen von seinem Buch. Er senkte sie nicht sofort wieder, sondern starrte mich an, bis ich mein hochrotes Gesicht meiner Suppe zuwandte. Ich fühlte förmlich, wie alles erstarrte, und spürte – wie sich dann herausstellte, ganz richtig –, daß Lancelot keine der anderen bemerkt hatte, bevor ich auf der Bildfläche erschien. Trotzdem dauerte es noch vier Abende, bis er mich ansprach. Ich hatte schon fast die Hoffnung aufgegeben. Wir waren die letzten im Speisesaal; ich hatte mir ebenfalls ein Buch mitgebracht, und beim Kaffee tat ich so, als lese ich eifrig, als Lancelot mit einer plötzlichen Bewegung aufstand und zu meinem Tisch herüberkam.

»Darf ich mich zu Ihnen setzen?« fragte er, ohne zu lächeln.

»Aber gewiß«, antwortete ich, und er setzte sich mir gegenüber und starrte mich an wie zuvor. Er machte nicht den Eindruck, als wolle er irgend etwas sagen.

»Ein herrlicher Abend«, bemerkte ich schließlich.

»Ja«, sagte er. »Ziehen Sie Ihren Mantel an, und wir machen einen Spaziergang.«

Folgsam stand ich auf und holte ihn. Und nahm noch einen Schuß »Verführung«. Lancelot lief in der Halle auf und ab, als sei ich eine Stunde und nicht zehn Minuten weggewesen.

»Ich dachte schon, Sie kämen nicht mehr«, sagte er.

»Oh, wären Sie dann traurig gewesen?«

»Ja, sehr«, sagte er einfach, und wir traten hinaus auf die Straße. Anfangs bot er mir seinen Arm nicht an, und wir stießen fortwährend aneinander, so wie Leute, die auf einer weiten Straße allein sind. Der Mond strahlte nur so herab.

»Wenn Engel Haar haben, muß es wie Ihres sein.« Danach schwieg Lancelot mindestens fünf Minuten lang und fügte dann hinzu: »Es leuchtet jetzt wie ein silberner Heiligenschein.« Er ließ diesen Worten keine Berührung folgen. Ich hatte meine Hand schon hoffnungsvoll ausgestreckt, aber er sah sie überhaupt nicht; ich ließ sie also wieder fallen und kam mir ziemlich kindisch vor.

»Warum sind Sie hier?« fragte ich höflich.

»Ich bin wieder auf dem Weg nach Tibet.«

»Waren Sie schon früher dort?«

»Ja. Aber diesmal gehe ich für immer zurück.«

»Bitte, können Sie nicht etwas langsamer gehen – – –«

Mit meinen hohen Absätzen und dem langen Kleid konnte ich kaum Schritt mit ihm halten.

»Verzeihen Sie«, er blieb sofort stehen. »Ich bin es nicht gewöhnt, mit anderen zu gehen, und schon gar nicht mit Frauen.«

Wir lehnten nebeneinander an einer niedrigen Mauer und schauten auf Darjeeling hinunter. Die Wellblechdächer dieser steil aufgetürmten Stadt waren im Mondlicht noch malerischer als bei Tag.

»Warum wollen Sie in Tibet leben?«

»Weil ich von der Gottlosigkeit genug habe. Genug von Europa. Ich möchte Frieden und Ruhe. Ich möchte – wenn ich kann – Gott finden.«

»Sie glauben, daß Gott in Tibet ist?«

»Ich glaube, Gott ist überall, aber in Tibet ist weniger Lärm, und deshalb ist es leichter, ihm nahezukommen.«

Er sah zu mir herab und durch mich hindurch. Ich fühlte mich sehr klein.

»Ich weiß nicht, ob Gott oder Beelzebub Sie mir geschickt hat, aber ich kann Ihretwegen nicht mehr schlafen.«

Na also – das war mir schon vertrauterer Boden.

»Das tut mir sehr leid«, sagte ich, und nicht gerade wahrheitsgetreu fügte ich hinzu: »Ich möchte Sie in keiner Weise beunruhigen.«

»Sie haben mich schon auf alle nur erdenkliche Weise beunruhigt. Ich weiß noch nicht einmal Ihren Namen – – –«

»Jennifer«, warf ich dazwischen.

»– – – aber in jeder wachen Stunde sehe ich Ihr schmales, blasses Gesicht mit Ihren großen dunklen Augen und Ihr leuchtendes Haar zwischen mir und der Welt, und nachts ist es noch schlimmer; dann träume ich, ich hielte Sie in meinen Armen.« Und dabei sah er dauernd weiter über Darjeeling hin und redete mit einer so eintönigen Stimme, als lese er eine Warenliste herunter. Ich wußte wirklich nicht, was ich von ihm halten sollte.

»Sie gefallen mir eigentlich auch«, sagte ich, aber er schien mich nicht zu hören. Er schaute finster in den Mond.

»Oh, Diana«, sagte er plötzlich, »du hast deine Hand nicht im Spiel«, und er legte den Kopf auf die Arme. Von einer anderen Freundin zu sprechen, erschien mir eigentlich ziemlich geschmacklos; aber er war offensichtlich etwas durcheinander; ich legte ihm meine Hand sanft auf den Kopf.

»Auch Ihre Hand bringt keine Erlösung, Jennifer. Ich muß fort.« Er richtete sich wieder auf, und diesmal schaute er mich an und nicht durch mich hindurch.

»Gott möge mir vergeben«, sagte er, »ich kann es nicht mehr aushalten«, und er zog mich stürmisch an sich und küßte mich, als habe er seit Ewigkeiten niemanden mehr geküßt. Vielleicht stimmte das sogar. Es war wirklich sehr aufregend. Nach ein paar Minuten wich ich atemlos zurück und fragte mich erstaunt, wie ich es ein ganzes Jahr mit Edward hatte aushalten können.

Was die alten Möpse im Hotel dachten, weiß ich nicht. Die nächsten beiden Abende gingen wir zusammen spazieren. Als wir uns bei unserem dritten Spaziergang wieder über die Mauer lehnten, sagte Lancelot: »Jennifer, ich reise morgen; das heißt, ich gehe zunächst nach Gangtok hinauf – der nächsten Station meiner Reise. Willst du mitkommen?«

»Soll ich auch in Tibet leben?«

»Nein. Aber ein Stück weit – bis nach Gangtok oder vielleicht noch weiter.« Er legte seine Arme um mich.

»Jennifer, ich bitte dich. Ich dürfte dich ja eigentlich überhaupt nicht fragen, aber du bist die erste Frau, die mich so erschüttert hat. Die erste und vielleicht die letzte. Hiernach werde ich mich von allen menschlichen Wesen zurückziehen.«

»Oh, Lancelot – wie entsetzlich! Du bist doch viel zu jung, um so zu reden.«

»Wenn du glaubtest, was ich glaube, dann wüßtest du, daß es der einzige Weg zur Wahrheit ist. Nur du allein hältst mich noch in der Welt zurück – und wer weiß: vielleicht bist du mir als letzte Versuchung geschickt worden?«

»Aber du willst doch dieser Versuchung nachgeben?« Es schien mir alles sehr schwierig. Ich forschte in seinem Gesicht nach Aufschluß.

»Ich will ihr nachgeben, um noch mehr entsagen zu müssen. Laß mich dich lieben, so daß ich mich dann noch entschlossener Gott zuwenden kann.«

»Ich glaube, du bist verrückt, Lancelot, aber ich komme mit.« Wenn er mich küßte, war es gar nicht schwer, die seltsamen Worte zu vergessen; ich preßte mich an ihn, und er sagte überhaupt nichts mehr. Schließlich verabredeten wir, er würde fortgehen, und ich sollte nach einer Woche nachkommen. Das würde weniger Aufsehen erregen. Ich sollte warme Kleider mitbringen, aber nur das Nötigste. Zunächst wusch ich mir das Haar und bürstete es stundenlang, dann lief ich ein Paar neue Sandalen ein und ließ mich von der Sonne bräunen, so daß ich kein Make-up mehr brauchte. Ich sah mich schon als schlichtes Naturkind. Für die ganze Strecke von Darjeeling nach Gangtok nahm ich ein Taxi. Es kam zwar teuer, aber kleinlich war Edward Gott sei Dank nie. Es war eine herrliche Fahrt; ich werde sie nie vergessen – hinab, immer weiter hinab, einer gewundenen Hügelkette nach, das Teesta-Tal entlang, und dann einer anderen, ebenso gewundenen Hügelkette nach, wieder die ganzen zweitausend Meter hinauf, bis nach Gangtok.

Gangtok ist nur vierzig Kilometer von Tibet entfernt, aber es schien mir höher und von der westlichen Zivilisation viel weiter entfernt als Darjeeling. Vor jedem kleinen Haus flatterten lange weiße Gebetstücher im Wind.

Kaum hatte mein Taxi den Stadtrand erreicht, als Lancelot auf mich zukam, um mich zu begrüßen. Es war gegen fünf Uhr nachmittags.

»Ich bin schon seit heute mittag hier«, sagte er. »Ich hatte schon gefürchtet, du würdest nicht kommen. Ich werde jetzt dem Fahrer sagen, er soll dich in drei Tagen wieder abholen.«

»Warum? Hast du Angst, Lancelot, du würdest mich nicht wieder los?«

»Ich traue mir selbst nicht.« Er sprach mit dem Fahrer. »Er sagt, er will bleiben. Er hat Verwandte hier. Es ist billiger für ihn. Er berechnet dir allerdings genau dasselbe wie für zwei doppelte Fahrten.« Lancelot nahm mein Gepäck, das ich auf eine Reisetasche hatte beschränken können, und schlug einen steilen Fahrweg ein, der aus der Stadt hinausführte, sich am königlichen Palast und der Residenz vorbeischlängelte und bald zu einem noch steileren Fußpfad wurde.

»Ich habe dort oben bereits ein Zelt aufgeschlagen«, sagte er, »aber du mußt noch ein paar Kilometer laufen.« Anfangs ging es sehr gut. Am bläulich schimmernden Berghang leuchtete blutroter Rhododendron. Jenseits des dunklen Tales erhoben sich die einsamen Schneefelder des Kantschendschunga.

Lancelot sprach kein Wort, und ich war in einer seltsamen und überschwenglichen Weise glücklich. Ich begann zu verstehen, warum er nach Tibet ging. Aber nach einiger Zeit drückten mich die Schuhe, und an der Ferse bildete sich eine Blase; und da war ich natürlich nicht mehr halb so glücklich. Ich fragte mich, was ich eigentlich allein mit einem religiösen Fanatiker auf dem Dach der Welt wolle.

Lancelot merkte, daß ich nicht mehr konnte, er kam zurück, hob mich auf und sagte: »Es ist nicht mehr weit.« Es ist seltsam: Männer heben mich immer auf – oder zumindest: damals taten sie es. Wahrscheinlich mögen sie es gern, wenn man von ihnen abhängig ist. Ich habe mir oft gedacht, daß es die unhandlicheren Frauen nicht so gut haben; sie müssen selbst laufen.

Und tatsächlich: innerhalb weniger Minuten trug er mich den Hang abseits des Weges hinauf; und dort hatte er in einer windgeschützten Spalte ein kleines weißes Zelt aufgeschlagen. Na, dachte ich, ich bin zwar etwas zu alt für eine Pfadfinderin, aber man muß alles einmal probiert haben. Die Scheite zum Feuermachen lagen schon bereit, und im Handumdrehen hatte er es angefacht und einen Kessel darüber gestellt. Seltsam: schon nach einer einzigen Tasse Tee hat man das Gefühl, als ginge alles seinen normalen Weg. Und dann bereitete er ein vorzügliches Abendessen, bestehend aus Schinken und Eiern; das würde die nächtliche Kälte fernhalten.

»Na, ich muß schon sagen, das ist das seltsamste Unternehmen, an dem ich jemals teilgenommen habe«, sagte ich; und die ganze Zeit über hatte er mich noch nicht berührt; er starrte mich nur durch die Flammen hindurch an. Wie Beelzebub sah er aus mit seinem kleinen spitzen Bart.

»Jetzt bist du der Teufel«, sagte ich. »Nicht ich.«

Er fuhr heftig auf. »Du hast recht, Jennifer. Heute nacht bin ich wirklich der Teufel. Ich wage nicht, dir nahe zu kommen.«

Na, dachte ich, wenn das *so* ist, dann hat sich dieser weite Weg aber kaum gelohnt. Aber die Sache ging dann schließlich doch noch in Ordnung, denn es war ein sehr kleines Zelt, und es wäre zu kalt für ihn gewesen, allein draußen im Freien zu schlafen. Außerdem hatte er nur *einen* Schlafsack. Heute weiß jedermann, wie amüsant ein Schlafsack sein kann, aber damals kannte man seine Möglichkeiten noch nicht so recht.

Zuerst schickte er mich ins Zelt und blieb bei dem verglimmenden Feuer sitzen, aber nach einiger Zeit kam er herein und setzte sich neben mich.

»Schläfst du?« fragte er.

»Natürlich nicht«, sagte ich. »Warum kommst du nicht zu Bett?«

»Wie kann ich dir das begreiflich machen?« brach es plötzlich aus ihm heraus. »Ich wollte mich bis aufs äußerste foltern: dich hier in meiner Gewalt haben und drei Tage und drei Nächte Enthaltsamkeit üben. Es sollte die furchtbarste Marter sein. Ich hatte auf irgendeine Erleuchtung gehofft, als Lohn für meine Entsagung, und jetzt bin ich nicht stark genug.«

»Du meinst, du kommst jetzt doch ins Bett?« sagte ich dankbar, denn auch der Schlafsack war um diese Nachtzeit und in solcher Höhe nicht warm genug.

»Ja, ich komme«, sagte er im Tone tiefster Verzweiflung.

»Ach, Lancelot, hab' mich auch ein bißchen lieb, nicht nur immer Gott.«

»Ich liebe dich mehr als Gott, das ist das Kreuz, das ich bis zum Ende meiner Tage tragen muß.«

Mit diesen trübsinnigen Bemerkungen schlüpfte er endlich zu mir in den Schlafsack. Dann aber liebte er mich so wild wie einer, der mit dem Teufel ringt, und so wurde uns doch noch recht warm.

Es folgten drei seltsame Tage. Ganz allein da oben, am stillen, sonnigen Berghang. Lancelot übernahm das Kochen und holte Wasser aus einem nahen Fluß. Dazwischen las er den heiligen Augustin. Ich hatte am Tag wirklich nichts zu tun, als mein Haar zu bürsten und wilde Blumen zu pflücken. Ich bekam einen schönen Strauß zusammen; ich weiß nicht, wie sie alle hießen: eine Art Skabiosen, dazu seltsame buschige Pflanzen, die auf der Moräne wachsen. Ich lieh mir von Lancelot einen Bleistift und versuchte, die Blumen zu zeichnen, so daß ich sie zu Hause noch einmal ansehen könne. Nachts dagegen waren wir beide sehr beschäftigt. Ich dachte oft, welch ein Jammer, daß Lancelot sich entschlossen hatte, dem Fleisch zu entsagen. Er hätte einen idealen Ehemann abgegeben. Außerdem war er ein so guter Koch.

Er war fest entschlossen, am dritten Tag aufzubrechen. Früh am Morgen zog er seinen Arm sanft unter mir weg und befreite sich aus dem Schlafsack. Ich dachte, er wolle mich verlassen, ohne sich auch nur zu verabschieden, deshalb setzte ich mich auf und sagte ungehalten: »Aber Lancelot, was ist mit dem Zelt und allem?«

»Mein Träger kommt heute nachmittag von Gangtok herauf, um es mitzunehmen. Er wird auch dein Gepäck zurücktragen.«

»Aber du brauchst doch den Schlafsack?«

»Zuerst vielleicht. Bis ich mich an die Kälte gewöhnt habe. Die tibetanischen Eremiten in den Schneeregionen oben schlafen das ganze Jahr nur in härenen Hemden.« Er hielt mit dem Rucksackpacken inne und kam zu mir zurück. »Ich werde dir heraushelfen«, sagte er und legte den Arm um mich. »Ach, Jennifer, du bist so schön – du machst es einem wirklich schwer.«

Und dann brach er natürlich nicht so früh auf, wie er beabsichtigt hatte, und etwa eine Stunde später sagte ich: »Hast du denn schon ein härenes Hemd für die Schneeregionen?«

»Noch nicht. Aber ich werde vorerst noch kein Eremit; ich gehe zunächst als Lehrling in ein großes Kloster.«

Oft denke ich, ob er wohl noch dort ist. Wenn ja, dann muß er jetzt ein Ober-Lama sein. Es steckte eine außergewöhnliche Kraft in Lancelot. Er packte die Dinge mit ungeheurer Energie an.

Als es Mittag wurde, saß ich allein in dem kleinen Zelt. Ich hatte ziemliche Druckstellen an meinen Schultern, wo mich Lancelot beim Abschiedskuß ein wenig zu stark angefaßt hatte. Ich hoffte nur, daß der Träger auch kommen würde, denn ich stellte mir eine Nacht allein hier oben ohne Schlafsack nicht besonders gemütlich vor. Schließlich könnte es ja auch Wölfe geben.

Aber alles klappte. Der Träger erschien gegen zwei Uhr. Auf seine eigene Weise war Lancelot sehr zuverlässig. Der Träger schien von meiner Gegenwart keineswegs erstaunt und sagte, »*Salaam, Memsahib*«, als befänden wir uns auf einem Bahnhof, und schon hatte er das Zelt abgerissen. Er hängte es sich um, belud sich dann mit der Bratpfanne, dem Geschirr und meiner Reisetasche und machte sich behende an den Abstieg. Ich mußte mich ziemlich anstrengen, um mit ihm Schritt zu halten. Offensichtlich hatte er sich mit dem Taxichauffeur angefreundet, denn er brachte mich geradewegs zum Taxi, stellte meine Tasche hinein, und ohne weiteres Aufheben fuhren wir davon.

In Indien kann man nichts geheimhalten. Jeder scheint sofort alles genau zu wissen. Ich konnte nur hoffen, die Leute im Hotel würden meine Geschichte von dem kurzen Besuch bei Freunden auf einer Teeplantage glauben und nicht etwa den Taxichauffeur fragen, wo er gewesen sei.

Nun, ich muß sagen, dieser kleine Ausflug hatte mir sehr gut getan. Ich hatte niemals vorher in meinem Leben unter einem Zeltdach geschlafen. Und es war schön, einmal wieder zu erfahren, daß ich noch reizvoll war. Anscheinend fand Edward mich niemals reizvoll. Er war immer zu sehr damit beschäftigt, darüber zu grübeln, wie jung und unschuldig ich noch sei. Immerhin war ich mittlerweile dreiundzwanzig, und das ist durchaus nicht mehr so jung.

4. KAPITEL

Edward

Für den Rest des Sommers betrug ich mich einwandfrei. Um der Wahrheit die Ehre zu geben: es wohnten keine weiteren alleinstehenden Herren im Hotel. Wenn einmal die Regenzeit eingesetzt hat, senkt sich eine dichte weiße Nebeldecke über Darjeeling, und überall fängt es an zu schimmeln. Im August kam Edward herauf. Er schien besonders vergnügt und hatte mir das Mittagessen mit Mr. Singh völlig verziehen, wie er mir mehrmals versicherte.

Ich blieb noch einen Monat nach seinem Besuch, um ganz sicher zu sein, daß bis zu meiner Rückkehr die schlimmste Hitze vorbei wäre.

Als ich in Kalkutta ankam, hatte Edward schon einige Abendgesellschaften arrangiert. Die erste bestand aus einem neuen Herrn aus seinem Büro namens Berkeley und seiner Sekretärin, einer Miß Forsythe. Miß Forsythe schien mir ein solides, vernünftiges Mädchen zu sein, wenn auch ziemlich plump. Sie hatte einen frischen rosa-weißen Teint und leicht vorstehende Zähne. Sie war seit sechs Monaten von England fort und ertrug die Hitze mit etwas zu herzhaftem Humor. Ich wurde nicht recht warm mit ihr; sie hatte eine volle, aber ziemlich aus den Fugen geratene Figur; außerdem lachte sie zu oft und zu laut. Aber auf den Schock, der mir am nächsten Morgen versetzt wurde, war ich nicht vorbereitet gewesen. Ich hatte mich gerade in meinem Bett aufgesetzt, nippte an meinem Kaffee und las dabei einen langen Brief von Betsy, die den Herbst in Paris verbrachte, um sich gründlich auf die Strapazen ihrer ersten Londoner Saison vorzubereiten, als mein Kuli Achmed hereinplatzte.

»*Memsahib* ist beschäftigt?« fragte er unsicher.

»Nein – nein«, sagte ich. »Möchtest du etwas?«

»Diese *Memsahib*, die gestern abend hier war, ist sehr schlechte *Memsahib.*« Ich dachte an die harmlose, wenn auch etwas gewöhnliche Miß Forsythe.

»Was willst du damit sagen, Achmed? Hat sie Gift in die Suppe getan?«

»Nein – aber sie hat oft in diesem Bett von *Memsahib* geschlafen in diesem Sommer.«

Das war allerdings wirklich ein Schlag ins Gesicht. Sensation –

wie man es nennt. Der Kaffee schlabberte in die Untertasse. Achmed nahm mir die Tasse aus der Hand und stellte sie aufs Tablett zurück.

»Wir alle gedacht haben, arme kleine *Memsahib* allein in den Bergen von Darjeeling. Und der *Burra-Sahib* kein guter Mann.«

»Das war ja wirklich sehr nett von euch. Ich hoffe, ihr werdet das auch vor Gericht beschwören? Ich werde euch dafür belohnen.«

»Gericht nicht gut – sehr schwer.«

»Ich würde euch natürlich alle gut bezahlen.«

Ich wunderte mich, daß er sich entschlossen hatte, es mir zu erzählen, anstatt Edward zu erpressen, und kam zu dem Schluß, daß sie wohl alle, auf ihre eigene Weise, mich lieber mochten.

Na, ich verbrachte also den Tag damit, diese Neuigkeit zu verdauen. Armer Edward! Er fand wohl Miß Forsythe erwachsener als mich. Es war ein bißchen bitter, aber die Aussicht auf Freiheit war es wohl wert, auf die Eitelkeit zu pfeifen.

Ich wählte ein feuerrotes Samtkleid, um ihn darin am Abend zu empfangen. Geduldig wartete ich, bis er mit dem Essen ganz fertig war und mir eine langatmige Geschichte vom alten Bungo und einem Maharadscha erzählt hatte, und dann ließ ich meine Bombe platzen.

»Übrigens, Edward: Ich habe beschlossen, mich von dir scheiden zu lassen.« Der Mund blieb ihm offen, und er wurde ganz weiß. Dann faßte er sich.

»Aber Jenny, Liebling – was soll das heißen? Weshalb denn?«

Ich nahm meine Strickarbeit auf – einen von diesen ellenlangen Wollschals in Grau, an dem ich immer arbeitete, wenn ich erregt war.

»Oh – ich weiß alles von dir und Miß Forsythe. Ich finde übrigens, du hättest dafür nicht gerade mein Bett zu benützen brauchen, Edward – ziemlich geschmacklos, mein Lieber.« Er hatte wenigstens soviel Anstand zu erröten, und nun fing er an zu stammeln.

»Ich weiß wirklich nicht, wovon du redest ...« Aber als ich einfach weiterstrickte, stockte er bald und sagte: »Und was willst du nun unternehmen?«

»Wie ich schon sagte – mich so bald wie möglich von dir scheiden lassen.«

»Aber Jenny, das kannst du nicht verstehen – wenn man monatelang allein hier unten in dieser Hitze sitzt, wird es so schwer – – – und sie ist so ein nettes, umgängliches Mädchen – – –«

»So scheint es allerdings«, sagte ich trocken. »Du hättest jederzeit zum Wochenende nach Darjeeling hinaufkommen können, wenn dir *das* gefehlt hat.«

»Du bist so kalt«, sagte er verzweifelt. »Wie kann ich dir das nur begreiflich machen! Deine schneegleiche Schönheit war es, die ich zuerst so liebte – aber allmählich merke ich, daß es sehr hart ist, mit einem Eisberg zusammenzuleben.« Und das *mir*, die ich mir einbilde, unwiderstehlich zu sein! Jedenfalls tat er alles, um für unsere Ehe zu sprechen. Nicht etwa für meine Liebe, sondern für unsere Ehe. Jedesmal, wenn ich ihm eindeutig zu verstehen gab, ich sei zur Scheidung fest entschlossen, rang er die Hände und jammerte: »Aber was wird Oma sagen?« Oder »Rosemarys Mann sagen« oder eine Menge anderer Leute, die ich nicht einmal kannte. – Es war mir etwas peinlich, wenn ich an Jack dachte, und wie er mich auslachen würde – aber die Meinung der übrigen Welt war mir völlig gleichgültig, und selbst Jacks Spott war nicht gewichtig genug, um mich von meinem Schritt abzuhalten.

Ich leitete also das Scheidungsverfahren ein und wartete ab. Etwa vierzehn Tage später bekam Edward ein Telegramm. Es setzte ihn kurz davon in Kenntnis, daß sein Vater und sein ältester Bruder George tot seien. George hatte – wie sich ergab – seinen Vater und sich auf dem Gut gegen einen Baum gefahren. Damit erbte also Edward den Titel, als siebenter Baron in seiner Linie. Dies war eine Wendung der Ereignisse, mit der ich nicht gerechnet hatte.

Ich glaube, ich trauerte Edwards liebem altem Vater mehr nach als er. Edward meinte, wir müßten sofort nach Hause fahren, um seiner Mutter beizustehen. Ich hielt es für unwahrscheinlich, daß seine Mutter – selbst nach diesem schweren Schlag – eine solche Hilfe nötig hätte, aber ich sah ein, daß er auf jeden Fall nach Chipworth zurückfahren müsse. Als wir am Abend die Abreise besprachen, meinte er: »Ich nehme an, du wirst jetzt die ganze dumme Scheidungsangelegenheit fallenlassen, Jenny.«

»Im Gegenteil, Edward, ich werde noch mehr darauf dringen als bisher«, antwortete ich unerbittlich. Der arme Edward war völlig entgeistert. Unvorstellbar für ihn, daß es eine Frau auf der Welt geben konnte, die nicht gern Schloßherrin auf Chipworth sein wollte.

»Aber Liebling«, argumentierte er, »ich bin sicher, meine Mutter wird sich auf ihren Witwensitz zurückziehen; wir werden Chipworth ganz für uns allein haben.«

»Aber ich will gar kein großes Haus führen, ob ich es für mich allein habe oder nicht. Und außerdem habe ich einfach keine Lust mehr, mit dir zu leben. Du gibst ja auch zu, es macht dir keinen Spaß; und deshalb: je eher wir uns trennen, desto besser.«

Verdrießlich sann er über diese Worte nach und schwenkte den Portwein in seinem Glas. Ich glaube, er sah sich bereits als Haupt der langen Tafel in Chipworth.

»Na gut, Jenny – dann tu mir wenigstens *einen* Gefallen und komm mit zurück und sage niemandem etwas, bis die Scheidung ausgesprochen wird.«

»Gut – aber nur, wenn das meine Chancen bei der Scheidung nicht aufs Spiel setzt. Erst muß ich meinen Rechtsanwalt fragen.«

Der Rechtsanwalt hatte nichts dagegen einzuwenden, gab mir aber den Rat, für die Überfahrt auf getrennten Kabinen und daheim in Chipworth auf getrennten Schlafzimmern zu bestehen.

Es war seltsam, nach kaum zwei Jahren so großartig wieder zu Hause einzuziehen. Das gesamte Gutspersonal hatte sich zu unserem Empfang versammelt, um uns angemessen zu begrüßen. Wir erhielten die besten Gästezimmer, und ich bestand darauf, Edward müsse im Ankleidezimmer schlafen. Meine Schwiegermutter war in tiefstem Schwarz, aber sonst völlig unerschüttert.

»Marion trägt es wirklich tapfer«, sagte der Chor der Verwandten, von denen sich einige schon für die Weihnachtstage eingefunden hatten. Das Holzfeuer brannte so prächtig und zwecklos wie früher, und um den Kamin herum zog es fürchterlich. Eine Sekunde lang spielte ich sogar mit dem Gedanken, hierzubleiben und dafür zu sorgen, daß das Haus warm würde, aber ich verwarf ihn bald wieder, da ja selbst ein warmes Chipworth Edward zu seinen Bewohnern zählen würde.

Der einzige wirkliche Lichtblick war Betsy.

»Liebste beste Jenny«, rief sie und küßte mich, »du weißt ja gar nicht, wie schön es ist, dich wiederzusehen. Was hat denn bloß Edward mit dir gemacht? Du bist ja schöner als je.«

»Du auch – dreh dich mal um und laß dich ansehen. Hübsch, dein kurzes Haar! Paris hat dir sogar beigebracht, wie man Trauerkleidung trägt.«

Sie griff nach meiner Hand. »Komm, wir gehen nach oben, du mußt mir alle deine Kleider zeigen.«

»Zeig lieber deine, du hast doch sicher eine Menge neuer Sachen; im Frühjahr ist doch deine erste Saison.«

Sie zog eine Grimasse. »Schrecklich nicht? – Ich werde mich bestimmt fürchterlich langweilen. Alle diese entsetzlichen Bälle mit den armen Jünglingen, die da angeschleppt werden, und alle reden sie über nichts als Pferderennen.«

Wir betraten den sicheren Hafen meines Schlafzimmers.

»Jenny, ist es nicht furchtbar hier ohne Papi? Er fehlt mir entsetzlich. Gott sei Dank, daß du wenigstens gekommen bist. Es war ja überhaupt niemand da, mit dem man einen Ton reden konnte. Ich möchte studieren. Mutter ist natürlich dagegen; sie meint, ich würde ein Blaustrumpf.«

Na, einem Blaustrumpf sah sie nicht ähnlich, wie sie so zusammengerollt auf meinem Bett lag, elegant und schlank, in ihrem schwarzen Wollkleid.

»Mach dir keine Sorgen, Liebling. Vielleicht macht es Spaß, so viel zu lernen, wer weiß? Ich kann da nicht mitreden. Hast du deinen Vater gefragt?«

»Ja – aber du weißt doch, wie zerstreut er war; er sagte bloß ›Wie du willst, mein Kind, Oxford ist sehr schön‹, und dann ging er wieder zu seinen Büchern. Ich glaube, er hatte alle Prüfungen vergessen, oder vielleicht gab es keine, als er jung war.«

Ich schlüpfte aus meinem Nerz, hängte ihn in den riesigen viktorianischen Schrank und ging zum Feuer hinüber, um meine Hände zu wärmen.

»Kann ich dir irgendwie helfen, Betsy?«

»Du mußt mich eben unterstützen, wenn Mutter es mir ausreden will. Ich will während der ganzen Saison Nachhilfestunden nehmen, und das wird ihr nicht behagen. Ich möchte nächsten Winter die Aufnahmeprüfung machen.«

»Ist eigentlich dein Roman fertig?«

»Nein. Ich habe nicht mehr weitergeschrieben. Ich mache jetzt ein Theaterstück. Aber leider komme ich zu wenig ins Theater. Willst du nicht mal mit mir gehen? Wollen wir zusammen nach London fahren? Ich kenne niemanden auf der Welt, außer meiner Familie, und ich möchte so furchtbar gerne. – Es war gemein von Mutter, mich nicht in die Schule gehen zu lassen.«

»Ich würde der Schule keine Träne nachweinen, Betsy. Wir werden dich schon irgendwie nach Oxford bringen; das ist sicher viel netter. Und jetzt müssen wir uns wohl zum Essen umziehen.«

Edward kam herein, Betsy sprang auf und raste hinaus. Sie hatte sich mit Edward nie recht verstanden und mied ihn, wann und wo sie nur konnte.

»Betsy sieht ganz anders aus, seit sie in Paris war«, sagte Edward. »Schade, daß sie ihr Haar nicht aufsteckt, anstatt es abzuschneiden.«

»Ich finde, es steht ihr sehr gut.«

»Worüber habt ihr beiden euch denn unterhalten?«

»Ach, nur so über ihre Londoner Saison und Zukunftspläne. Mach dir keine Sorgen. Ich rede keinen Ton von der Scheidung – jetzt noch nicht.«

»Jenny, sei doch nicht so hart. Willst du es dir nicht doch noch anders überlegen, jetzt, hier zu Hause?«

»Nie, Edward. Und jetzt zieh dich lieber zum Essen um.«

Und dann folgte noch das peinliche kleine Gespräch mit meiner Schwiegermutter. Sie paßte mich vor dem Kamin im Frühstückszimmer ab, wo sie gewöhnlich zwischen elf und zwölf Uhr vormittags ihre Briefe schrieb. Seufzend begann sie: »Also, Jennifer, du hast jetzt eine ernste und schwere Verantwortung zu tragen. Du bist noch jung und hast so wenig Erfahrung.«

»Aber du wirst doch hoffentlich in Chipworth bleiben«, sagte ich, »allein bin ich dem nicht gewachsen.«

»Nein, mein Kind; unmöglich. Betsy, Delia und ich müssen auf den Witwensitz ziehen. Edward wird wohl viele Gesellschaften geben müssen, und da wäre ich nur im Wege.«

Ich wußte nicht recht, was antworten, da ich Edward mein Versprechen gegeben hatte. Schließlich überredete ich sie, noch weitere sechs Monate zu bleiben, um mich in meine Pflichten einzuführen. Dieser Vorschlag gefiel ihr, und ich hoffte, bis dahin alles hinter mir zu haben.

Edward war in seinen Titel verliebt. Man sollte annehmen, daß jemand, der umgeben von lauter Lords aufwächst, schließlich darüber erhaben ist; keine Spur. Jedesmal, wenn ihn jemand mit »Mylord« ansprach, reckte er sich ein wenig auf und strich über seinen Schnurrbart. Wenn man zu mir dagegen »Mylady« sagte, fuhr ich hoch wie ein aufgeschrecktes Kaninchen. Trotz der Erbschaftssteuer und einer Menge besorgten Kopfschüttelns stellte sich heraus, daß wir immer noch entsetzlich reich waren.

Nachdem die ziemlich düsteren Weihnachtsgelage vorbei waren, ersuchte ich um die Erlaubnis, nach London zu fahren, um mir ein paar moderne Trauerkleider zu besorgen. Ich versuchte, die Familie zu überreden, Betsy mitkommen zu lassen; aber mit Nachdruck verkündete man, sie dürfe sich vor dem nächsten Frühling nicht amüsieren. Und so fuhr ich allein.

Es war ein schneidend kalter, sonniger Tag im frühen Januar. Ich hatte meine Pelzstiefel aus Kaschmir an und meinen guten alten Nerz. Rogers brachte mich in unserem Daimler zum Bahnhof. Edward war in einer wichtigen Besprechung mit seinem Verwalter und konnte mich deshalb nicht an den Zug bringen.

Ich wischte die beschlagenen Fenster meines Erster-Klasse-Abteils ab und freute mich am Anblick der frostglitzernden Felder, des hellen, blauen Himmels und der Abwesenheit Edwards.

Am Paddington-Bahnhof nahm ich ein Taxi zum Belgrave Square und stellte meine Hutschachtel, meine zwei Koffer – einer davon war leer für die neuen Kleider – und mein Reisenecessaire in eines der großen vorderen Schlafzimmer. Außer mir war nur noch die Haushälterin, die sehr schwerhörige alte Mrs. Johnson, im Haus. Mit Hilfe einer Zugehfrau hielt sie mein Schlafzimmer in Ordnung und kochte für mich.

»Ach, Mylady«, sagte sie, »das ist aber schön, daß Sie so gut aussehen.« Dies in dem mißbilligenden Ton, der besagt: Höchste Zeit, daß Sie endlich ein Baby bekommen. Ich lächelte nur, da es wenig Zweck hatte, mit ihr zu sprechen, wenn es nicht unbedingt nötig war. Ich schrieb ihr auf einen Zettel, ich möchte zu Mittag essen, wann es ihr passe, und zum Abendessen ginge ich aus.

Um ein Uhr arbeitete sie sich langsam vom Erdgeschoß herauf, wo sie kochte und schlief, und servierte mir zwei Koteletten und einen Karamelpudding. Sie gab mir den Hausschlüssel, da sie, wie sie sagte, die Hausglocke nicht höre. Ich wunderte mich oft, warum meine Schwiegermutter eine Haushälterin angestellt hatte, die auch den geräuschvollsten Einbruch überschlafen würde. Wahrscheinlich war sie billig, eine der wenigen geringfügigen und unnötigen Sparmaßnahmen der Familie.

Und so gehörte der schöne frostige Nachmittag in London ab zwei Uhr mir. Leider muß ich gestehen, daß ich sofort zu meiner früheren Wohnung ging. Jack war ausgegangen. Er schien aber, der Karte an dem Türschild nach zu schließen, noch dort zu wohnen. Ich saß etwa eine Viertelstunde lang auf der Treppe und atmete den vertrauten Duft von Katzen ein und dachte, wie seltsam das Leben doch ist, wenn man es mal so recht bedenkt. Dann hinterließ ich einen Zettel mit der Mitteilung, daß es doch nett wäre, wenn man zusammen zu Abend essen würde, ich würde um acht Uhr in dem kleinen französischen Restaurant sein, in das wir früher immer gingen. Ich kaufte zwei neue Kleider, und dann ruhte ich meine Füße für zwei Stunden im Liegezimmer von Harrods aus.

Ich kam etwas zu spät ins »Chez Pierre«, aber von Jack war noch keine Spur. Dem Kellner sagte ich, ich wolle einen Tisch für eine Person – um auf jeden Fall gesichert zu sein – und setzte mich in die hinterste Ecke. Die Bänke hatten alle hohe Lehnen, so daß die Gäste in einer Art Kabine saßen. Auf jedem Tisch stand ein kleines Lämpchen mit einem rosa Schirm. Alles war sehr intim, und eigentlich etwas peinlich, hier allein zu sein.

Um halb neun – ich hatte bereits die Horsd'œuvre hinter mir und die Hoffnung beinahe aufgegeben – entstand eine stürmische Bewegung im Restaurant, und Scharen von Kellnern wichen an die Wand zurück. – Jack stürzte um die Ecke meiner Bank und packte mich in einer ungeheuerlichen Umarmung, die ihm den Hut rückwärts herunterriß.

»Donnerwetter! Du riechst gut, Liebling. Wren, du bist viel zu lange fort gewesen. Du hast mir richtig gefehlt – laß dich mal ansehen.« Er bog mein Gesicht zurück, so daß mir fast das Genick brach.

»Nicht zu viele Sommersprossen – gut; – und dein Haar ist nicht dunkler geworden. Ich dachte, blonde Frauen würden in den Tropen manchmal richtig dunkel. Hab mir schon Sorgen gemacht – keine großen natürlich. Und jetzt küß' mich doch endlich.«

Ich versuchte, mich zu befreien, um atmen zu können.

»Jack, bitte – doch nicht so – hier! – Ich wollte nur nett mit dir essen und von alten Zeiten reden, aber ...«

»Schön.« Er ließ mich sofort los, so daß ich ziemlich hart auf die Bank plumpste. »Jedenfalls bin ich hungrig. Erst das Essen, dann die Geschäfte. Aber du hast ja schon einen ganzen Gang hinter dir? Was denkst du dir denn, einfach so ohne mich anzufangen? – Herr Ober!« Er steckte seine Serviette in den Kragen und richtete seine großen Augen auf mich. Er ist ein Scheusal: er weiß, daß ich ihnen nicht widerstehen kann. Ich sah schleunigst auf meinen Teller hinab; auf keinen Fall durfte er merken, daß ich schon zitterte; nervös spielte ich mit meiner kostbaren Perlenkette.

»Ah, noch mehr von diesen hübschen Dingern, Jenny!? Was für ein Glück du doch hast, einen so aufmerksamen Gemahl zu besitzen. Übrigens meinen Glückwunsch: endlich hast du es zur Lady gebracht! Hast du die Pâté maison versucht?«

»Ich habe Horsd'œuvre genommen«, sagte ich steif.

»Ich möchte eine dicke Suppe, Herr Ober, und danach wird Mylady vielleicht ein Steak mit mir essen?«

»Ich möchte lieber Huhn.«

»Einmal Steak, einmal Huhn – und schicken Sie den Weinkellner her. Ja, das war also ein unerwarteter Glücksfall, Jenny. Damit hattest du doch gewiß nicht gerechnet, erst das Geld und dann noch den Titel.«

»Edwards Vater war ein reizender alter Herr. Weitaus der Netteste von der Familie, außer Betsy; ich wollte, er wäre nicht gestorben.« Er sah mich erstaunt an.

»Aber, Jenny, klopft da wirklich noch ein zartes kleines Herz in diesem vergoldeten Käfig?«

»Was malst du jetzt?« fragte ich, um das Thema zu wechseln.

»Ach, Frauen – meist schöne Akte. Alle meine Geliebten, sozusagen.«

»Hast du viele?«

»Nicht alle auf einmal, natürlich, aber eine ganz stattliche Anzahl, eine nach der anderen – deshalb bin ich heute abend auch so spät gekommen. Dein Zettel hat einen Krach mit Tony zur Folge gehabt; sie hat mich fast umgebracht, um zu verhindern, daß ich ausgehe. Sie wird wohl das Lokal geräumt haben, bis ich heimkomme.«

»Ist dir das denn egal?«

»Ziemlich egal. Ich habe schon eine ganze Reihe Bilder von ihr gemalt, und jetzt hab ich ein Auge auf eine kleine Brünette, die ich immer treffe, wenn ich einkaufen gehe; das wird die nächste.«

»Jack – ich glaube, du übertreibst mir zu Ehren doch etwas.«

»Na ja, ein bißchen – aber nicht sehr. Erzähl' mir jetzt mal von dir! Was hast du in Indien gesehen?«

»Der Himalaja ist das Schönste. Ich fand ihn herrlich. Sonst war nicht viel los; zu viel Bridge und Stricken.«

»Ist das Huhn gut?«

»Scheint mir viel besser als dein Steak. Tut es dir nicht leid, daß du es nicht bestellt hast? Wer bezahlt übrigens dieses Essen? Es ist jedenfalls üppiger als unsere früheren gemeinsamen Mahlzeiten.«

»Schon gut. Ich habe soeben ein Bild von dir – übrigens in ziemlich unbekleidetem Zustand, in einem Kahn auf der Themse – an einen verrückten amerikanischen Juden verkauft. Möchtest du noch etwas Wein?« Er streifte ganz sacht meine Hand, als er sich herüberbeugte, um mein Glas zu füllen, und sofort schoß mir das Blut durch den Körper, so daß mir ganz schwindlig wurde. »Was hast du eigentlich mit Edward gemacht?«

»Ach, er konnte nicht weg. Irgendwelche langwierigen Abwicklungen in Chipworth.«

»Liebling, ich finde, du hättest doch nicht allein nach London kommen sollen, nur um *mich* zu treffen.«

»Tat ich nicht«, log ich drauflos. »Ich wollte mir nur elegante Trauerkleidung kaufen.«

»Das ist dir gelungen. – Du machst mir Ehre, Jenny.«

Als wir fertig waren, sagte er: »Schade, daß ich dich nicht in meine Wohnung mitnehmen kann, aber jetzt ist Tony wohl noch da. Ich bringe dich lieber nach Hause. Wohnst du am Belgrave Square?«

»Ja. Aber du brauchst mich nicht nach Hause zu bringen. Ich kann ein Taxi nehmen.«

»Natürlich; du fährst wohl jetzt immer nur Taxi? Wie gut du es hast! Ich will sehen, ob ich eines finden kann.« Er schob seinen Hut nach hinten und stieß mich aus dem Restaurant. Wir standen ein paar Minuten lang zitternd am Randstein unter dem klaren Sternenhimmel, und dann kam ein Taxi. Ich legte schon meine Hand an die Tür, um mich von Jack zu verabschieden, aber er war drinnen, bevor ich ihn daran hindern konnte.

»Ich kann wirklich ebensogut allein heimfahren«, sagte ich.

»Wohin?« fragte der Chauffeur.

»Auf Umwegen zum Belgrave Square«, sagte Jack.

»Jawohl, Sir«, antwortete der Chauffeur, drehte auf der Stelle herum und fuhr in Richtung Tottenham Court Road.

»Jack?!...«

»Liebste Jenny – ich errate doch immer deine geheimsten Wünsche.« Abweisend zog ich mich in die andere Ecke zurück. »Ach, jetzt spielst du die Unnahbare? Es hat doch keinen Zweck, so kühl zu tun; der Raum ist zu eng.« Aber er setzte sich zurück und holte eine Zigarette heraus. Während er sie sich anzündete, entspannte ich mich ein wenig; aber beim Aufflackern des Streichholzes mußte er mein Gesicht beobachtet haben, denn in der nächsten Minute hatte er mich in seinen Armen, Zigarette hin, Zigarette her.

»Dieser Nerz kitzelt sehr«, bemerkte er, »wo in aller Welt kriegt man dich selbst darunter zu fassen? – als ob man einen ausgestopften Bären umarmen würde.«

Das Taxameter stand auf zehn Shilling sixpence, als wir am Belgrave Square hielten. Der Mann mußte über Hampstead gefahren sein. Jack half mir aus dem Wagen, und leise schloß ich die Tür auf, obwohl kaum zu befürchten war, daß Mrs. Johnson aufwachen könnte.

»Ich habe dieses Haus schon immer von innen sehen wollen. Mach' die Honneurs, Jenny.«

»Ich wage nicht, irgendwo Licht zu machen, und außerdem steckt alles in Schutzbezügen, aber manches kannst du vielleicht ein wenig beim Mondlicht sehen.« Ich öffnete die Tür zum Ballsaal, und da schien auch wirklich der volle Mond durch die

Fenster. Rings an den Wänden waren Wandleuchter, und ein großer kristallener Kronleuchter in der Mitte. Die vergoldeten geschnitzten Stühle standen in der Mitte des Raumes unter Schutzbezügen aufeinandergetürmt. Wir schlichen uns hinüber zum Fenster und sahen in den schmutzigen, gepflasterten Hintergarten mit einem kleinen Teich und einer Gartenbank darin. Im Sommer, wenn die Familie hier wohnte, prangte da gewöhnlich eine bunte Galerie von Topfpflanzen, aber jetzt war nichts da als ein trauriges steifgefrorenes Tischtuch, das Mrs. Johnson wohl versehentlich auf der Wäscheleine hatte hängen lassen.

»Jenny«, sagte Jack, ohne sich mir zuzuwenden, »hast du gewußt, daß ich dich liebe?«

»Ich dachte, du liebst viele.«

»Ich wollte, es wäre so. Ich versuche es ja auch. Warum mir auch von dir das Herz brechen lassen – meinst du nicht?«

»Ach, Jack. Ich glaube nicht, daß ich dir das Herz breche. Du übertreibst!« Aber ich zitterte schon wieder, und nicht nur vor Kälte.

»Wahrscheinlich. So ein zeitloser Augenblick in einem eisigen verstaubten Ballsaal bringt mich auf dumme Gedanken. Du siehst aus wie das kalte weiße Gespenst von all den schönen Frauen, die jemals in diesem Raum getanzt haben. Komm her und zeig' mir, daß du Fleisch und Blut bist.« Er nahm meine Hand und zog mich in seine Arme.

»Ich weiß nicht, warum wir hier unten die Zeit vergeuden. Hier ist doch auch sicher irgendwo ein Schlafzimmer?«

5. KAPITEL

Timothy

Ich hoffte natürlich die ganze Zeit, daß Jack mir einen Heiratsantrag machen würde, als er von der Scheidung erfuhr. Aber nein! War ja auch nicht einzusehen, warum er es 1934 tun sollte, nachdem er es schon 1931 nicht getan hatte. Und als ich endlich im Mai nach London übersiedelte, war er zwar sehr erfreut, mich wiederzusehen, aber noch viel froher darüber, daß ein Bild von ihm für die Ausstellung der königlichen Akademie angenommen worden war.

»Ich werde natürlich die Akademie weit überflügeln. Aber für den Anfang ist es ganz nützlich. Das Bild wird mir wahrscheinlich einige Porträtaufträge einbringen. Es ist eine ganz akademische Studie von dir, wie du in einem Buch liest – und für den Katalog habe ich natürlich deinen Adelstitel benützt.«

»Habe ich wenigstens etwas an?«

»Ja; du bist vollständig bekleidet, mit einem schwarzen Rock und einer scharlachroten Bluse. Ich glaube, du wirst dich daran erinnern, wenn du es siehst.«

Ich nahm mir eines von diesen schönen umgebauten Kutscherhäuschen in Knightsbridge. Edward hatte mich so großzügig wie immer behandelt, und ich erhielt eine sehr anständige monatliche Rente, bis ich mich wieder verheiraten würde. Aber es bestand ja gar kein besonderer Anlaß zu einer neuen Heirat. – Es war ein entzückendes Haus, mit zwei winzigen Zimmern in jedem Stockwerk. Das Badezimmer war später angebaut worden und klebte an der Rückseite. Das Haus war weiß gekalkt, mit einer blauen Eingangstür, und als erstes füllte ich die Fensterkästen mit rosa Hängegeranien. Betsy war genauso begeistert wie ich; vormittags kam sie öfters vom Belgrave Square herüber, um mir bei der Auswahl der Vorhänge zu helfen oder mich bei dem Farbanstrich zu beraten. Von der übrigen Familie sprach natürlich niemand mit mir, und ihre Mutter wäre wütend gewesen, wenn sie gewußt hätte, wie oft Betsy zu mir kam, anstatt zum Friseur oder zur Maniküre zu gehen. Da sie jeden Abend zu einem Ball zu gehen hatte, waren ihr tagsüber strenge Entbehrungsmaßnahmen auferlegt.

Oben waren zwei Schlafzimmer, und Betsy sagte sofort, als sie zum erstenmal kam: »Bitte, Jenny – kann ich das kleine Zimmer nach hinten hinaus für mich haben? Ja? Sobald ich in Oxford angenommen bin, komm ich dann bei dir wohnen. Es wird einen Kampf mit der Familie geben, aber das ist es mir wert.«

»Aber natürlich, Liebling. Dann mußt du deine Vorhänge und deine Tapeten selbst aussuchen.«

Bald darauf brachte sie alle ihre Bücher herüber, und als der graue Teppich gelegt und die weinroten Vorhänge aufgehängt waren, begann sie, hier zu arbeiten; zuerst lag sie dabei auf dem Fußboden, aber dann kauften wir ihr einen geeigneten Stuhl und einen Schreibtisch.

Mrs. Higgins vergötterte Betsy. Ich glaube, sie mochte auch mich sehr gerne. Wie erholsam es war, jemanden wie sie zu haben, nach all den schrecklichen indischen Dienstboten! Sie kam etwa um neun Uhr vormittags; als erstes brachte sie mir mein Frühstück herauf, und dann folgte ein netter, ausgedehnter Klatsch über alle ihre Verwandten, der jedesmal mit dem Satz endete: »Na, da werd' ich mich wohl mal an die Arbeit machen.«

Dann ging sie hinunter und rumorte im Haus herum – sie war ziemlich dick und ließ das Wohnzimmer noch kleiner erscheinen, als es schon war –, sang laut dabei und beschimpfte Schaufel und Besen, von denen sie behauptete, daß sie sich in den Ecken versteckten.

Zuerst machte sie Wohnzimmer und Eßzimmer im Parterre, und wenn ich, etwa um elf, aufstand, zog sie sich in die Küche im Souterrain zurück, wo sie laut stöhnte – wie Hamlets Vater –, wenn sie sich bückte oder wieder mal eine Gemüseschüssel zerschlagen hatten.

Besucher erschraken gewöhnlich über Mrs. Higgins' Geräusche hinter der Bühne, aber ich fühlte mich mit dieser gemütlichen Person sehr wohl. Wenn ich allein war, stand sie dauernd an der Treppe im Souterrain, steckte ihre Nase durch das Geländer in die enge, kleine Diele und machte irgendwelche freundliche Bemerkungen, wie etwa »Vielleicht 'ne Tasse heißen Tee, Madam?« oder »Mylady sollte sich 'n nettes Kätzchen anschaffen. Die Mäuse in der Küche sind 'ne Schande.«

Sie servierte mir das Mittagessen und richtete mir das Abendessen, so daß ich es mir nur aufzuwärmen brauchte. Die Etikette verbot ihr, sich zu mir zu setzen und mit mir zu essen; aber sie stand gewöhnlich neben mir, wenn ich aß und munterte mich auf, wenn mein Appetit nachzulassen drohte. Pünktlich um drei Uhr steckte sie ihren schwarzen Hut auf dem Kopf fest und ging nach

Hause, um ihren eigenen Haushalt zu besorgen. So erlaubte ich Jack niemals, vor vier zu kommen oder die Nacht über zu bleiben, außer samstags.

»Warum denn eigentlich nicht, Jenny? Du bist jetzt deine eigene Herrin. Es ist lächerlich, vor einer Zugehfrau Angst zu haben.«

»Ich habe keine Angst vor Mrs. Higgins. Ich mag sie sehr gern. Aber sie würde bestimmt sofort kündigen, wenn sie erfährt, wie verdorben ich bin.«

Auch auf Betsy mußten wir Rücksicht nehmen. Sie sollte auch nicht wissen, daß ich mit Jack zusammenlebte, und so führte ich, trotz meiner neu erworbenen Unabhängigkeit, ein noch ausgeprägteres Doppelleben als je zuvor. Aber dieses Doppelleben im Sommer 1934 war sehr angenehm, weil mir beide Hälften Spaß machten, Betsy und Mrs. Higgins am Tag und Jack am Abend. Die arme Betsy war abends sehr selten frei, und wenn sie wirklich einmal eine Nacht nicht auf der Tanzfläche zu erscheinen hatte, ging sie früh zu Bett. Morgens stand sie gewöhnlich zwischen zehn und elf Uhr auf. Von meinem Bett aus hörte ich sie die Eisentreppe zur Souterraintür hinuntertrippeln, um Mrs. Higgins das Hinaufgehen zu ersparen, und dann Mrs. Higgins' schallendes Gelächter über irgendeine Anekdote vom gestrigen Ball. Betsy war für Mrs. Higgins die Verkörperung glanzvoller Jugend in der Hautevolée.

Dann nahm sich Betsy eine große Scheibe Brot mit Butter – sie hatte immer Hunger und aß andauernd –, kam herauf und setzte sich auf mein Bett. »Du meine Güte, Jenny, diese armen Rington-Mädchen sind so abscheulich häßlich, und ihre Mama hat doch tatsächlich die eine orange und die andere erbsengrün angezogen. War das schrecklich!«

»Bleibst du manchmal sitzen?«

»Nein, ich nicht. Weiß zwar nicht, warum. Wahrscheinlich, weil ich dünner bin als die meisten anderen. Vielleicht mögen Männer dicke Mädchen nicht.«

»Waren wieder alle Herren grausig?«

»Ja; ganz grausig. Ich weiß wirklich nicht, wo sie die auftreiben, oder wer so was heiratet. Ich kann mir nicht vorstellen, für wen sie überhaupt in Frage kommen; es sind solche Grünschnäbel. – Ich muß jetzt einen Aufsatz über ›Viel Lärm um nichts‹ schreiben; morgen habe ich Unterricht. Sei so gut und bitte Mrs. Higgins, mir eine Tasse Tee zu bringen, wenn sie welchen macht.« Sie ging hinaus und streckte ihren Kopf noch mal herein.

»Kann ich bitte zum Mittagessen bleiben? Mutter ist bei einer Komiteesitzung. Mrs. Higgins sagt, es wäre eine Menge kalter Aufschnitt da.«

»Natürlich, Liebling. Wenn es Mrs. Higgins recht ist.« Ich schlug mein schönes blaues Leinenbettzeug zurück (Jack sagte immer, es sei so schrecklich affektiert) und reckte mich in der warmen Junisonne, die in mein Schlafzimmer schien. In der Badewanne sang ich sogar vor froher Laune. Das Leben war doch sehr schön. Es ist wirklich angenehm, reich zu sein und nicht zum Frühstück aufstehen und zur Arbeit gehen zu müssen. Vielleicht sollte ich mir einen Hund anschaffen, dachte ich, damit ich ein wenig spazierengehen müßte, sonst würde ich noch dick werden. Aber natürlich ließ ich es; und dick wurde ich auch nicht.

Ich zog mich an und ging hinunter.

»Der Kaffee ist uns ausgegangen, Mylady«, sagte Mrs. Higgins durch das Geländer. »Soll ich drüben schnell welchen holen?«

»Ich geh' selbst, Mrs. Higgins. Es ist so ein herrlicher Morgen.« Ich blieb einen Augenblick draußen stehen und sah mir mein Haus an, die kanariengelben Schlafzimmergardinen, die goldbraunen Vorhänge im Wohnzimmer und meine hübschen rosa Geranien. Ich muß eine Sonnenuhr über der Haustür anbringen lassen, dachte ich.

Mrs. Higgins reichte Betsy als Gast den kalten Aufschnitt zuerst. »Ich wundere mich, daß Sie noch keinen Heiratsantrag von einem Lord bekommen haben«, sagte sie hoffnungsvoll.

»Hab' ich ja schon längst, Mrs. Higgins: zwei Lords und ein Earl.«

»Na, stell' sich einer das vor! – Und was haben Sie gesagt?«

»Daß ich auf einen Prinzen warte.«

»Na, hör' sich einer das an! Manche Leute sind wirklich nie zufrieden. Sie hätte den Earl nehmen sollen, finden Sie nicht auch, Mylady?«

»Ich hätte es getan«, sagte ich wahrheitsgetreu.

Wir tranken den Kaffee im Wohnzimmer und saßen auf dem Diwan unter dem offenen Fenster.

»Jenny, wollen wir nicht in den Sommerferien nach Spanien fahren – oder sonstwohin, wo es ganz wild ist?«

»Ich weiß nicht«, sagte ich etwas unsicher. »Es kommt mir so vor, als sei ich erst eben angekommen. Ich möchte nicht gleich wieder fort. Und überhaupt: was ist mit deinem Examen?«

»Ich könnte vormittags arbeiten. Aber das ginge wohl besser in Chipworth. Dort weht so eine solide und brave Luft; keine Ablenkung. Edward wird jetzt völlig überschnappen, wo du nicht mehr da bist, um ihn in Schach zu halten. – Zu schade, daß du nicht für ein paar Wochen herauskommen kannst.«

»Ich glaube nicht, daß ich jemals wieder nach Chipworth kommen kann. Komisch, wie deine Familie es fertiggebracht hat, die schuldlose Partei ins Unrecht zu setzen.«

»Was ich rätselhaft finde, ist Edwards Mut, dir untreu zu sein. Das zeugt doch immerhin von einer Initiative, die man ihm gar nicht zutrauen würde.«

»Darüber hab' ich mich auch gewundert. Wenn du sie erst *gesehen* hättest: nichts als Zähne, Busen und Lachen. Die arme Miß Forsythe.«

Betsy stand auf und begann ihre übliche Jagd nach der Handtasche.

»Auf jeden Fall hast du recht gehabt, dich sofort scheiden zu lassen. Klar – Miß Forsythe war bisher sein einziger Seitensprung, und bei seiner entsetzlichen Überheblichkeit wird es wohl nicht sein letzter bleiben. Wo kann ich bloß meine Handtasche hingelegt haben?«

»Eigentlich solltest du ja über deinen Bruder nicht so sprechen, aber ich muß sagen: du hast recht. – Schau' mal in der Küche nach, Mrs. Higgins weiß es sicher.« Sie lief hinunter und kam außer Atem zurück.

»Zu dumm. Ich wollte, ich könnte noch bleiben. – Meine Tasche war im Brotkasten. – Irgendeine von diesen stocksteifen Tee-Einladungen zu Ehren von weiß Gott wem, und abends zu einem Ball bei den Bassingtons. Die verfluchte Familie! – Andrerseits – ohne sie hätte ich dich nie kennengelernt.« Sie schlüpfte aus der Haustür und sah vom Bürgersteig herein.

»Du siehst aus wie ein Mädchen auf einem Kitschgemälde, Jenny, oder wie ›la dame aux geraniums‹. Du solltest Jack mal dazu bringen, dich so zu malen, halb aus dem Fenster gelehnt, wie jetzt. Übrigens: Lady Motham hat Jack beauftragt, eine von ihren Töchtern zu malen, und zwar auf das Porträt von dir in der Akademie hin.«

Anmutig schwebte sie davon. Für ein Mädchen in den Backfischjahren hielt sie sich erstaunlich gut. In diesem Alter schlürft man doch gewöhnlich so daher oder geht vornübergeneigt, noch dazu, wenn man so schlank und über einen Meter siebzig groß ist. Aber Betsy bewegte sich immer, als spüre sie kaum den Boden unter sich.

Ein paar Minuten später humpelte auch Mrs. Higgins nach

Hause und winkte mir noch mit einem braunen Paket. Ich rollte mich auf dem Sofa zusammen und schlief in der Sonne ein.

Jack küßte mich wach. Er hatte seinen eigenen Schlüssel.

»Liebling, du verschläfst ja den schönsten Tag seit der Schöpfung. Komm, wir fahren nach Kew in den Park und tun mal so, als ob du nicht reich wärest.« Ich holte mir ein Jäckchen, für den Fall, daß es kühl würde.

»Du willst doch nicht etwa mit der Untergrundbahn fahren, anstatt mit meinem Wagen!« sagte ich, als ich hinunterkam.

»Nein; wir nehmen deinen Wagen, und erst, wenn wir da sind, tun wir so, als ob du arm wärst.«

»Und wie machen wir das?«

»Ich werde deine Perlen herunternehmen und dich mit Gänseblümchenkettchen behängen, wie eine Opferkuh. Komm jetzt! Hast du den Wagenschlüssel?«

Natürlich nicht, und ich mußte noch einmal hinaufgehen.

»Fahr du lieber, Jack.«

»Aber gern. Deinen Wagen zu fahren ist ein Vergnügen, das ich niemals ausschlage.«

»Gott sei Dank. Ich habe nämlich immer Angst vor ihm. Manchmal wird er temperamentvoll und fährt plötzlich von ganz allein rückwärts.«

»Kein Wunder in dieser schrecklichen kleinen Garage. Sie ist viel zu klein für ein so elegantes Ungeheuer.«

»Es ist die nächste Garage, die ich finden konnte. Ich habe lieber eine kleine Garage achtzig Meter weit vom Haus, als eine große, die einen Kilometer weit weg ist. Kann ich einsteigen?«

»Ja; alles in Ordnung. Sag' mal, wozu hast du eigentlich diese Sonnenbrille auf?«

»Gegen die Sonne natürlich.«

»Diese Sonne wird dir nichts schaden. Aber ich muß sagen, die Brille steht dir gut. Deshalb trägst du sie wohl auch?«

Ich nahm sie sofort ab.

Im Park von Kew waren die schönsten Rosen aufgeblüht, und ihr Duft erfüllte die ganze Luft. Vielleicht kam der Duft aber auch von den blühenden Büschen. Jedenfalls, wenn ich jetzt an diesen Tag zurückdenke, sehe und rieche ich Rosen.

Wir gingen Hand in Hand durch den Park und setzten uns unter einen Baum ins stille hohe Gras. Vor lauter Blättern sah man den Himmel nicht. Wir legten uns hin, und Jack schob seinen Arm unter meinen Kopf.

»Ich bin froh, daß du keinen Mann mehr hast, Jenny.«

»Warum?« Das war eine alberne Frage.

»Du wärest wahrscheinlich in Indien, oder sonstwo, jedenfalls nicht in London. Oder wenn du in London wärst, würde er vielleicht selbst gern mit dir nach Kew gehen wollen.«

Das kommt davon, wenn man so rundheraus fragt. Aber plötzlich küßte er mich, als wüßte er, was für eine Antwort ich mir gewünscht hatte.

Und dann wurde er sehr eifrig: er setzte sich auf, zog seinen Skizzenblock hervor und konzentrierte sich auf das Liebespaar unter dem nächsten Baum, und ich schlief wieder ein.

Als ich erwachte, waren die Schatten schon lang. Jack kaute an seinem Bleistift. Er hatte drei oder vier Seiten seines Blockes mit Skizzen bedeckt, einschließlich einer von mir, schlafend und zusammengerollt wie eine Katze.

»Na, aufgewacht?!« sagte er. »Ich bin immer wieder froh, daß du nicht schnarchst. Du schläfst sehr hübsch.« Ich reckte mich wohlig.

»Edward hat wie sonstwas geschnarcht.«

»Ach, deshalb hast du dich von ihm scheiden lassen?«

»Red nicht so dumm. Ich habe dir doch von Miß Forsythe erzählt.«

»Aber Liebling, wenn du bei Edward hättest bleiben wollen, dann kann dich doch so ein kleines Ding wie Miß Forsythe nicht daran gehindert haben. Als du im Januar zu mir nach London kamst, habe ich mich nämlich schon gefragt, ob du wolltest, daß Edward selbst die Klage einreicht, aber das schien mir auch wieder sinnlos. Du mußt doch schließlich gewußt haben, wie langweilig er ist, als du seinen Heiratsantrag angenommen hast.«

»Nein. Das heißt, ich habe es mir vielleicht gedacht, aber ich ahnte nicht, wie schlimm es kommen würde. Wir wollen jetzt essen gehen. Ich habe Hunger.«

»Hast du irgend etwas zu Hause? Ich bin wieder völlig pleite!«

»Soll ich dir Geld geben?«

Er schnellte herum und packte mich und schüttelte mich wild. »Nein. Ich brauche keins, du kleine Hure; und untersteh' dich nicht, mir jemals wieder welches anzubieten. Geld ist nicht das A und O im Leben, wie du wahrscheinlich glaubst.« Er war ganz weiß geworden, und seine Augen waren fast schwarz vor Wut. Ich hatte ihn noch nie so gesehen. Mein Herz drehte sich im Leib herum, so liebte ich ihn, aber irgendwie machte ich immer alles falsch.

»Ich sehe nicht ein, warum es schlimmer sein soll, Edwards Geld anzunehmen, als Edwards Lebensmittel zu essen, was du fast jeden Abend ohne Skrupel tust«, sagte ich, halb weinend, halb wütend.

»Ach, zum Teufel«, sagte er und stand auf. »Wozu streiten wir eigentlich? Was macht es schon? Gehen wir nach Hause und werfen meine Grundsätze auf den Scheiterhaufen. Schließlich bist ja auch du bisher ganz gut ohne Grundsätze ausgekommen.« Und so gingen wir, ohne ein Wort zu sprechen oder uns an den Händen zu halten, zurück zum Wagen, und auch im Wagen sprachen wir nicht, abgesehen von Jacks entsetzlichen Flüchen, als er nicht anspringen wollte.

Ich stellte Mrs. Higgins' Blumenkohlauflauf in den Ofen und holte den Schinken hervor.

»Du könntest den Tisch decken«, sagte ich kühl. »Ich gehe hinauf und ziehe mich um.«

Aber als ich meine klebrigen Kleider ausgezogen hatte, dachte ich, daß es ganz schön wäre, ein Bad zu nehmen, und danach legte ich mich in einem schwarzseidenen Schlafrock auf mein Bett und dachte daran, wie schwierig doch alles seit heute vormittag geworden sei, und dann kam Jack herein, mit zwei großen Gläsern Gin mit Angostura und setzte sich an das Fußende.

»Oh, du raffiniertes kleines Ding«, sagte er. »Hier, trink was. Ich glaube, der Blumenkohlauflauf ist heiß. Soll ich den Ofen klein stellen?« Er begann zerstreut, mein Bein zu streicheln.

»Er brennt nicht so schnell an. Bist du hungrig?«

»Nicht so hungrig, um nicht noch etwas warten zu können. Liebling, verzeih mir das Wort.«

»Macht nichts. Wahrscheinlich bin ich eine. Oder sagen wir: wenn ich keine bin, dann weiß ich nicht, was eine ist.«

»... *wer* eine ist. So lange du *meine* Hure bist, ist es mir auch egal – meine eigene, schöne, blasse, weiche, kleine Hure.«

Und so aßen wir ziemlich spät zu Abend. Es wurde mir sehr schwer, ihn rechtzeitig zur letzten Untergrundbahn wegzuschikken. Aber dafür war es dann an den Samstagen um so schöner. Und im Handumdrehen war ein Jahr oder sogar mehr vergangen, und im Herbst 1935 ging Betsy nach Oxford. Sie hatte ihren Krach mit der Familie, und in den Winterferien 1935–36 zog sie wirklich bei mir ein. Dadurch wurde die Sache nun allerdings sehr verwickelt, und Jack war darüber noch viel ärgerlicher als über die Vorsicht wegen Mrs. Higgins.

»Ich sehe nicht ein, warum ich nicht bei dir wohnen kann, anstatt Betsy. Es wäre wesentlich angenehmer. Jetzt werde ich wohl nicht einmal Samstag nachts hierbleiben können?«

»Aber dafür während des ganzen Semesters. Anfang Januar geht sie wieder weg, und über Weihnachten ist sie drei Tage in Chipworth. Und Mrs. Higgins kommt an Weihnachten nicht; wir können also unseren eigenen Truthahn braten.«

»Ich kann nicht verstehen, warum sie überhaupt hier wohnt. Bei diesem riesigen Haus und der riesigen Familie und all dem Geld sehe ich nicht ein, daß sie sich ihre in Ungnade gefallene Schwägerin aussuchen muß, um sie auf sich aufpassen zu lassen.«

»Sei nicht so gemein, Jack. Du weißt, sie ist sehr unglücklich zu Hause, und außerdem habe ich sie gern hier, und Mrs. Higgins auch. Sie ist wirklich entzückend. Das weißt du selbst.«

»Verdammte Mrs. Higgins. Du würdest dir ein zahmes Känguruh halten, wenn es Mrs. Higgins sagt.«

»Ein Känguruh würde den Möbeln wesentlich mehr schaden als Betsy.«

Trotzdem wurde es ein schönes Weihnachten. In unserer Straße war es sehr still, und wir lagen den ganzen Vormittag im Bett, unterhielten uns friedlich und beobachteten, wie die fahle Sonne ins Zimmer kroch. Mittags stand ich auf und zündete ein großes Holzfeuer an. Wir lebten fast nur von Schinken und kaltem Truthahn. Wir gingen nicht aus, und niemand kam zu Besuch. Ich war zu mehreren Gesellschaften eingeladen, hatte aber gesagt, ich sei verreist. Wir waren noch nie ganz allein zusammen gewesen, seit ich unsere Wohnung in Soho verlassen hatte. Jack war sehr lieb und sanft und malte ein großes Porträt von mir. Ende Februar fuhr er für länger zu seiner Familie, und Anfang März kam Betsy nach London zurück und brachte Timothy mit.

O Gott, dachte ich, als ich ihn sah. Er ist zu schön, um wahr zu sein. Er war ein Dichter – soweit er überhaupt etwas anderes war als eben ein Student der englischen Literaturgeschichte. Er wandelte in höheren Sphären, und Betsy war ihm völlig verfallen. Er war etwa so groß wie sie, also nicht sehr groß, mit glattem flachsblondem Haar, ähnlich wie meines, nur mehr golden, und hatte die leuchtenden blauen Augen eines kleinen Heiligen. Er war keineswegs in Betsy verliebt; im Gegenteil: er beachtete sie kaum, hatte aber ihre Einladung angenommen, da sein Vater – ein Diplomat – und die übrige Familie in Südamerika war.

Betsy hatte mich auf Timothy nicht vorbereitet. Als es am Nachmittag läutete, öffnete ich die Tür, und da standen sie zusammen auf der Treppe, mit zwei Koffern und einem Affen.

»Liebste Jenny, ich erkläre dir alles drinnen, hier ist es so windig. Das ist Timothy – nein, du Dummes – der *andere;* – der Affe heißt Sam.«

Dies war also der Moment – im ersten Monat meines siebenundzwanzigsten Lebensjahres –, in dem ich plötzlich zum ersten Mal empfand, daß ich alt wurde. Es waren eher sechshundert als sechs Jahre zwischen mir und Betsy und Timothy. Wie alt Sam war, mochten die Götter wissen.

Betsy ließ Timothy im Wohnzimmer, und als ich in der Küche den Kessel aufsetzte, kam sie zu mir heraus.

»Liebling, hoffentlich ist dir all das nicht zuviel. Er kann im Wohnzimmer schlafen, und es ist ja nur für drei Wochen, und ich mache sein Bett und alles. Findest du nicht, daß er göttlich ist? Ich bin wirklich ganz verrückt nach ihm. Bitte laß ihn hierbleiben.«

»Aber natürlich, Bets. Nur weiß ich nicht so recht mit dem Affen. Ich glaube nicht, daß Mrs. Higgins sehr begeistert sein wird.«

»Wenn das deine ganze Sorge ist – mit Mrs. Higgins werde ich schon fertig. Außerdem ist Sam gut fürs Haus dressiert. Ich habe ihn einem Matrosen im ›Mitre‹-Hotel abgekauft.«

»Was macht denn ein Matrose in Oxford?«

»Ach, wahrscheinlich war es gar kein richtiger Matrose, sondern nur ein Mann, der eben einen Affen verkaufen wollte und sich als Matrose verkleidet hatte, um überzeugender zu wirken. Komm, die Kuchen trag ich. Fein! – Schlagsahnetörtchen! Gut, daß ich dir gesagt habe, wann ich komme. Sind eigentlich Eier und Schinken da? Ich meine, wir brauchen doch heute abend nicht zum Essen auszugehen? Timothy hat sicher kein Geld. Ich erwähne so unangenehmes Zeug wie Geld nie vor ihm, aber ich habe jedenfalls den Eindruck, er hat keines.«

»Natürlich, es ist genug da, Liebling.«

Schade, daß Jack fehlte. Der Affe im Haus wäre ein Triumph für ihn gewesen. Mrs. Higgins stutzte einen Augenblick, als sie Sam zuerst sah, aber er legte seinen Kopf auf die Seite, nahm ein Stück Zucker aus der Dose und reichte es ihr mit einem so vielsagenden Blick, daß sie ganz überwältigt war.

»Na, was sagt man *dazu*«, sagte sie. »Was für ein kluges, kleines Geschöpf es ist. Wenn der uns nicht bald auch die Mäuse fängt...«

Timothy war sofort ihr erklärter Liebling, dem alles gestattet war. Betsy wurde vernachlässigt, und ich existierte überhaupt nicht mehr. Daß Timothy keinen Titel hatte, wollte sie nicht glauben und war überzeugt, daß er in Wirklichkeit Betsys Prinz war, der inkognito reiste.

Timothy war streng mit mir.

»Sie sollten mehr Bücher haben, Jenny.«

»Aber ich habe doch ein ganzes Regal voll mit Büchern.«

»Ja – aber was für welche? Lesen Sie nie etwas anderes als Kriminalromane?«

»Ich lese nicht mal viele Kriminalromane, aber der Logierbesuch liest sie gewöhnlich gern.«

»Was Sie alles versäumen! Die ganze Geisteswelt bleibt Ihnen ja verschlossen!«

»Ja – meinen Geist brauche ich selten. – Was meinen Sie, sollte ich denn lesen?«

»Ich werde Ihnen Bücher besorgen. Ich geh' am besten jetzt gleich.« Er stand langsam vom Sofa auf und strich sein langes Haar zurück. Ich wollte schon sagen: »Lassen Sie sich unterwegs gleich die Haare schneiden«, aber ich fürchtete, er könne vielleicht beleidigt sein.

»Wo ist Betsy?« fragte er.

»Sie hat es Ihnen doch gesagt. Sie bringt Sam zum Tierarzt wegen seines entzündeten Auges. Zum Mittagessen ist sie zurück.«

»Ach natürlich. Ich hatte es ganz vergessen. Na gut, ich bin bald zurück.« Er schlenderte aus dem Haus. Ich öffnete das Fenster und rief ihm nach: »Haben Sie Geld mit, Timothy?«

»Ach so, nein. Ja richtig; vielleicht brauche ich welches.«

»Sie brauchen Geld für den Autobus; und Bücher kosten auch etwas. Warten Sie einen Moment.«

Ich holte eine Pfundnote, beschwerte sie mit einem Halben-Kronenstück und warf es ihm auf die Straße.

Zum Mittagessen kam er nicht zurück, worüber zwar Mrs. Higgins, aber sonst niemand besorgt war.

»Der arme Junge«, sagte sie. »Sicher kommt er gar nicht auf die Idee, in ein Restaurant zu gehen und was zu essen. Er ist so verträumt, der Kleine, er könnte keine Minute leben, wenn nicht jemand für ihn sorgen würde.«

»Ich glaube, Mrs. Higgins«, sagte ich, »es wird sich immer jemand finden, der für ihn sorgt.«

»Das gehört sich auch so. Er ist so ein schöner junger Herr.«

Der schöne junge Herr kam gegen vier Uhr in einem Taxi zurück.

»Ich hatte schon Angst, ich könne zu spät zum Mittagessen kommen«, erklärte er. »Kann jemand das Taxi bezahlen? Ich habe kein Kleingeld.« Betsy bezahlte es.

»Da sind Sie ja, Jenny«, sagte er und ließ fünf Bücher auf den Boden des Wohnzimmers plumpsen. »Das wird Ihnen für den Anfang genügen. Hoffentlich haben Sie mir etwas zu essen übriggelassen.«

Betsy eilte davon, ihm Rühreier zu machen.

»Schauen Sie, Jenny. Fangen Sie mit der ›*Religio Medici*‹ an; Thomas Browne liest sich ziemlich leicht und schreibt eine großartige Prosa; und dann versuchen Sie es mit ›Heiliges Leben und heiliges Sterben‹, zunächst nur einmal, um auf den Geschmack zu kommen.«

»Aber Timothy, ich habe ja noch nicht die Absicht, den Schleier zu nehmen.«

»Jenny – Sie sind wirklich furchtbar kindisch. Betsy hat mich gewarnt, aber ich habe nicht gedacht, daß Sie *so* ungebildet wären.« Er lächelte mich süß an.

»Was hat Betsy gesagt?«

»Sie hat gesagt, ich solle es Ihnen nicht übelnehmen, daß Sie – sagen wir – ziemlich weltlich eingestellt sind. – Das tue ich auch nicht, im Gegenteil, ich finde es sogar in mancher Hinsicht faszinierend, ein noch völlig jungfräuliches Gehirn vor mir zu haben. Es fordert einen geradezu heraus zu versuchen, den Keim des Verlangens nach Wissen einzupflanzen. Sie sind wahrscheinlich ein hoffnungsloser Fall, aber Sie sehen nicht dumm aus. Sie haben sogar sehr intelligente Augen.« Ich setzte mich neben ihn auf den Boden.

»Vielen Dank, Timothy. Und was sind die anderen drei Bücher?«

»Liebesgedichte von John Donne, ›Stolz und Vorurteil‹ von Jane Austen und ›Über die Freiheit‹ von John Stuart Mill.«

»Ich liebe die Freiheit«, sagte ich, »aber es scheint ziemlich schwierig zu sein, sie zu erlangen. Ich habe es jedenfalls nie geschafft. Immer steht etwas im Weg. Sehen wir uns mal die Liebesgedichte an!«

Ich weiß nicht, warum ich nie vorher daran gedacht habe, Liebesgedichte zu lesen. Es war genau das Richtige für mich; sie gaben mir so ein herrliches, prickelndes Gefühl. Den ganzen Abend las ich an diesen Gedichten. Betsy mußte das Abendessen richten.

»Betsy, warum hast du mir nie etwas von diesen Gedichten erzählt?«

»Ich weiß nicht, Liebling. Ich hatte, ehrlich gesagt, nie daran gedacht, daß sie dir gefallen würden; es tut mir leid. Ich habe noch eine Menge andere oben, die dir Spaß machen werden, wenn du Donne gut verdaust: Herrick, Marvell, sogar Shakespeare.«

»Um Gottes willen! Ein Buch am Tag ist völlig genug, nach einer Hungerdiät. Ist es das, was ihr die ganze Zeit in Oxford tut? – Gedichte lesen?«

»O nein. – Dazu kommt noch eine Menge schwieriges angelsächsisches Zeug.«

»Komisch«, warf Timothy dazwischen vom Diwan her. »Sie sehen eigentlich ganz natürlich aus, wie Sie so das Buch lesen, Jenny. Aber Sie sollten es sich erst gar nicht angewöhnen, es auf dem Fußboden zu tun. Es geht nicht immer; zum Beispiel in Bibliotheken.«

»Ich glaube nicht, daß ich jemals eine Bibliothek betreten werde. Brauche sowieso Jahre, um mich durch Betsys Bücher durchzuarbeiten.«

»In den nächsten Ferien«, sagte Timothy, »werde ich Sie in die Prosa einführen. Sie ist zwar länger, aber eigentlich nicht schwerer. Versuchen Sie mal ›*Religio Medici*‹.«

»Wollen Sie die nächsten Ferien wiederkommen?«

»Wenn Sie mich einladen, gern. Meine Familie kommt vor nächsten Weihnachten nicht aus Buenos Aires zurück.«

Betsy schlug ihre langen dunklen Wimpern nieder, um den Ausdruck der Spannung zu verbergen, und sagte obenhin: »Ich glaube, Jenny wird es einrichten können. Meinst du nicht, Kindchen?«

Ich dachte an Jacks Wut über Betsys Gegenwart, ohne den zusätzlichen Besuch eines elegischen Timothy, der den ganzen Tag auf dem Diwan lag.

»Ich freue mich, wenn Sie kommen«, log ich. – »Was schreiben Sie, Timothy?«

»Ein neues Gedicht. Soll ich es vorlesen?«

»Ja, bitte«, sagten wir pflichtschuldigst im Chor. Betsy rutschte vom Stuhle, setzte sich auf ein Kissen auf den Fußboden und lehnte den Rücken an den Diwan. Ich blieb beim Feuer sitzen und wünschte, Jack wäre hier. Ich wollte ihm von Gedichten erzählen, Timothy las mit einem leicht singenden Rhythmus, den ich bisher noch nicht an ihm gehört hatte.

Auf langen Treppen steigt die Zeit.
Führt uns zu Bett, langsam und schwer.
In ihrer Hand hält sie ein Licht. –

An ihrem ew'gen Haupt ziehn wir im Schattenkleid
vorbei, der Wand entlang. Ich seh' umher
und such' der Sonne lebendes Gesicht
in den verlor'nen Gärten; wunderbar und weit.
– Dort lachte mir der Himmel; aber öd' und leer
scheint er mir jetzt. – Doch das Licht der Zeit verlöschet nicht.

»Sehr schön«, sagte ich. »Vor allem die Sache mit den verlorenen Gärten. Aber ist es nicht ein bißchen traurig? – Bets, könntest du deinen Affen vielleicht überreden, nicht die Polsterung aus meinem besten Sessel zu reißen? – Übrigens: er ist doch ein *Er*, oder nicht? Ich meine, er wird doch nicht etwa ein Nest für seine Jungen bauen wollen oder so etwas Unangenehmes?«

»Armer, süßer Sam. Vielleicht friert er? Komm zu Mammi! Ich steck' dich unter meinen Pullover.«

»Meinst du, das ist das Richtige? Er sieht so menschlich aus. Was für traurige Augen er hat. – Ich bin froh, daß ich kein Affe bin.«

»Glaubst du ›uralt‹ wäre besser als ›ewig‹?« fragte Timothy.

Betsy dachte scharf nach. »Hast du ›müde‹ erwogen?«

»Natürlich! Wie gescheit von dir, und wie dumm von mir – genau das Richtige. ›An ihrem müden Haupt ziehn wir im Schattenkleid‹.«

»Ich gehe schlafen«, sagte ich und richtete mich mit Mühe auf. »Du lieber Gott, Lesen macht einen aber steif. Ich werde mich daran gewöhnen müssen. Gute Nacht, Kinder.« Beinahe hätte ich noch gesagt: »Bleibt nicht zu lange auf.« Ich kam mir fast so vor, wie die gute alte Tante Gwen, die Anstandsdame, bei der man sich darauf verlassen konnte, daß sie nicht allzuviel merkte. Aber natürlich war da nichts zu merken, da Timothy offensichtlich nicht die Absicht hatte, Betsy in irgendeiner Weise zu ermutigen. Betsy kam auch bald herauf, und Timothy blieb allein, um bis in die Morgenstunden zu dichten. Ich muß gestehen, ich fand es sehr dumm von ihm, seine Chancen nicht auszunützen. Betsy war damals sehr reizvoll. Vielleicht war sie – zu dunkel für ihn, oder vielleicht zu groß, aber ich habe immer gedacht, daß Männer in Frauen den Gegensatz lieben.

Es war ein kalter und stürmischer Frühling, und wir verbrachten ihn größtenteils im Haus. Ich brauchte mehrere Stunden, um das Abendessen zu kochen und blieb am Vormittag immer möglichst lange im Bett, aber es nützte nichts; dauernd kam einer von ihnen herauf, um mich zu holen. Anscheinend war es ihnen peinlich, allein zu sein. Außerdem stand Timothy selten früher auf als ich. Betsy arbeitete jeden Morgen schwer, und Mrs. Higgins trampelte auf Zehenspitzen durch das Haus und versuchte, sauber zu machen, ohne irgendeinen von uns zu stören. Zuerst wartete sie mit dem Wohnzimmer, bis Timothy aufgewacht war, bald aber entdeckte sie, daß sie ohne weiteres mit dem Staubsauger ans Werk gehen konnte, ohne daß sich seine Augen dabei geöffnet hätten. Noch nicht einmal das Geklapper mit den Schürhaken oder das Feuermachen scheuchte ihn auf. Mrs. Higgins war von seinem grünseidenen Pyjama äußerst angetan.

»Er sieht so jung und unschuldig aus, Mylady, wie er da so liegt, mit dem Gesicht zum Himmel. Ein Wunder, daß es seine Mutter über sich bringt, ohne ihn in ein fremdes Land zu reisen.«

»Ich glaube, er hat mehrere Geschwister; vielleicht ist das ein Trost.«

»Wäre es nicht wunderbar, wenn er und Miß Betsy heiraten würden? Sie wären sicher ein schönes Paar; er so blond und sie so dunkel.«

»Ich finde, Betsy ist noch etwas zu jung, um ans Heiraten zu denken.«

Mrs. Higgins ließ meine Tür offen, als sie hinunterging, und ich hörte Timothy heraufkommen, um sich zu rasieren. Als er das Badezimmer verließ, schienen seine Schritte vor meiner Tür zu zögern, und schließlich klopfte er.

»Herein, Sie Dummchen«, sagte ich. »Die Tür ist doch weit offen.«

»Ich dachte, Sie wären vielleicht gerade beim Anziehen oder so was.«

»Nein, ich bin und bleibe noch im Bett. Kommen Sie, und setzen Sie sich.« Er setzte sich auf die äußerste Ecke meiner blaßblauen Steppdecke und starrte unentwegt auf meine Unterwäsche, die auf dem Stuhl lag.

»Was für nette luftige Sachen Sie da haben. Tragen alle Frauen solches Zeug? Meine Schwestern haben so etwas bestimmt nicht.«

»Vielleicht habe ich mehr Geld für solche Sachen übrig als sie. Wollten Sie mich irgend etwas Besonderes fragen, oder ist das nur so ein kleiner Anstandsbesuch?«

»Ich wollte nur fragen, wie Sie wohl gestern abend mit Henry

Vaughan vorwärtsgekommen sind. Haben Sie ihn nicht mit ins Bett genommen?«

»Er ist mir zu heilig. Mir sind die fleischlicheren Leute lieber. Ich verstehe die Sache mit diesen ›weisen göttlichen Gedanken‹ nicht.«

»Nein; es liegt Ihnen augenblicklich wohl noch ziemlich fern. Aber ich glaube, Sie werden noch dorthin finden. Sie haben eine sehr ausgeprägte, natürliche Intelligenz. Sie müssen es nicht gleich aufstecken, wenn ich morgen abfahre. Wollen Sie mir versprechen, jeden Tag etwas darin zu lesen? Selbst, wenn es nur ein kleines Stück ist.«

»Wie diese gemeinsamen Bibellesungen. Wollen Sie mir einen Studienkurs vorschreiben?« Er wurde rot.

»Ich hatte, ehrlich gesagt, daran gedacht, Ihnen von Zeit zu Zeit zu schreiben, um zu erfahren, wie Sie vorwärtskommen, und dann die nächste Stufe vorzuschlagen. Aber Sie brauchen ja nicht zu antworten.«

Diese unerwartete Entwicklung der Dinge behagte mir nicht recht, und es wurde noch schlimmer, als er seinen blauäugigen Blick von meiner Unterwäsche weg, mir zuwandte und sagte: »Sie sehen so schön aus, im Bett. Es steht Ihnen so gut. Sie sollten immer darin sein.«

»Meistens bin ich es auch«, sagte ich. »Es ist mir der liebste Platz von allen. So – wollen Sie jetzt ein guter Junge sein und hinunterlaufen und den Sherry heraufholen, während ich mich anziehe?«

Ich freute mich schon sehr auf Jacks Rückkehr am nächsten Samstag. Es würde so wunderbar sein, wieder einmal einen erwachsenen Menschen um mich zu haben. Die letzten drei Wochen lasteten wie Jahre auf mir. Das einzig Unangenehme war, daß Betsy mich beschwatzt hatte, den Affen bis zum Sommer bei mir zu behalten.

Nun war das Haus leer, und wir sahen einander skeptisch an. Der Affe schnatterte erregt und schwang sich auf das Kaminsims.

»Komm her, Sam«, sagte ich. »Ich tu' dir nichts, obwohl ich natürlich für Jack nicht garantieren kann, wenn er kommt. Hier – eine Nuß.« Wir ließen uns, Seite an Seite, auf dem Sofa nieder. Der Affe kratzte sich mit der üblichen Routine, und ich las Gedichte von John Keats.

Am Samstagnachmittag – es war Ende April und der erste wirklich warme Tag des Jahres – zog ich mein etwas kesses braunweißes Pepitakleid an, räumte das Haus auf, richtete das Abendessen her und setzte mich erwartungsvoll und ergeben hin, um auf Jack zu warten. Um halb vier läutete es. Fein – er ist früh dran, dachte ich (hat er den Schlüssel verloren?), stürzte zur Türe und rief: »Liebster«, mit einem Gesicht, in dem wohl alles zu lesen war, und im nächsten Augenblick lag ich in Timothys Armen. Er trug mich ins Wohnzimmer, küßte mich unentwegt den ganzen Weg lang und setzte sich aufs Sofa. Ich war überrascht. Ich hatte gedacht, da er sich nicht in Betsy verliebt hatte, wäre er wohl noch zu jung, um sich zu verlieben.

»Tim«, brachte ich hervor und richtete mich auf seinen Knien auf, »was fällt Ihnen denn ein?«

»Ich küsse dich, du Schöne, Liebste. Ich habe nicht gedacht, daß es so leicht sein würde. Den ganzen Weg hierher hab' ich geübt, wie ich dir sagen würde, daß ich dich liebe und daß ich die ganze Woche deinetwegen nicht habe essen und schlafen können – aber ich habe ja nicht gedacht, daß du mich *so* empfangen würdest!«

»Wollte ich auch nicht, Tim. Ich habe auf jemand ganz anderen gewartet.«

»Verflucht! Was für ein Pech. Wer ist es denn? Willst du nicht lieber mich heiraten?«

»Aber Tim, du kannst unmöglich mich heiraten wollen. Ich bin alt genug, um deine Großmutter zu sein. In sechs Wochen hast du mich völlig vergessen.«

»Nie! Du bist das wunderbarste Geschöpf, das ich je gesehen habe und jemals sehen werde.« Er küßte mich nochmals mit erstaunlicher Energie. Und dabei hatte ich ihn für so träge und unpersönlich gehalten. Da sieht man es also mal wieder.

»Wie ich sehe«, sagte eine Stimme von der Straße her, »bin ich zu lange weg gewesen.« Ich warf einen erschrockenen Blick über Timothys Schulter durch das offene Fenster, und da stand Jack, die Ellbogen zwischen die Stäbe des Gitters gestützt, den Hut wie gewöhnlich auf dem Hinterkopf, und besah sich die Situation.

»Nur eine halbe Stunde zu lang«, sagte ich. »Komm ruhig herein.« Ich kletterte von Timothys Knien herunter und strich mein Kleid glatt.

»Du siehst, Tim – so ist die Sache also; deshalb sei jetzt ein guter Junge und geh nach Oxford zurück und such dir ein nettes Mädchen in deinem Alter. Ich fühle mich sehr geschmeichelt, daß du mich liebst, aber es führt wirklich zu nichts.«

Jack kam herein, und das Zimmer schrumpfte zusammen.

»Jack«, sagte ich, »das ist Timothy. Er ist ein Freund von Betsy.«

»Das sehe ich«, sagte Jack. »Es tut mir leid, daß ich einen so unglückseligen Zeitpunkt gewählt habe, um dich zu besuchen. Soll ich morgen wiederkommen?«

»Sei kein Idiot«, sagte ich. »Es ist überhaupt nicht so. Timothy und ich haben nur ein kleines Mißverständnis gehabt.«

»Dem Aussehen nach ein sehr amüsantes.«

»Ach, Jack, sei doch vernünftig und streng mal dein Köpfchen etwas an.«

»Das brauche ich kaum, solange ich meine Augen habe.«

Timothy stand auf.

»Ich glaube, ich gehe jetzt, Jenny. Es bleibt im Augenblick nichts anderes zu sagen, als dir zu danken, daß du so nett zu mir gewesen bist. Aber falls du es dir anders überlegen solltest – ich warte; und ich komme wieder.«

Sein Abgang war unter diesen Umständen wirklich sehr würdevoll.

»Jack, ich finde, du bist abscheulich. Der arme Junge – er ist den ganzen Weg von Oxford hierhergekommen, um mir zu sagen, daß er mich liebt, und er meint es ganz ehrlich. Er ist wirklich sehr nett. Ich kann nichts dafür, wenn die Leute mich lieben. Ich will nicht zu allen Leuten ekelhaft sein, bloß deinetwegen.«

»Jenny«, er ergriff mein Handgelenk, »ich glaube, es wird höchste Zeit, daß wir einander verstehen.«

»Ach, laß mich los«, rief ich wütend und machte mich frei; ich stürzte die Treppe hinauf und warf mich schluchzend auf mein Bett, wobei ich Sam aufstörte, der gerade seinen Nachmittagsschlaf hielt. Er rutschte höflich auf das Kissen, um mir Platz zu machen. Jack kam donnernd hinter mir her und blieb, wie vor den Kopf geschlagen, unter der Tür stehen.

»Mein Gott! Was hat denn *das* zu bedeuten?«

»Hast du keine Augen?« schluchzte ich. »Ein kleiner Affe.«

»Also wirklich, Jenny, zuerst Studentenbabies und dann Affen – da hört sich doch wirklich alles auf!«

»Sei nicht so unanständig, Jack; und auf den Affen brauchst du nicht eifersüchtig zu sein; er gehört Betsy.«

»Genau wie der junge Mann – dein Gewissen scheint bei fremdem Eigentum zu versagen. Ich weiß nicht, warum ich immer noch bei dir bin – aber, Liebling, ach, ich habe dich ja so vermißt.« Er vergrub sein Gesicht in meinem Haar und hielt mich fest, als wolle er mich zerbrechen. Es ist komisch, wie schnell sich Männer verändern können. Zuerst wütend, und bevor man sich's versieht, ganz gierig.

Trotzdem; am Sonntagmorgen setzte ich mich hin und dachte mal ganz ernsthaft nach – ernsthafter als ich es je zuvor getan habe.

Dieser Jack, sagte ich zu mir, der da neben mir schläft, scheint doch nicht das zu haben, was man ernste Absichten nennt, und seine unberechenbaren Liebesperioden sind mir zu aufregend. Er hat jetzt einen Namen in der Kunstwelt, und er braucht mich nicht mehr. Er wird mich sowieso bald verlassen, also verlasse ich ihn lieber zuerst.

Die einzigen, die mich im Augenblick wirklich vermissen werden, sind Betsy und Timothy. Da Betsy Timothy liebt, ist sie besser daran, wenn ich von der Bildfläche verschwinde, und wenn ich erst weg bin, wird Timothy mich bald vergessen. Die Bilanz meiner Denkübungen war also: ich verschwinde.

Nachdem ich diesen Punkt erreicht hatte, war ich plötzlich ganz aufgeregt und dachte, was für einen Spaß es machen würde, ganz allein ins Ausland zu reisen. Ich legte meine Hände unter den Kopf und überlegte die in Frage kommenden Länder. Jack bewegte sich und warf einen Arm quer über mich.

Wenn ich mich einmal zu etwas entschlossen habe, dann erledige ich die Angelegenheit gern so schnell wie möglich. Ich erzählte Jack nichts, weil ich fürchtete, er würde es mir wieder ausreden. Ich erklärte Mrs. Higgins, ich wolle eine Zeitlang verreisen und hängte ihr Sam auf. Für Betsy tat sie alles.

An den Vormittagen ging ich aus und kaufte Baumwollkleider, die für Südfrankreich wohl das richtige wären. Nachmittags begrüßte ich Jack so freundlich wie immer. Glücklicherweise trafen sich Jack und Mrs. Higgins nicht, so daß es zu keiner Besprechung meiner Pläne kommen konnte. Am letzten Abend schrieb ich zwei Briefe; der erste war an Betsy.

Liebste Betsy – ich habe mich plötzlich entschlossen, zu verreisen. Ich hoffe, Du bist nicht böse. Mein Leben hier ist etwas durcheinandergeraten, und ich habe das Gefühl, daß ich einen Szenenwechsel brauche. Bitte betrachte das Haus in den nächsten Ferien als Deines und lade ruhig ein, wen Du magst. Ich bin nicht vor Winter zurück. Sam war sehr brav. Er übersiedelt morgen zu Mrs. Higgins. Die beiden haben sich sehr angefreundet, und ich glaube, er wird sich dort sehr wohl fühlen. Grüße Timothy recht herzlich und sage ihm, ich sei immer noch wacker dabei, Gedichte zu lesen.

Herzliche Grüße, Liebling, von

Jenny.

Der zweite war an Jack.

Liebling – ich verreise. Ich weiß noch nicht wohin oder für wie lange, deshalb kann ich Dir keine Adresse hinterlassen. Ich glaube, es ist Zeit, daß wir uns einmal wieder trennen; wir haben einander wohl in den letzten zwei Jahren zu oft gesehen. Vielleicht wirst Du zuerst böse sein, aber dann wirst Du es, glaube ich, verstehen. Male schöne Bilder – ich erwarte, daß Du berühmt geworden bist, wenn ich zurückkomme.

Deine Dich immer liebende

Jenny.

Über diesen Brief mußte ich ein bißchen weinen, und so wurde er schließlich etwas verschmiert. Wenn ich zurückdenke, muß ich sagen, daß es von manchem Gesichtspunkt aus gesehen ein ziemlich großer Augenblick für mich war, diese Flucht im Sommer 1936.

Ich legte Jacks Brief auf den Tisch in der Diele, so daß er ihn finden mußte, wenn er am Nachmittag käme, und verließ das Haus.

6. KAPITEL

Jaspar und Joseph

Ich war also sechsundzwanzig Jahre alt, als ich zum ersten Mal französischen Boden betrat. Zunächst konnte ich nur »oui«, »non« und »merci« sagen, aber damit kam ich verhältnismäßig lange aus. Ich fand alle Leute reizend – die Herren oft *zu* reizend. In Paris sprach man Englisch, und ich hatte keine Schwierigkeiten, mich und mein Gepäck in einen Zug nach dem Süden setzen zu lassen.

Ich war fest entschlossen, die Plätze aufzusuchen, wo Jack und Edward ihre Ferien ohne mich verbracht hatten, und so schickte ich zwei Koffer nach Cannes; ich selbst wollte die Reise für ein oder zwei Tage, nur mit einem Gepäckstück, in Aix-en-Provence unterbrechen, um die Landschaft zu sehen, von der es so viele Bilder gibt.

Am Abend, als es kühl wurde, fand ich ein kleines Hotel in der Hauptstraße. Dort schließen sich hohe Bäume zu einem völlig dichten, schattenspendenden Gewölbe, und in der Mitte der Straße plätschern und tropfen die Springbrunnen, einer neben dem anderen. Und hier ergriff mich das seltsame, erregende Gefühl, ich sei heimgekehrt. Noch nicht einmal Jack vermißte ich. Langsam ging ich auf und ab und überlegte mir zum ersten Mal, ob ich eigentlich wirklich mein Leben vergeude, und wenn ja, was ich sonst hätte damit anfangen können.

Jemand berührte mich an der Schulter.

»Ich fürchte, man wird Sie bald belästigen, wenn Sie nicht vorsichtig sind«, sagte eine Stimme in einem ausgesprochen Oxforder Tonfall und fügte hinzu: »Gehen wir doch etwas trinken.« Wir setzten uns also draußen vor das nächste Café, und ich stellte fest, daß es sich um einen Mann von ungefähr vierzig Jahren handelte, in gewisser Weise gutaussehend, mit Neigung zur Beleibtheit. Kinn und Hals waren nicht scharf genug voneinander getrennt, aber er hatte eine hohe, schöne Stirn. Sein Mund war zu feucht und zu rosa.

»So, mein Kind«, sagte er wohlwollend, »trinken wir also einen Pernod, und dann erzählen wir mal Jaspar unsere Lebensgeschichte, und warum eine schöne Dame in kostbarer Aufmachung allein im Dunkeln auf den Promenaden herumläuft und dabei die Stirne so unschön runzelt.«

»Ich habe gerade darüber nachgedacht, ob es zu spät für mich ist, einen Beruf zu ergreifen.«

»Es ist nie zu spät. Meine Eltern bestimmten mich zum Juristen, und erst vor zehn Jahren wurde mir klar, daß ich eigentlich Schriftsteller sein wollte – und so schloß ich die Tür des Gerichtshofes eines Tages hinter mir, ergriff die Feder und kehrte nicht mehr zurück. – Was würden Sie denn gern werden?«

»Ich weiß nicht. Irgend etwas in Frankreich.«

»Sehr brav. – Noch einen Pernod? – Nein? Mögen keine Hustenmedizin? Werden sich schon noch daran gewöhnen. – Garçon, un Pernod. – Wie wär's mit Modezeichnen oder Innenarchitektur? Beides für Damen sehr geeignete Beschäftigungen – obwohl natürlich Männer es wesentlich besser machen. Kommen Sie morgen zum Mittagessen, und ich zeige Ihnen ein paar Bücher.«

»In welchem Hotel wohnen Sie?«

»Ich wohne nicht im Hotel. Ich lebe hier. Das einzig mögliche Klima für einen Künstler. Ich habe eine kleine Villa, nicht weit außerhalb der Stadt. Sehen Sie: ich zeige Ihnen, wie man hinkommt.« Er nahm einen Bleistift und zeichnete mir einen Plan auf einen Briefumschlag.

Die französische Hitze lähmte mich nicht wie die indische. Im Gegenteil, ich empfand sie eher als belebend. Ich zog ein kühles grünes Leinenkleid an, setzte einen großen Strohhut und eine Sonnenbrille auf, und kurz nach zwölf Uhr ging ich los, um Jaspars Haus zu suchen. Seine Beschreibung war sehr gut und ein Weg von einer Viertelstunde eine staubigweiße Allee entlang führte mich geradewegs vor sein Gartentor. Ich stieß es auf; zuerst kam Buschwerk, dann ein kiesbedeckter Vorplatz, und dann stand ich vor der Haustür. Ich klopfte an und wartete. Keine Antwort. Ich ging nochmals um das Haus herum, konnte aber keinen anderen Eingang finden, drückte schließlich die Türklinke und öffnete die Tür. Ich befand mich im Wohnzimmer. Hohe Bücherregale bedeckten die Wände, und überall lagen Bücher verstreut, auf dem Fußboden, dem Tisch und auf der Fensterbank. Alle waren völlig verstaubt. Tatsächlich sah das ganze Zimmer so aus, als wäre darin monatelang nicht abgestaubt worden. Als ich eintrat, raste eine Maus, die sich an dem alten Brotlaib auf dem Tisch gütlich getan hatte, schnell davon und verschwand im Kamin.

Der alte Brotlaib war mit Tellern und Tassen von zwei oder drei Mahlzeiten umrahmt. Ich versuchte es mit der ersten Tür rechts;

es war die Küche. Jetzt wurde mir klar, warum das schmutzige Geschirr im Wohnzimmer stand: in der Küche war kein Platz für *noch* mehr schmutziges Geschirr. Das Spülbecken und der Küchentisch standen beide ganz voll, und schmutzige Töpfe waren um den Herd und auf dem Boden gruppiert. Das eintönige Summen der Fliegen tönte mir von den Tellern her entgegen. Ich schloß die Tür schnell wieder und versuchte es mit der nächsten: aha, das Badezimmer, in verhältnismäßig gutem Zustand. Zwar lagen ein paar gebrauchte Handtücher auf dem Fußboden, und ein dicker schwarzer Rand lief ringsum in der Wanne, aber wenigstens gab es hier keine schimmelnden Speisereste. Hinter der nächsten Tür war eine Treppe und hinter der vierten, auf der anderen Seite des Wohnzimmers, entdeckte ich endlich meinen Gastgeber. Er lag völlig angezogen mit weit von sich gestreckten Armen und Beinen rücklings auf einem Tigerfell; dieses lag auf einer rotseidenen Überdecke, und diese wiederum auf einem riesigen Doppelbett. Einen Moment lang dachte ich, er sei ermordet worden, aber Leichen schnarchen bekanntlich nicht; ich war beruhigt. Eine leere Kognakflasche und ein Glas auf dem Fußboden neben dem Bett beruhigten mich vollends. Das Zimmer war höchst dramatisch ausstaffiert: schwere Goldkordeln rafften dicke purpurne Seidenvorhänge, und graue Teppiche, die weiß sein sollten, bedeckten das Parkett, das gebohnert sein sollte. Der einzige Schmuck bestand in einer Ebenholzfigur eines laufenden Negerjungen, die auf einem Podest in einer Ecke stand, und einer zierlichen goldenen Uhr auf dem Kamin, die leise sechs Uhr fünfzehn schlug, als ich eintrat.

Ich ging zum Fenster hinüber und sah über die schattige Terrasse und den reichhaltigen Gemüsegarten (ein Gärtner schien immerhin vorhanden) auf einen Weinberg gegenüber. Ich würde wohl auf Jaspars Gesellschaft zum Mittagessen verzichten müssen, und deshalb machte ich mich daran, für mich selbst etwas zu bereiten. Ich setzte zwei Kessel und einen Topf Wasser auf, um zuerst mal das Geschirr zu spülen, und begann, auf dem Küchentisch Platz zu schaffen. Ich hoffe nur, er ist ein guter Schriftsteller, dachte ich, sonst ist es wirklich zu viel des Guten. Ich holte vier Teller, zwei Tassen, drei Messer und zwei Gabeln aus dem Wohnzimmer, und tat sie zu dem Haufen. Im Badezimmer fand ich noch ein halbes Paket Seifenflocken. Ich schüttete den Inhalt ins Spülbecken.

Ich brauchte wohl etwa eine Stunde, um abzuwaschen. Schade, daß er so viele saubere Teller als Reserve besaß; sonst wäre er doch gezwungen gewesen, öfters abzuwaschen. Zwei Töpfe hatte er anbrennen lassen, was die Sache auch nicht gerade erleichterte. Es war inzwischen zwei Uhr vorbei, und ich war hungrig. Ich durchsuchte den Küchenschrank und fand Eier und Tomaten. Und ich war gerade dabei, die Eier aufzuschlagen, um ein Omelett zu machen, als Jaspar verschlafen in die Küche schlurfte; er rieb sich das Kinn.

»Dachte mir's doch, es riecht nach Gebratenem«, sagte er. »Und wer sind Sie?«

»Na, hören Sie mal!« erwiderte ich, »wenn man bedenkt, daß Sie mich erst gestern abend zum Mittagessen eingeladen haben!«

»Hab' ich das?« Er sah mich genauer an. »War ich gestern abend in der Stadt unten?«

»Natürlich – und keineswegs betrunken genug, um diese Vergeßlichkeit rechtfertigen zu können.«

»Sonderbar«, sagte er. »Wahrscheinlich fällt mir gleich alles wieder ein. Schön, daß Sie die Eier gefunden haben. Wir essen wohl besser im Wohnzimmer; auf der Terrasse wird es zu heiß sein. Gescheit von Ihnen, daß Sie saubere Teller aufgestöbert haben.«

Das war der ganze Dank, den ich für meine Spülarbeit erhielt. Er wühlte unter dem Fensterbrett und zog eine Flasche Rotwein hervor.

»Käse ist in der Büchse mit den Luftlöchern im Küchenschrank. Man kann hier nämlich nichts herumliegen lassen, wegen der Mäuse.«

Wir schoben die Bücher an das eine Ende und setzten uns beiderseits des Wohnzimmertisches, zwischen uns eine Schüssel mit Pfirsichen.

»So, mein Kind«, sagte er. »Nun erzählen Sie mir mal, wie Sie heißen und Ihre Lebensgeschichte, und warum ich Sie zum Essen eingeladen habe.«

»Ich glaube, das lohnt sich nicht. Sie vergessen es ja doch sofort wieder.«

»Verzeihung – ich bin im Augenblick in einer schlechten Verfassung. Seit einem Monat bin ich nämlich ganz allein und komme nicht recht vorwärts; schreiben geht nicht – nichts geht. Trinke auch zu viel – alles chaotisch. Fange schon an, die Tage und Wochen durcheinanderzubringen. Wischen Sie gerne Staub?«

»Das kann ich nicht behaupten.«

»Ich auch nicht«, sagte er traurig.

»Wovon handelt Ihr jetziges Buch?« fragte ich.

»Eigentlich arbeite ich an zweien – das eine ist ein leichter Unterhaltungsroman und das andere ist eine neue Studie über Verlaine.«

»Aha.«

Den Käse aßen wir ohne etwas dazu, da die Maus sehr wenig Brot übriggelassen hatte, und außerdem war es hart wie ein Ziegelstein. Aber die Pfirsiche waren gut und der Wein auch.

»Ich muß mich rasieren«, sagte Jaspar. Er verschwand mit einer Tasse heißem Wasser im Badezimmer.

Ich schlenderte in sein Schlafzimmer zurück, strich das Bett glatt und hob ein paar vereinzelte Socken vom Boden auf. Der Wein und die Sonne hatten mich schläfrig gemacht, und ich legte mich bequem auf das Tigerfell, den Kopf auf die weniger kratzige rote Seide. Jaspar kam herein und suchte seine Sandalen.

»So ist's recht«, sagte er; »schlafen Sie ein wenig. Ich lege mich gleich dazu, ich muß bloß noch schnell einen Brief schreiben.« Er schleppte sich hinaus, und ich nickte ein.

Als ich aufwachte, lag er sanft schlafend neben mir und wandte mir seinen Rücken zu. Die unzuverlässige Uhr schlug halb zehn. Vorsichtig kletterte ich über Jaspar hinweg und ging in die Küche, um Tee zu machen. Als ich das Gas anzündete, kam ein junger Mann herein. Er sah fast aus wie Timothy – das gleiche glatte, hellblonde Haar –, nur war er viel kleiner, kaum so groß wie ich; er schien sehr schlecht gelaunt, ja sogar fast wütend.

»Wer sind Sie?« brüllte er mich an. Ich erschrak so, daß ich den Kessel auf das Gas fallen ließ und das Wasser herausspritzte.

»Jenny«, sagte ich. »Warum.«

»Was haben Sie in Jaspars Schlafzimmer zu suchen?«

»Was haben Sie durch Jaspars Schlafzimmerfenster zu gukken?« erwiderte ich hitzig. Wir starrten einander an. Plötzlich wurde mir alles klar.

»Ah – Sie wohnen natürlich hier«, sagte ich.

»Ich *habe* hier gewohnt – bis vor einem Monat. Ich bin heute zurückgekommen, aber wenn Sie hier sind, wird mich Jaspar wohl nicht mehr brauchen können.« Einen Augenblick lang sah er aus, als wolle er anfangen zu weinen.

»Aber natürlich braucht er Sie«, sagte ich schnell. »Jaspar hat mir gerade erzählt, daß er nicht arbeiten konnte, seitdem Sie weg sind, und jeden Abend betrunken war. Ich habe ihn gestern abend kennengelernt, und er hatte mich für heute zum Mittagessen eingeladen, aber inzwischen völlig vergessen, wer ich bin.«

»Aber ich habe Sie doch zusammen im Bett liegen sehen.«

»Wir haben nur *auf* dem Bett gelegen; ich glaube, Sie können das kaum als ›zusammen im Bett‹ bezeichnen. Wir haben einander noch nicht einmal berührt. Wie heißen Sie?«

»Joseph.« Er schien besänftigt. Das Wasser kochte.

»Wie wär's mit einer Tasse Tee«, sagte ich.

»Furchtbar gerne. Mir ist so heiß, und ich bin entsetzlich müde. Ich bin nämlich mit dem Autobus gekommen. Ich wollte, Sie würden hierbleiben, wenn es so ist, wie Sie sagen. Wir könnten wahrhaftig eine Frau im Hause gebrauchen. Wir haben uns nämlich darüber gestritten, wer das Kochen übernehmen soll. Ich versuche auch, zu schreiben – obwohl meine Bücher noch nicht so gut gehen wie Jaspars; aber er denkt einfach, nur weil ich jünger bin und es *sein* Haus ist, soll ich die ganze Hausarbeit machen. Ich sehe nicht ein, warum. Sie? Man könnte sich wenigstens dabei abwechseln, aber davon wollte Jaspar nichts wissen. Er kann nämlich sehr bockig sein.«

»Und jetzt wollen Sie doch sicher Jaspar mit einer Tasse Tee aufwecken, nicht wahr? Ich gehe in die Stadt und besorge etwas zum Essen.«

»Gute Idee. Aber ernsthaft – im ersten Stock ist ein sehr hübsches Zimmer, das Sie haben könnten. Gehen Sie mal hinauf und sehen es sich an.«

Ich öffnete die Stiegentür und ging hinauf. Oben waren drei Räume – ein Abstellraum, einer, der wahrscheinlich als Josephs Schreibzimmer diente, und der dritte war groß und, bis auf ein Bett und einen Tisch, leer. Von hier sah man auf den Mont St. Victoire. Schon hatte ich mich entschlossen.

»In Ordnung, jedenfalls von mir aus«, sagte ich. »Aber fragen Sie lieber noch den Chef, während ich weg bin.«

Ich nahm mir das Einkaufsnetz vom Haken hinter der Küchentür.

»Wie wär's mit Steaks zum Abendessen?«

»Großartig!« sagte Joseph und öffnete Jaspars Tür, wobei ihm der Tee in die Untertasse lief. Als ich durchs Gartentor ging, hörte ich einen gedämpften Schrei: »Joseph, *Liebling*.«

Im Laufe der nächsten zwei Jahre habe ich gelernt, in Frankreich richtig einzukaufen. An diesem ersten Abend war ich ein völliger Neuling und überließ die Auswahl den Ladenbesitzern. Es war nämlich sehr unzweckmäßig, um sechs Uhr abends einzukaufen, und bald stand ich in aller Frühe auf, um das beste Stück Fleisch zu erwischen.

Als ich zur Villa zurückging, war mein Netz schwer von Kartoffeln, Steaks, Karotten, Zwiebeln, Kirschen, Salat, Brot, Butter und Kaffee, aber mein Herz war leicht. Joseph kam mir entgegen.

»Das Gemüse hätten Sie nicht zu kaufen brauchen. Wir haben das alles im Garten. Ich mache die Gartenarbeit selbst.«

»Wirklich? Da gratuliere ich Ihnen aber. – Ja, das tut mir leid. Daran hatte ich gar nicht gedacht. Ich werde es auf jeden Fall nicht wieder tun.«

»Jaspar sagt, er wäre sehr froh, wenn Sie bleiben könnten. Er hat sich sofort wieder an seinen Roman gemacht.«

Am nächsten Tag zog ich ein. Beim Abendessen auf der Terrasse unter der großen Kastanie sah mich Jaspar streng an.

»Ich habe vergessen zu sagen, Jenny, die Stellung ist unbezahlt. Verpflegung und Unterkunft ist alles, was ich dir geben kann.«

Joseph beugte sich ängstlich zu mir.

»Er wird Ihnen wahrscheinlich gelegentlich etwas bezahlen, wenn die Honorare einkommen.«

»Nein, das werde ich nicht, Joseph. Ich denke nicht daran, irgend jemandem irgend etwas zu bezahlen. Es ist ein herrlicher Platz zum Leben, und das Essen wird gut sein, wenn sie weiter so kocht wie heute. Getränke sind frei, und zwar reichhaltig. Kann ja auch ein Buch schreiben, wenn sie kein Geld hat!«

»Ich bekomme eine Rente von meinem Mann«, sagte ich. »Es wird schon gehen.« Ganz allmählich sank die Sonne hinter den Weinbergen; eine Fledermaus huschte durch die Luft. Ich schlürfte meinen Wein wohltuend entspannt, während Jaspar und Joseph sich an den Händen hielten.

Meinen unnötigen Titel ließ ich fallen, bekam meine Koffer aus Cannes und vereinbarte mit meinen Anwälten, mein Geld jeden Monat auf eine Bank in Avignon einzuzahlen. Ab und zu fuhr ich mit dem Autobus dorthin und hob genug ab, um einige Zeit damit auszukommen. Auch die Briefe holte ich ab. Betsy schrieb regelmäßig, Jack einmal. Ich öffnete Jacks Brief in einem Café, lehnte ihn an die Wasserflasche und las, während ich von meinem Dubonnet nippte.

Liebste aller meiner Geliebten, ich kann mir überhaupt nicht vorstellen, was in Dich gefahren ist. Ich war der irrigen Auffassung, daß wir uns besonders gut verstünden. Ich halte Deinen Platz ein paar Wochen frei, bevor ich jemand anders für die Stelle in Erwägung ziehe. Ich habe nicht die Absicht, die Küstenorte nach Dir abzusuchen, erwarte aber Deine Rückkehr, wenn das kalte

Wetter einsetzt. Ich habe mich gefreut, von Mrs. Higgins (die ich gestern vormittag in Deinem Haus besucht habe) zu hören, daß Du nicht mit dem Affen durchgegangen bist. Schlafe nicht in Deinen Perlen, sonst, fürchte ich, wird man Dir den Hals abschneiden.

Und sprich nie mit fremden Männern im Taxi.

Einer, der es gut mit Dir meint.

»Jaspar«, sagte ich, »jede Woche werde ich einen ganzen Tag frei nehmen, und wenn ich sage einen ganzen Tag, dann meine ich einen ganzen Tag. Ich werde weder zum Frühstück aufstehen noch dir deines bringen.«

Jaspar machte ein etwas verdrießliches Gesicht, da er inzwischen an seinen Morgenkaffee mit frischen Brötchen pünktlich um neun Uhr gewöhnt war. Er arbeitete nach einem festen Plan von halb zehn bis zum Mittagessen in seinem Schlafzimmer. Aber er respektierte meinen Standpunkt.

Joseph schlenderte den ganzen Vormittag in seinem weißen atlas-seidenen Pyjama im Haus herum und suchte nach Stoff für Kurzgeschichten; er zog sich nie vor dem Mittagessen an.

Sehr zu meiner Überraschung erbot er sich, mir an meinem ersten freien Tag das Frühstück heraufzubringen. Er stellte das Tablett vorsichtig an mein Bett und zog die Vorhänge zurück.

»Soll ich dir die Butter auf den Toast streichen, Kindchen?« fragte er und setzte sich auf mein Bett.

»Danke schön, gerne, Joseph.« Ich kämpfte mich aus den Traumnebeln von Darjeeling zurück nach Aix.

»Erzähl' mir doch etwas von der Aristokratie, Jenny. Das verkauft sich immer als Kurzgeschichte – eigentlich sogar als Roman.«

»Ich weiß auch nicht viel davon. Ich habe selbst nur zwei Jahre dazugehört, und davon war ich die meiste Zeit in Indien. Meine Bekannten waren ziemlich langweilig.«

»Nee, das geht nicht, Kindchen. Niemand will hören, daß sie langweilig sind. Sie müssen einen Haufen toller Liebesgeschichten haben und funkelnde Juwelen und Duelle.«

»Ich glaube, das erfindest du besser selbst; meine angeheirateten Verwandten waren leider nicht so. – Sei lieb und gieß mir etwas Kaffee ein. – Außer vielleicht Juwelen – davon hatten sie eine Menge. Aber langweilig waren sie auch. Kostbar natürlich, aber langweilig. Hast du wirklich mal einen Roman zu Ende geschrieben, Joseph?«

»Na, also nicht ganz, Kindchen, aber ich komm recht gut vorwärts. Er spielt auf einer Farm in der kanadischen Prärie.«

»Aber Joseph, du hast doch keinen Schimmer von der kanadischen Prärie?«

»Vielleicht nicht. Aber ich kann sie mir gut vorstellen. Diese weiten, windgepeitschten Flächen und diese stämmigen, schweigsamen Männer. – Natürlich reinste Flucht aus der Wirklichkeit. Gott sei Dank brauche ich mich mit meinen Büchern nicht zu beeilen, solange sich die von Jaspar gut verkaufen.«

»Sag mal, wer liest eigentlich Jaspars Bücher? Ich habe noch nie von ihnen gehört; das bedeutet zwar nicht viel – ich lese nämlich überhaupt nichts, außer Gedichten –«

»Ich weiß nicht. Vielleicht diese älteren Damen, die alle Neuerscheinungen lesen. Wär' es nicht wunderbar, wenn man sagen könnte: ich habe einen *Freund*, der meine Bücher liest!«

»Wäre es nicht noch wunderbarer, wenn man sagen könnte, ich habe ein Buch *geschrieben*!«

Wir seufzten sehnsüchtig.

»Darf ich mir ein bißchen von deinem Kaffee nehmen?« fragte Joseph. »Jaspar hat sich drei Tassen aus unserer Kanne eingeschenkt, bevor ich bei der zweiten war. Schade, daß er gerade in Kleinigkeiten so egoistisch ist.«

»So – ich glaube, ich werde jetzt bis zum Mittagessen weiterschlafen. Kommst du mit dem Braten zurecht, Joseph?«

»*Zurecht* komme ich schon damit. Ich tu' es nur nicht besonders gern. Er ist immer so fett. Jaspar ist ein göttlicher Koch, aber er kocht nur bei besonderen Gelegenheiten – zum Beispiel an Geburtstagen. Wann ist deiner?«

»Im Februar.«

»Oh, meiner ist früher; im Oktober, während der Weinernte. Letztes Jahr gab es ein ganz tolles Essen. Und dazu haben wir ein paar von diesen zauberhaften braungebrannten Bauern eingeladen – aber sie haben alle zuviel getrunken, und da wußten wir natürlich überhaupt nicht, *was* wir mit ihnen anfangen sollten. – Also, jetzt muß ich mich mal in mein Sonnenkostüm werfen, damit ich ein bißchen knusprig werde, weißt du, so richtig indianerbraun.«

Ins Sonnenkostüm werfen bedeutete, daß er die Pyjamajacke auszog, Rücken und Brust mit Öl einrieb und sich in einem Liegestuhl in der Sonne niederließ, mit einer riesigen Sonnenbrille und einer alten Nummer eines englischen Boulevardblattes, die Hosenbeine bis zum Knie heraufgekrempelt.

Jaspar tauchte zur Mittagszeit auf; ebenfalls im Pyjama – aber in einem schwarzen. Er war entweder griesgrämig oder vergnügt, je nach dem Ergebnis der vormittäglichen Arbeit. Ich mochte Jaspar längst nicht so gern wie Joseph. Er war zu launisch und zu klug für mich. Joseph war ein lieber, wohltemperierter Junge, solange Jaspar nett zu ihm war.

Jaspars Kochkünste waren in der Tat hervorragend. Eine Woche vor Josephs Geburtstag übergab er mir eine lange Liste von ausgewählten Dingen, die bestellt werden sollten.

Joseph durfte natürlich nicht merken, daß etwas Besonderes bevorstand, aber am Tag vor dem Festessen konnte man die Sache nicht mehr geheimhalten. Jaspar gab sein gewohntes Morgenpensum auf und verbrachte Stunden in der Küche, um seine Streitkräfte zu ordnen und den Schlachtplan zu entwerfen. Am nächsten Tag war er wieder mit der kurzen Unterbrechung eines leichten Mittagessens von zehn Uhr vormittags bis halb acht Uhr abends in der Küche. Und dann wurde das Mahl draußen unter der Kastanie aufgetragen. Wir aßen uns tapfer und beinahe wortlos durch das folgende Menü:

Potage Consommé Royal

–

Oeufs sur le plat bordelais

–

Filets de sole à la Mornay

–

Poulet à la Marengo
avec
Soufflé aux pommes-de-terre
Épinards à la Bechamel
Choufleur à la crème

–

Zabbaglione

–

Fromage, Fruits, etc.

Gäste waren nicht eingeladen, und daher konnten wir unsere ganze Aufmerksamkeit dem Essen zuwenden. So kostete ich also das erste von Jaspar gekochte Diner, und am Schluß bedauerte ich zutiefst, ihn nicht dazu überreden zu können, das ganze Kochen zu übernehmen. Allerdings, da er *zwei* Tage gebraucht hatte, um *eine* Mahlzeit zu bereiten, war es vielleicht lohnender für ihn, seinen Genius der Schriftstellerei allein zu widmen.

Stöhnend lehnte ich mich zurück – und konnte kaum sprechen.

»Jaspar, Liebling«, sagte Joseph. »Du bist doch unglaublich gescheit. Ich weiß nicht, wie du es machst – jeder Gang noch raffinierter als der vorhergehende –, und dieser wunderbare Kognak! Was für ein Geburtstag!«

Ich ließ den Kognak im Glas kreisen, um ihn zu erwärmen, und war restlos zufrieden – nichts und niemand ging mich etwas an –, und ich war ausgefüllt mit Glückseligkeit – und Essen.

In meinem ganzen Leben habe ich nie mehr solchen ungestörten Frieden genossen wie während dieser zwei Jahre in Aix. Niemand belästigte mich, ärgerte mich, versuchte mich zu bessern oder verliebte sich in mich. Ich lebte wie eine stille Pflanze dahin, von einem Tag zum nächsten, in der Sonne, unbemerkt und unberührt und unversehrt.

Aus der anderen Welt kamen Neuigkeiten von Betsy: endlich liebe Timothy sie also doch; sie hätten geheiratet und seien in Buenos Aires angekommen, und ihre neuen Verwandten wären entzückend. Sam wohne bei Mrs. Higgins und bliebe auch dort: mein Haus sei an Jack vermietet worden! Diesen letzten Punkt fand ich zuerst sehr spaßig. Vielleicht vermißte er mich endlich doch? – Mein zweiter Gedanke war allerdings, daß dies einer von seinen Umwegen war, um es mir heimzuzahlen, und es ihm vielleicht Spaß machte, große brünette Frauen in mein Bett zu legen.

Nach diesem Brief brauchte ich zwei Tage, um meine frühere Seelenruhe wiederzugewinnen. Zum ersten Mal erschienen mir die Streitigkeiten der beiden Liebenden in den unteren Gemächern mehr störend als komisch.

»Weißt du, was Jaspar *gesagt* hat?« Joseph stürzte in die Küche, wo ich gerade ihre Schlafanzüge wusch.

»Er hat gesagt, ich sei nichts als ein kleiner Schmarotzer. Wie kann er es *wagen*, wo ich doch immer alles für ihn tue und ihm bei seinen Büchern helfe und ihn aufheitere!? Ich hätte nicht übel Lust, wieder fortzugehen. Er ist gemein!«

»Nur das nicht, Joseph. Er würde sich so aufregen. Denk doch nur an das letzte Mal, wo er dauernd betrunken war. Ich bin überzeugt, er ist auf dich angewiesen. Ohne dich wäre er verloren. Er ärgert sich sicher nur, weil gerade etwas mit seinem Helden nicht stimmt.«

»Vielleicht hast du recht, Jenny.« Er setzte sich auf den Tisch. »Er ist sehr launisch, findest du nicht? Meinst du, daß alle Künstler so sind?«

»Ich habe einmal mit einem Maler zusammen gelebt, der andauernd solche Zustände hatte.«

»Wirklich, Kindchen? War das nicht sehr unartig von dir, wo du einen netten Mann und das alles hattest? Aber bitte, Liebes – sachte mit meinem Pyjamakragen –, er ist schon ganz durchgescheuert, und Jaspar sagt, vor dem nächsten Honorar gibt's keinen neuen.«

»Kannst du dir vorstellen, Joseph, daß ich nächsten Dienstag zwei Jahre bei euch bin?«

»Aber nein, Kindchen. Wirklich? Du hast dich überhaupt nicht verändert. Aber Jaspar. Er ist dicker geworden. Findest du, daß ich Fett ansetze?«

»Na ja – also, man könnte dich nicht gerade mager und knochig nennen. Kein Wunder, wenn man bedenkt, wieviel du ißt und trinkst.«

»Also – jetzt wirst du mich *auch* noch gleich einen Schmarotzer nennen; dann werde ich aber wirklich böse! Und dann schlage ich um mich! Was gibt's zu Mittag?«

»Schweinebraten. Sei ein Engel und häng' mir diese Wäsche auf; auf dem Tisch kann ich dich nicht gebrauchen.«

»Stehe zu Diensten.« An der Tür blieb er stehen. »Jenny, meinst du, daß Jaspar mich *wirklich* liebt, oder – –?«

»Natürlich; sonst hätte er es nicht die ganze Zeit mit dir ausgehalten. Bring mir ein paar junge Erbsen zum Schweinebraten mit, wenn du wieder hereinkommst.«

»Gut, Kindchen. Du hältst einen ganz schön in Trab.«

»Das ist für deine Taille ganz gut.«

Allmählich keimte in mir die Überzeugung, eine Veränderung könne nicht schaden. Was ging zum Beispiel im übrigen Frankreich vor? Ich war ja noch nicht weiter als bis Avignon gekommen. Ich konnte inzwischen ganz ordentlich Französisch sprechen, wenn ich auch das meiste davon auf dem Markt gelernt hatte. Ich wollte wieder reisen und alles genießen dürfen. Der Juni ist ein erregender Monat. Ich fühle mich oft unstet im Juni. Ich ging zu Jaspar.

Er saß am Schreibtisch in seinem Schlafzimmer und starrte aus dem Fenster.

»Jaspar, ich . . . ich möchte fort.« Er schnellte herum.

»Aber meine Beste, warum? Ich dachte, du wärst hier so glücklich? Ist Joseph häßlich zu dir gewesen? Ich wäre vielleicht nicht abgeneigt, dir sogar ein kleines Gehalt zu zahlen – weil du dich so bewährt hast.«

»Es handelt sich weder um Joseph noch ums Geld – noch nicht einmal um die Arbeit. Ich will einfach mal woandershin.«

»Gut – dann nimm dir einen schönen langen Urlaub, meine Beste. Ich gebe dir zehn Pfund, und du kannst dir einen herrlichen Monat machen, und dann kommst du wieder. Es ist wirklich an der Zeit, daß du mal Ferien bekommst. Übrigens, ich muß selbst bald mal wieder für kurze Zeit nach England.«

Ich lachte innerlich, wenn ich an die Tausende dachte, die sich schon auf meinem nahezu unberührten Bankkonto angehäuft hatten.

»Jaspar, es tut mir leid – ich will nicht einmal die zehn Pfund oder Urlaub. Ich will einfach fort.«

»Ja, meine Beste, wenn es so steht, dann bleibt nichts mehr zu sagen. Aber solltest du es dir nächsten Winter anders überlegen, werden wir dich sehr gerne wieder aufnehmen.«

»Wie schade! – Ich werde dich sehr vermissen«, sagte Joseph. »Es war immer so nett – wir beide zusammen, wenn Jaspar bei der Arbeit war – und er arbeitet so oft. Es wird so still und traurig sein, an den Vormittagen ohne dich.«

Sie brachten mich beide zur Bahn, und beide küßten mich zum Abschied, jeder auf eine Backe. Sie winkten mir, bis ich entschwunden war, jeder den Arm um die Schultern des anderen, wie Pat und Patachon.

Ich lehnte mich im Abteil zurück und holte tief Atem. Der Herr mir gegenüber lächelte mir zu und bot mir seine Nummer der »Times« an.

7. KAPITEL

Mr. Jones

Nachdem ich also anstatt zweier Nächte zwei Jahre in Aix geblieben war, siedelte ich nun nach Cannes über. Die Kleider in meinem Schrankkoffer waren natürlich aus der Mode, mein Haar und meine Hände ein Trauerspiel. Ich kam mir vor wie eine von diesen verzauberten Prinzessinnen, die die Zeit verschlafen hat.

Ich nahm mir ein luxuriöses Appartement mit Aussicht auf das Mittelmeer und begann, an mir zu arbeiten, oder vielmehr: andere an mir arbeiten zu lassen. Ich legte mir wieder meinen Titel zu und versammelte Schönheitsspezialisten, Maniküre- und Pediküre-fräulein, Friseure und Masseusen um mich: und nun huschten flinke Männchen und adrette kleine Frauen auf und ab, reagierten auf meinen leisesten Wunsch, glätteten mein wildes Haar, meine rauhen Hände und rieben wieder Schönheit in meine Wangen, während ich nur träge auf einem satinüberzogenen Sofa lag.

Die rotweiß gestreiften Jalousien hingen weit über meinen Balkon, die Türen standen offen, um den Seewind hereinzulassen, wenn er sich bequemte zu wehen. Ich hielt die Augen geschlossen und atmete den warmen Duft meiner gelben Rosen ein.

»Möchte Mylady neue Kleider? Ich könnte die Mannequins zur Vorführung ins Hotel kommen lassen.«

»Das ist eine gute Idee.« Wirklich vorzüglich, und so holte Victor Vorführdamen, und sie wandelten an mir vorbei und führten mir die letzten atemberaubenden modischen Neuheiten an Strandkleidung, Sportkleidung, Tages- und Abendkleidern vor und zu guter Letzt auch noch Nachthemden. Die Mädchen waren natürlich alle Französinnen, dunkelhaarig, mit elfenbeinfarbener Haut, und ich konnte mir daher noch nicht recht vorstellen, wie die Kleider mir, mit meinem hellblonden Haar und meinem rosaweißen Teint, stehen würden. Jedenfalls bestellte ich eine reichhaltige Garderobe, und dann legte ich mich erst einmal eine Woche ins Bett.

Ich schlief, als hätte ich noch nie in meinem Leben geschlafen. Alle Erinnerungen an Abwaschen und Kochen schüttelte ich ab und versank in einem tiefen, warmen, goldenen Sumpf der Faulheit. Am siebenten Tage erwachte ich zur Teezeit und fühlte mich wie ein Kind am ersten Morgen seiner Sommerferien.

Ich hüpfte aus dem Bett und zog an der seidenen Klingelschnur. Das Zimmermädchen und ein kleiner Boy stürzten ins Zimmer. »Le thé anglais«, befahl ich, »et préparez un bain, s'il vous plaît.« Ich lief zum Fenster. Die nachmittägliche Ruhezeit war vorbei, und unter meinem Fenster gerieten Strandhüte und Sonnenschirme in Bewegung und dazu sämtliche Schattierungen sonnengebleichten Haares; alles lief dem Strand zu.

Ich beschloß, meinen ersten Auftritt mit Sonnenschirm zu wagen. Ich hatte mir einen schwarzen gekauft, mit weißer Seidenborte, so daß er zu meinem weißen Seidenkleid mit dem dezenten schwarzen Federmuster passe. Ich zog mich sehr sorgfältig an, ohne jegliche Eile, und als ich durch die Hotelhalle schwebte, stellte ich zufrieden ein Raunen der Anerkennung fest. Ein hochroter Oberst fiel über seine eigenen Füße, als er die Tür für mich öffnete. Leutselig schenkte ich ihm ein kleines Lächeln und lenkte meine wohlgeformten Beine der Promenade zu. Ich sah niemanden an, aber ich habe gute Augen und bemerkte sehr wohl, daß einige sehr reizvolle bronzefarbene junge Herren mich schon gesichtet hatten. Ich hörte sogar einen von ihnen sagen: »Sag mal, mein Lieber, wer ist eigentlich diese atemberaubende junge Witwe?«

Ob ich wohl – so dachte ich – mein Taschentuch fallen lassen sollte? Aber das war eine allzu bekannte Lockung. Bevor dieses Problem noch gelöst war, kam ein großer Hund auf mich zugesprungen, ein zutrauliches, freundliches Tier, und warf mich beinahe zu Boden. Fröhlich sprang er herauf an mein Gesicht. Ich schrie auf, natürlich in sehr hilfloser, damenhafter Manier, und versuchte, ihn mit meinem Sonnenschirm zu verjagen. Nicht weniger als drei junge Herren, die ganz zufällig in der unmittelbaren Nachbarschaft weilten, sprangen zu meiner Rettung herbei.

»Oh – hoffentlich ist Ihnen nichts geschehen?!«

»Madame n'est pas blessée? Quel monstre!«

»'runter Tobi – verdammter Köter. Es tut mir wirklich entsetzlich leid. Er meint es nicht böse. Das ist so seine Art, sich anzufreunden – ist nicht so schüchtern wie sein Herr –; übrigens, mein Name ist John.«

John lächelte verschämt und hoffnungsvoll.

Ich vergab ihm, weil mich seine tiefen braunen Augen an Jack erinnerten.

»Er hat mir nichts getan«, sagte ich, »eigentlich ist er ein reizender Hund. Er hat mich nur so erschreckt, weil er von hinten kam.«

Der Franzose verließ die Szene unter Verbeugungen – allerdings nicht, ohne mir vorher seine Karte überreicht zu haben.

»Wollen wir etwas zusammen trinken?« fragte John. »Um Ihre zerrütteten Nerven wiederherzustellen? Übrigens: das ist mein Freund Ginger.« Ginger errötete und schüttelte ungestüm meine Hand. Sein Haar war leuchtend rot, seine Ohren auch. Reizende Jungens, dachte ich, aber wie schade, daß sie so schrecklich jung sind; oder sollte *ich* etwa *älter* werden?

Na ja, ein Mann führte zum anderen, und innerhalb einer Woche hatte ich eine Eskorte zu jeder Mahlzeit des Tages. Frühstück nahm ich allerdings allein ein – freiwillig, wohlgemerkt. Wie ein Revuestar stieg ich um die Mittagszeit die Hoteltreppe hinab und lächelte nach rechts und nach links in anhimmelnde Gesichter, bis ich schließlich den schon bestellten Arm eines von ihnen nahm, um vor dem Mittagessen ein wenig zu lustwandeln. Die Straße hinauf, dann die Straße wieder hinab, kaufte vielleicht einen kleinen Schmuck in diesem pittoresken alten Laden oder eine kleine Flasche Parfüm, und dann ging's zum Aperitif unter Palmen und zu einem leichten Lunch von vielleicht vier bis fünf Gängen.

Aber *ein* alleinstehender Herr war im Hotel, der noch nicht zu meinem Anhang zählte. Er war ein schmächtiger Mann in mittlerem Alter, mit sehr schönem weißem Haar und melancholischem Gesicht. Ich mußte immer an seinem Tisch vorbei, wenn ich zu meinem wollte, der groß genug war, um fünf oder sechs Leute daran unterzubringen – und ich stellte fest, daß er mich stets mit Interesse beobachtete. Wenn ich ein besonders faszinierendes neues Gewand trug, schossen seine Augenbrauen vor Erstaunen hoch, und ich hatte nicht das Gefühl, daß er mich etwa ablehnte.

Eines Morgens verspürte ich Lust, ausnahmsweise einmal ganz allein zu sein. Ich stand schon um neun Uhr auf und durchschritt schnell die Hotelhalle. Es war noch niemand auf; die meisten nahmen ihr Frühstück auf dem Zimmer ein; ein Hoteldiener fegte ganz ungezwungen den Eingang und hob den Besen, um mich vorbeizulassen. Die blühenden Büsche im Hotelgarten erinnerten mich einen Augenblick lang an Darjeeling. Der gleiche schwere Duft, und dennoch wehte eine frische Morgenluft; diesmal von der See und nicht vom Gebirge.

Ich wollte mir die Altstadt ansehen, und langsam stieg ich zur Kirche hinauf. Das Innere war modrig und düster, und ich verließ es bald wieder, lehnte mich über das Geländer auf dem Vorplatz und zählte die Schiffe im Hafen. Jemand kam von hinten auf mich zu und lehnte sich schweigend neben mich. Ich wandte mich um und sah mich dem melancholischen Herrn aus dem Hotel gegenüber.

Er lächelte mich ernsthaft an. »Na, mein Kind!« sagte er.

»Sie haben mich erschreckt. Ich habe Sie in der Kirche gar nicht gesehen.«

»Ich gehe nicht zur Kirche. Ich gehöre einer Sekte an. Ich habe nur gewartet, bis Sie wieder draußen sind.«

»Sie sind mir also gefolgt?«

»So könnte man es beinahe nennen. Ich sah Sie allein aus dem Hotel gehen. Merkwürdig, sagte ich zu mir, hab' dieses schöne Mädchen noch nie allein gehen sehen, und da habe ich mir gedacht: Hier ist deine Chance. Und so bin ich Ihnen nachgegangen.«

An seiner schönen Stimme erkannte ich sofort, daß er aus Wales war. Alles, was er sagte, klang wie Musik.

»Na ja, und da sind wir also. Wollten Sie mit mir sprechen, jetzt, wo Sie mich eingeholt haben?«

»Ja. Ich möchte mit Ihnen sprechen, und ich möchte, daß Sie zu mir sprechen, und zwar für mein ganzes Leben.«

»Wie meinen Sie das?« fragte ich etwas blöde.

»Sie sind die erste Frau, der ich jemals begegnet bin, die ich heiraten möchte.«

»Bedeutet das, daß Sie mir hiermit einen Heiratsantrag machen?«

»Ganz richtig, mein Kind«, antwortete er ruhig, ohne sich mir auch nur näher zuzuwenden.

»Das ist aber der seltsamste Antrag, den ich jemals bekommen habe«, sagte ich, »und ausgerechnet von dem einzigen Mann im Hotel, mit dem ich noch kein Wort bisher gewechselt habe.«

»Sofort, als ich Sie sah, habe ich gedacht: Da ist das Mädchen für dein Haus. Wie schön sie aussehen würde, am anderen Ende des alten Eichentisches.« Seine traurigen Augen leuchteten auf bei diesem Gedanken.

»Sie meinen, ich wäre nur ein Teil der Einrichtung?«

»Fast, mein Kind; ich bin ein reicher Mann, aber – auch ein kranker und ein einsamer Mann. Meine Ärzte haben mir befohlen, ein halbes Jahr lang nicht mehr zu arbeiten. Sie haben mich hierhergeschickt, und es geht mir auch besser, aber ich weiß immer noch nicht, wofür ich leben soll. Ich bin nicht so alt, wie Sie vielleicht glauben. Ich bin erst fünfundvierzig, trotz meines weißen Haares. Ich besitze ein schönes altes Haus außerhalb Cardiff, aber es ist kein Leben darin.«

»Ich hätte aber kein eigenes Geld, wenn ich wieder heiraten würde«, warf ich dazwischen.

»Ich will ja auch Ihr Geld nicht«, erwiderte er unwillig, »ich habe mehr Geld, als ich ausgeben kann. Ich bitte Sie nur, mit mir in meinem Haus zu leben, und sonst sollen Sie ganz sich selbst gehören. Ich werde Sie nicht belästigen.«

»Wissen Sie meinen Namen?«

»Natürlich. Und ich weiß auch, was es bedeutet, wenn ich Sie bitte, einfach Mrs. Jones zu heißen.«

»Sie müssen mir Zeit geben, mir die Sache zu überlegen. Es kommt natürlich etwas plötzlich; und ich kenne Sie ja überhaupt nicht.«

»Ich freue mich jedenfalls, daß Sie nicht sofort böse geworden sind.« Er lächelte wieder sein reizendes Lächeln. »Ich werde meine Rechtsanwälte anweisen, mit den Ihren in Verbindung zu treten, und sie können Ihnen erklären, wer ich bin, und fragen, ob es ratsam für Sie wäre, mich zu heiraten. Würden Sie mir das Vergnügen machen und mit mir zu Mittag essen, damit wir uns gegenseitig kennenlernen können?«

»Sehr gern«, antwortete ich und fühlte mich etwas benommen.

»Was mir zu denken gibt, Mr. Jones«, sagte ich am nächsten Tag, als wir nebeneinander in einem privaten Motorboot saßen und zu den Iles Lerins hinausfuhren, »ist, daß mein erster Mann mich so entsetzlich gelangweilt hat. Er war zwar gutartig, ein ziemlich respektabler Mann, bekleidete einen wichtigen Posten in Indien, und wir haben viele Gesellschaften gegeben, aber das Leben mit ihm war so öde, daß ich zehnmal am Tag hätte schreien können.«

»Schlimm«, sagte Mr. Jones. Er trug einen großen Panamahut, und die Krempe flatterte im Seewind. »Vielleicht haben Sie immer nur sein Leben gelebt, und er niemals das Ihre?«

»Ich glaube nicht, daß ich damals ein eigenes Leben hatte – ich weiß sogar noch nicht mal, ob ich jetzt wirklich eines habe.« Ich war auf einmal ganz gerührt vor lauter Mitleid mit mir selbst. Das strahlend blaue Wasser schoß nur so an unserem Boot vorbei.

»Aber liebes Kind«, sagte Mr. Jones und legte seinen Arm tröstend um mich; »gibt es denn nichts auf der Welt, was Ihnen gefällt?«

»Nur Männer«, sagte ich kummervoll. Er lachte mich an.

»Das merkt man; aber kein Ehemann sollte Ihnen die Aufmerksamkeiten anderer Männer mißgönnen.«

»Edward hätte es bestimmt getan.«

»Aber: gibt es außerdem nichts, was Sie gern täten?«

»Ich weiß nicht. Tanzen – neue Kleider kaufen.«

»Und Musik bedeutet Ihnen nichts?«

»Ich singe mir manchmal etwas vor, aber ich verstehe nichts von Musik. Ich habe nie mit einem Musiker zusammengelebt.«

»Dann werden Sie es jetzt versuchen. Ich selbst bin sehr musikalisch. Aber wir müssen noch etwas anderes für Sie finden – vielleicht malen Sie gern oder sticken?«

»Ich kann stricken«, schlug ich etwas unsicher vor, »aber nur ganz einfache Sachen.«

»Dann könnten Sie vielleicht Shawls für meine Bergleute strikken. Aber herzlich wenige haben keine Frau oder Mutter oder Braut, die für sie stricken; also werden Sie damit nicht lange beschäftigt sein. Wir werden schon etwas finden. Kommen Sie, Jenny, sagen Sie ja.«

Zu meinem Erstaunen tat ich es. Denn eigentlich gefiel er mir sehr gut. Er war so nett zu mir, und ab und zu brachte er mich herzhaft zum Lachen.

Als er mir auf der Insel an Land half, sagte ich: »Ich werde Sie natürlich nicht eher heiraten, als bis ich von meinen Anwälten gehört habe – für den Fall, daß Sie ein Ritter Blaubart sind.«

»Da haben Sie ganz recht, mein Kind. Wir bleiben erst einmal einige Wochen verlobt, und Sie sehen dann, wie es Ihnen gefällt.«

Auf der Insel war ein Mönchskloster – und ist es nicht grausam: die armen Mönche dürfen nur einmal in der Woche, und zwar am Sonntag, eine halbe Stunde lang sprechen, und – was noch schlimmer ist – Frauen dürfen sie sich noch nicht einmal anschauen. Die Frauen, die für sie kochten, schoben das Essen durch eine kleine Luke, und die Mönche konnten nur ab und zu vielleicht mal einen vollen weißen Arm sehen, sonst nichts.

Ich war ganz empört über diese Geschichte und wollte nicht lange bleiben. Aber Mr. Jones bestand darauf, unser Picknick in Ruhe unter einer Pinie einzunehmen.

»Sie brauchen sich über die armen Mönche keine grauen Haare wachsen zu lassen«, sagte er; »sie sind alle freiwillig hier, und niemand hindert sie daran, wegzugehen, wenn sie wollen.«

»Aber ich glaube, sie haben viel zu große Angst vor der Hölle, um aus dem Kloster auszutreten.« Jedenfalls war ich froh, als wir den dicken französischen Bootsmann weckten und nach Cannes zurückfuhren.

Ich erzählte meinen anderen Verehrern nichts von meiner Verlobung mit Mr. Jones und erhielt daher innerhalb der nächsten vierzehn Tage drei weitere Anträge. Diese Bewerber waren alle jünger und sahen wohl auch besser aus als Mr. Jones, und einer – ein Amerikaner – war sogar reicher. Aber irgendwie ließen sie mich alle kalt, und ich freute mich, als der Brief von meinen Anwälten kam, in dem stand, daß Mr. Jones ein wohlbekannter und gutbeleumdeter Kohlenmagnat sei und Junggeselle obendrein, soweit man wüßte, hätte er keine Kinder und keine lebenden Verwandten, ferner, daß er auf einem alten Gehöft im Glamorgantal wohne, das mit beträchtlichem Geldaufwand vor wenigen Jahren modernisiert worden sei. Außerdem habe er wahrscheinlich ein schwaches Herz. Ich läutete. »Appellez, Mr. Jones«, rief ich, und Mr. Jones erschien, adrett und sauber wie immer, sein Haar wie mit Persil gewaschen.

Ich reichte ihm den Brief. »Sie sind also kein Blaubart«, sagte ich. »Sie scheinen das zu sein, was Sie vorgegeben haben. Wenn Sie mich noch wollen – ohne einen Pfennig Geld, aber mit einer sehr ansehnlichen Garderobe nach der allerletzten Mode –, gehöre ich Ihnen.« Wir lachten beide.

»Wie freu' ich mich, Liebling«, seine Aussprache klang immer ganz welsch, wenn er sich freute oder erregt war – »daß du kein Geld hast. Vielleicht könnte man mich einen Kindsräuber schelten, aber ich will nur das *Kind* und nicht das *Lösegeld.*«

»Und ich?« sagte ich. »Vielleicht will ich dein Geld?«

»Ich glaube nicht, daß es sich für dich lohnt. Du wirst nicht viel reicher sein, als du jetzt bist – außer daß du ein eigenes Haus bekommst.«

»Ich habe ein Haus in London. – Ich möchte wohl wissen, ob ich es zurückgeben muß. Ich will mal Edward schreiben und ihn fragen.«

»Wann wollen wir also heiraten?«

»Wann du willst. – Nächste Woche?«

»Also hier?«

»Warum nicht? Wir haben beide keine Verwandten, die zu Rate gezogen werden müssen. Die einzige Freundin, die ich gern dazu eingeladen hätte, ist in Buenos Aires.«

Es war eine sehr stille Hochzeit, verglichen mit meiner ersten. Wir schlüpften am Morgen aus dem Hotel (ich in grauem Leinen mit einem Strauß Orchideen) und gingen zum Gemeindeamt. Unterwegs lasen wir uns zwei Leute als Zeugen von der Straße auf.

»Wir behalten getrennte Schlafzimmer«, sagte Mr. Jones, »und bleiben noch einen Monat. Dann würde ich gern nach Hause fahren und mal sehen, wie die Dinge dort stehen.«

»Bist du auch nicht böse, wenn ich mit all diesen jungen Leuten hier ausgehe?«

»Tu ganz, was dir behagt, meine Liebe. Ich werde dich ja später in Wales ganz für mich haben. Aber vielleicht können wir heute abend zusammen essen?«

Das Abendessen verlief sehr nett, jedenfalls ganz anders als das Abendessen mit Edward vor sechs Jahren. Auch diesmal gab es Champagner, aber Mr. Jones trank nur sehr mäßig und erzählte mir ein paar ulkige Geschichten mit seiner singenden Stimme, die ich so an ihm liebte. Dann begleitete er mich bis zu meiner Schlafzimmertür, küßte mich sanft auf die Stirn und ließ mich allein. Ich betrat mein Zimmer, vergnügt vor mich hin summend, wie ich es gewöhnlich tat.

»Den Schlüssel nehme ich an mich«, sagte Jacks Stimme vom Balkon her. Da standen wir und starrten uns gegenseitig an. Ich war völlig versteinert.

»Freust du dich denn gar nicht, mich wiederzusehen, Liebling? Es war wirklich schwierig genug, dich ausfindig zu machen.« Er öffnete seine Arme, aber ich war unfähig, zu ihm zu gehen.

»Geliebte Wren, liebst du mich etwa nicht mehr?« Er zog mich sanft an sich, aber ich wehrte mich heftig.

»Jack, ich habe heute morgen geheiratet.«

»Aber Liebling – doch nicht schon *wieder!* Du bist wirklich unmöglich – ausgerechnet heute! Du hättest doch wirklich warten können!« Er sagte das so leichthin, aber ich spürte seinen Zorn an der Art, wie er mich um die Taille faßte.

»Warum ist dann eigentlich der Gemahl nicht hier, zu Ehren der Hochzeitsnacht?«

»Er ist ein entzückender Mann«, sagte ich, »einer der nettesten Männer, die ich jemals kennengelernt habe, aber er ist krank gewesen und nicht mehr jung.«

O Jack, sieh mich doch nicht so an, laß mich bitte nicht Mr. Jones gleich am Anfang untreu werden, betete ich, aber das alte wunderbare Wohlgefühl überkam mich, und ich konnte nicht sprechen vor Liebe.

»Wie viele hast du schon so gehabt, nach mir?« fragte Jack und drehte mein Kinn nach oben, um mir in die Augen zu sehen.

»Ehemänner oder Liebhaber?«

»Beides.«

»Dieser ist der erste.«

»Willst du damit sagen, daß ich nur *einen* Tag zu spät komme?«

»Ja.«

»Jenny, erwartest du wirklich, daß ich das glaube? Warum versuchst du eigentlich, mich anzulügen, wo wir uns doch nun schon so lange kennen?«

»Ich erwarte gar nicht, daß du es glaubst, aber es ist trotzdem wahr. Ich habe mich mal etwas ausgeruht.«

»Na, also – das ist doch wirklich die Höhe!« Er begann zu lachen, bis ich dachte, er würde überhaupt nicht mehr aufhören. Ganz außer Atem setzte er sich aufs Bett. Ich stand neben ihm und war etwas besorgt, er könnte einen hysterischen Anfall bekommen.

»Ach, *liebste* Jenny, wie ich dich vergöttere. Du bist wirklich ein himmlisches Geschöpf – ganz einmalig!« Er zog mich zu sich hinunter und küßte mich wild. Einen Moment lang gab ich der wundervollen Versuchung nach; dann machte ich nochmals einen energischen Versuch, mich loszureißen.

»Jack, ich glaube, du verstehst die Sache nicht. Ich habe diesen neuen Mann viel lieber, als ich Edward hatte, und ich will ihn nicht unglücklich machen.«

»Aber wie unglücklich du *mich* machst, ist dir wohl egal?«

»Das habe ich ja nicht gewußt. – Du hast mir nie zu verstehen gegeben, daß du ohne mich nicht auskommst.«

»Nein?« Er versuchte, wie ein armes Opfer auszusehen, aber seine sündigen Augen strahlten vergnügt. »Na, Gott sei Dank habe ich dich wenigstens endlich gefunden, und jetzt laß' ich dich so bald nicht wieder los.« Er zog mich wieder zu sich hinab, so daß ich mich nicht bewegen konnte. Er ist sehr groß und stark, dieser Jack.

»Wie geht's mit dem Malen?« fragte ich, um das Thema zu wechseln und mir einen neuen Fluchtplan zu überlegen.

»Sehr gut, vielen Dank. Ich bin als Porträtmaler die große Mode! Auf Wunsch male ich deinem Mann einen schönen Kopf von dir für hundert Pfund. Vergiß nicht, es ihm vorzuschlagen. – Nein, mein Kind« – als ich mich mit einem kleinen Ruck seinen streichelnden Händen entziehen wollte. »Ich bin nicht gekommen, um mich mit dir über Malerei zu unterhalten.«

»Sondern bloß, um mich zu vergewaltigen und eine weitere Heirat zu ruinieren.« Ich wollte ganz bitter erscheinen, aber mein Herz klopfte ungestüm.

»Nicht zu vergewaltigen, mein Kind –: das Recht der ersten Nacht.«

Am nächsten Morgen wandte ich mich an Mr. Jones.

»Es tut mir leid, Lieber«, sagte ich. »Aber ich möchte so schnell wie möglich abreisen. Ein sehr unangenehmer Mann, den ich von früher her kenne, ist hier aufgetaucht und belästigt mich.«

»Aber selbstverständlich, Jenny. Ich wäre nämlich selbst schon gern abgereist, aber ich dachte, du möchtest lieber noch etwas bleiben.«

»Fein. Könnten wir morgen reisen, am besten gleich ganz früh? Er weiß nicht, wen ich geheiratet habe, und ich will nicht, daß er uns nach Wales folgt.«

Jack hatte sich ein Zimmer im Hotel genommen, und ich nickte ihm kühl zu, als ich mit meinem reichen amerikanischen Freund, der mir bei dieser Gelegenheit weitere Heiratsanträge machte, auf einen Aperitif ausging.

Während der Mittagsmahlzeit sandte mir Jack einen Zettel: »Muß ich auch Schlange stehen, oder wie kann ich eine Mahlzeit mit dir arrangieren? Welcher ist der Gemahl? Ich glaube an die ganze Angelegenheit nicht.«

Ich antwortete: »Für Mahlzeiten schon ausverkauft bis nächsten Mittwoch. – Rate mal.«

Und ermutigend lächelte ich alle fünf Männer meiner Umgebung abwechselnd an, von denen, wie ich nicht zu erwähnen brauche, keiner Mr. Jones war. Der las die »Western Mail« und sah überhaupt nicht zu mir her.

Ich eilte hinauf in mein Schlafzimmer, um auch bestimmt Jack zuvorzukommen. Aber es war schon zu spät. Er stand von meinem Liegestuhl auf dem Balkon auf und tat so, als gähne er.

»Wie bist du hereingekommen?« fragte ich ärgerlich.

»Manche Leute« – Jack war sehr zufrieden mit sich – »finden mich anziehend, und ich freue mich, sagen zu dürfen, daß zu diesen auch französische Zimmermädchen gehören.«

»Jedenfalls mußt du jetzt weg: mein Mann kommt gleich herein.«

»Da ich seine Ausmaße nicht kenne, will ich dir mal lieber glauben; aber ich gehe nur, wenn du mir versprichst, daß ich statt dessen morgen nacht kommen darf.«

»Morgen kannst du die ganze Nacht in diesem Zimmer verbringen«, sagte ich; »aber bitte beeil' dich jetzt.« Er lehnte an der Tür und sah mich seltsam an.

»Komm zu mir, Jenny.«

Ich ging zu ihm hinüber und verbarg mein Gesicht an seiner Schulter.

»Liebst du mich, Wren?«

»Ach, ich liebe dich viel mehr, als du mich«, sagte ich, »und jetzt geh!« Und er küßte mich zärtlich und ging.

Früh am nächsten Morgen fuhren wir ab. Mr. Jone's mietete ein Auto, in dem wir bis nach Paris fuhren.

8. KAPITEL

Tan-y-voel

Ich verliebte mich in Tan-y-voel sofort, als ich es vom Gartenweg her zum erstenmal sah. Mr. Jones hatte die gelbweiß gemalten Mauern des Bauernhauses unberührt gelassen und hinten, zu beiden Seiten des Hofes, zwei Flügel angebaut. Von der Vorhalle trat man sofort in das große L-förmige Wohnzimmer. Es war eigentlich mehr ein Musikzimmer als ein Wohnzimmer: am hinteren Ende standen ein Konzertflügel und drei Harfen.

»Du hast mir gar nicht erzählt, daß du auch Harfe spielst.«

Mr. Jones lachte. »Du hast mich niemals gefragt. Ich sagte dir doch, ich sei Musiker. Ich spiele auch Klavier. Und wie glücklich ich bin, es wiederzusehen!« Er setzte sich davor und begann, sanft darauf zu spielen. Es war, wie ich später lernte, *La fille aux cheveux de lin.*

»Lieber Mr. Jones.« Eine dicke freundliche Person trat ein, ganz außer Atem. »Ich war hinten im Garten. Wir hatten Sie noch gar nicht erwartet, und da hörte ich die Musik. Es ist gut, Sie wiederzusehen.«

»Sie auch, Mrs. Griffith. Darf ich Ihnen meine Frau vorstellen?«

»Ihre Frau! – Ach, und wie schön sie ist! Wie gemalt! Schade, daß Sie sich nicht hier in der Kapelle haben trauen lassen!«

»Ich hoffe, Sie sind nicht böse, Mrs. Griffith, wenn Sie von jetzt ab für zwei anstatt für einen kochen müssen?« sagte ich.

»Aber im Gegenteil: es wird mir ein Vergnügen sein. Mr. Jones war zu lange allein. Meine verheiratete Tochter kommt vormittags und hilft mir im Haus.«

»Mrs. Griffiths Mann führt meine Farm. Sie wohnen in dem großen weißen Bauernhaus, an dem wir eben vorbeigefahren sind.«

»Und mein Sohn Davy besorgt den Garten hier – wir alle sorgen für Mr. Jones. Lieber Mr. Jones, ich wußte nicht, wie ich das mit den Betten anfangen sollte; ich habe also Ihr Zimmer gerichtet und das große Gästezimmer, und ich dachte, wenn Sie es ändern wollen, kann mir Davy heute abend noch helfen.«

»Nein, lassen Sie es nur so. Ich schlafe seit meiner Krankheit sehr unruhig, und ich glaube, ich würde Mrs. Jones stören, wenn sie in demselben Zimmer schliefe. Komm, mein Kind, ich zeige dir, wo du schläfst.« Wir stiegen die rutschigen alten Eichenstiegen hinauf. Mein Zimmer lag über dem Wohnzimmer, und von dem vorderen Fenster hatte man den gleichen weiten Ausblick über das Tal. Vom anderen Fenster sah man auf den kleinen Innenhof, in dessen Mitte ein Springbrunnen stand. Das Bett war ein altmodisches Himmelbett mit vier Pfosten und rosenbedruckten Chintz-Vorhängen, aber, Gott sei Dank, ohne Baldachin. Grünlichblaue Läufer bedeckten den gewachsten Fußboden.

»Oh – ein Schaukelstuhl; wie herrlich! Hier werde ich mich wirklich wohl fühlen.«

»Was dir nicht gefällt, kannst du ruhig ändern, Jenny. Ich werde nicht beleidigt sein. Es soll ebenso dein Heim sein wie meines.«

»Das Abendessen ist fertig, wann Sie es wünschen, Sir«, sagte Mrs. Griffith. »Aber Sie werden wohl ein Bad nehmen wollen nach der langen Reise – und bei dieser plötzlichen Hitze. Nächste Woche wird das Korn gemäht, sagt Dai.«

Ich wusch mein Haar und alles andere, und das Wasser wurde schwarz von dem Eisenbahnschmutz. Am Schlafzimmerfenster hielt ich mein offenes Haar gegen die Abendsonne, und in einer Viertelstunde war es ganz trocken. Dann zog ich ein blaues baumwollenes Hauskleid an und ging hinunter. Die Küchentür stand offen, und ich spähte in die Küche hinein. Mrs. Griffith hantierte am Gasofen.

»Heute haben wir für Sie ein Huhn geschlachtet, mein Kind, und die ersten jungen Stangenbohnen gepflückt. Ich ware gerade dabei, als ich Mr. Jones spielen hörte.« Der herrliche Duft von gebratenem Huhn mit Speck folgte mir ins Wohnzimmer. Mr. Jones saß wieder am Flügel. Er setzte ab, als ich hereinkam.

»Spiel weiter«, sagte ich, »es ist so schön.« Ich kniete mich auf die Fensterbank und steckte meine Nase hinaus in die Kletterrosen.

»Woher kommt eigentlich der andere Duft, ich meine den, der *nicht* von den Rosen kommt?«

»Levkojen vielleicht, oder Tabak. – Hast du jemals auf dem Land gelebt, Jenny?«

»Nur einen Winter – in Chipworth. Aber ich fand es grauenhaft.«

»Hier ist es eigentlich im Winter auch nicht besonders vergnüglich, aber wir können ja verreisen.«

»Aber dieses Haus macht einen so froh; es ist kein bißchen wie Chipworth; und außerdem scheint es ja auch Zentralheizung zu haben.«

»O ja, eine sehr gute sogar. Dai Griffith sorgt dafür, daß es immer schön warm ist.«

»Was spielst du da eigentlich die ganze Zeit?«

»Eine Chopin-Etüde.«

»Du mußt mir Klavierspielen beibringen.«

»Ich nicht. Aber ich werde einen guten Lehrer für dich suchen, wenn du es wirklich lernen willst.«

»Das Abendessen ist angerichtet.« Majestätisch erschien Mrs. Griffith in der Tür und trug als Beleg das goldbraune Huhn in einer weißen Schüssel auf den Händen. Sie ging uns voran ins Speisezimmer.

Mr. Jones zerlegte das Huhn und füllte mein Glas mit weißem Wein. Erdbeeren mit Schlagsahne und Bisquittorte folgten dem Huhn. Unseren Kaffee tranken wir im Innenhof bei dem Springbrunnen, der leise plätscherte.

»Ich glaube«, sagte ich plötzlich, »hier werde ich für immer bleiben und einer wohltätigen Frauenorganisation beitreten.«

Mr. Jones lachte: »Tu das nicht. Es steht dir nicht zu Gesicht. Vielleicht in zwanzig Jahren. Ich möchte, daß du Gesellschaften und Tanzeinladungen gibst und dich mit jungen Leuten anfreundest.«

»Gern. Edward hat niemals Gesellschaften gegeben. Er hat sich nur um die jeweils wichtigen Leute gekümmert.«

Als ich im Bett lag, hörte ich noch das Geplätscher des Springbrunnens, vermischt mit den verschwimmenden Tönen von Mr. Jones' Harfe aus dem unteren Zimmer.

»Was soll ich tun?« fragte Mr. Jones, und seine traurigen Augen wurden ganz dunkel, »soll ich mich zurückziehen oder weiterarbeiten?«

»Was spricht für und was gegen die beiden Möglichkeiten?«

»Mein Arzt hat mir schon vor einem halben Jahr vorgeschlagen, mich zurückzuziehen, und ich kann es mir auch leisten, aber damals konnte ich mir ein Leben, in dem ich die ganze Woche zu Haus sei, nicht vorstellen. Jetzt würde ich sehr gern hierbleiben, aber ich weiß nicht genau, wie es mit dem Geld steht.«

»Aber es wäre doch gewiß noch genug, um das Haus und Mrs. Griffith zu behalten?«

»Natürlich – und dazu alle neuen Kleider, die du haben möchtest.«

»Auf was warten wir denn dann? Zieh dich sofort zurück. Ich würde mich hier ganz einsam fühlen, wenn du den ganzen Tag fort wärst.«

»Wie nett von dir, mein liebes Kind!«

»Nett? – Nein, ich bin ein Egoist! Ich bin gern bei dir.«

Er wurde ganz rot und ging hinüber zum Flügel. »Wollen wir doch mal sehen, ob du singen kannst.«

»Oh, das tu ich nie, wenn andere dabei sind. Nur in der Badewanne.«

»Aber sieh mal, dieses Lied kennst du doch gewiß: *Im Eschenhain.*«

»Nein.«

»Also, ich spiele dir die Melodie vor. Du brauchst sie bloß nachzusingen.«

Zuerst sang ich etwas zaghaft, aber nach und nach prägte sich mir die Melodie ein, und ich sang klarer und sicherer.

»Bis zum Schluß«, sagte er, »alle Verse«, und als wir fertig waren: »Aber Jenny, du *kannst* doch singen. Du hast einen wunderbaren Sopran. Ich werde sofort jemanden für dich engagieren, der dir richtiges Atmen beibringt. Das ist ja wunderbar! Komm, versuchen wir's mal mit etwas anderem.«

Und so kam also ein gewisser Mr. Davies dreimal die Woche von Cardiff herüber, um mir Gesangsunterricht zu geben. Zum ersten Mal seit meiner Schulzeit gab jemand mir überhaupt irgendwelchen Unterricht. Die Aufgaben und das Üben fand ich langweilig, und Mr. Davies schalt oft mit mir. Er war ein sehr beschränkter kleiner Mann, mit einem Wust schwarzer Haare, und Singen war für ihn alles in der Welt. Aber am Ende jeder Unterrichtsstunde wurde richtig drauflosgesungen, entweder ich allein oder Duette; dann wölbte sich seine Brust, seine Augen leuchteten, alles verklärte sich, und auch meine Faulheit war mir verziehen.

»Gott hat Ihnen diese herrliche Stimme gegeben, und es wäre eine Sünde, wenn Sie nicht lernten, sie richtig zu benutzen.«

Ich konnte natürlich keine Noten lesen, und so mußte mir Mr. Davies alle Lieder durchs Gehör beibringen. Singen lernen fand ich nicht übel, aber Noten lesen zu lernen, das war nun wirklich zuviel.

Mr. Jones hatte die Absicht, einen Bergarbeiterchor, den er kannte, zu sich einzuladen.

»Aber du mußt ein paar Lieder lernen, die du mit ihnen singen kannst«, meinte er und studierte mit mir einiges von dem ein, was die Leute gewiß beherrschen würden.

Es waren wunderbare Männer; ganz sauber geschrubbt und rosaglänzend, und alle hielten sie ihre Kappen in der Hand; aber nicht etwa schüchtern: sie waren schon öfters hier gewesen und verehrten Mr. Jones. Sie starrten mich an, als wüßten sie nicht so recht, was sie von mir halten sollten. Und wie sie sangen! Ein bezaubernder Junge stand in der ersten Reihe, mit wilden blauen Augen, und wenn er erregt wurde, fiel ihm sein Haar in die Stirn. Mr. Jones saß am Klavier, und die Männer standen um ihn herum. Nach drei oder vier Liedern, bei denen Mrs. Griffith und ich nur zugehört hatten, sagte Mr. Jones: »Jetzt laßt einmal meine Frau mit euch singen«, und sie traten von einem Bein auf das andere und sahen ganz geniert aus und dachten, der arme betörte Mr. Jones muß es sich gefallen lassen, daß seine neue Frau sich in ernste Männerangelegenheiten mischt.

Der Chorführer fragte: »Kennt denn Mrs. Jones auch unsere Lieder?« Aber Mr. Jones stimmte das Lied *Nun komm mit mir* an, und ich stellte mich neben ihn und sang, und bald fiel der eine und dann der andere ein, und schließlich sangen wir alle zusammen, und nachher drängten sie sich um mich und sagten: »Gut, Mädchen, fein gemacht. Das nenn' ich aber 'ne Stimme!« und Mrs. Griffith wischte sich die Augen mit dem Schürzenzipfel. Es war wirklich alles sehr ergreifend. Und nun sangen wir noch stundenlang, und dann setzten wir uns alle zu einem ungeheuerlichen Abendessen, mit Schinken und Huhn und Ochsenfleisch und Apfeltorte und Pflaumenkuchen.

Gewaltsam wandte ich meine Blicke von dem zauberhaften Jungen ab, denn inzwischen verzehrte er mich mit seinen Augen, und ich fürchtete, irgend jemand würde es merken.

»Ich habe Angst vor diesem Krieg«, sagte Mr. Jones.

»Welchem Krieg?« fragte ich. »Ich dachte, Mr. Chamberlain hätte die ganze Sache für uns erledigt, und nun würde es gar keinen geben.«

»Ich fürchte, es wird Krieg geben und ich muß wieder arbeiten. Im Krieg braucht man immer Kohle. Ich überlege mir, ob ich dich nach Amerika schicken sollte.«

»Aber ich will nicht nach Amerika. Ich kenne dort niemanden.«

»Du würdest bald genug Leute kennenlernen. Andrerseits – ich glaube, du wärst hier auf dem Lande sicher genug.« Geistesabwesend fuhr er über die Harfe; seine weißen Finger eilten auf den Saiten auf und ab. Ich legte ein neues Scheit aufs Feuer. Der Frühling wollte dieses Jahr nicht kommen, trotz des Narzissensträußes auf dem Flügel. Ich blätterte in der »Vogue« und stellte fest, daß die Mode mich wieder einmal überholt hatte.

Betsy schrieb aus Buenos Aires:

»Was denkt man bei Euch? Ist der Krieg unabwendbar? Timothy ist fest entschlossen, diesen Sommer hinüberzukommen für den Fall, daß er eingezogen wird. Ich weiß nicht, was ich tun soll. Vor allem mit der kleinen Jennifer. Soll ich sie hierlassen bei ihrer Großmutter, die sie vergöttert? Schreib mal Näheres über Deinen Mann; es klingt alles so interessant. Timothy meint, wir hätten selbst darauf kommen sollen, daß Singen etwas für Dich wäre. Ich habe oft Deine Stimme bewundert, wenn Du in der Badewanne warst. Werden wir Dich bald in Queens Hall hören?«

»Ach du lieber Gott«, sagte ich. »Betsy meint auch, daß es Krieg gibt. Wie schrecklich doch alles ist. Wo es doch alles so schön sein könnte.«

Im August 1939 kam Betsy mit Timothy und dem Kind an. Ich traf sie erst im Oktober, da sie zuerst nach Chipworth gingen. Wir verabredeten uns – weshalb weiß ich nicht mehr – im »Normandie«. Betsy hatte bei Harrods Einkäufe gemacht.

Wir hatten uns dreieinhalb Jahre nicht mehr gesehen. Während unserer stürmischen Begrüßungsszene stand Timothy etwas geniert abseits. Ich küßte ihn auch. Der Ärmste hatte offensichtlich befürchtet, ich könnte unser letztes Zusammentreffen gegen ihn ausspielen und ihr Eheglück anzweifeln. Wir setzten uns, um etwas zu trinken, und ich ließ einen genauen Bericht über das engelgleiche, wohlerzogene Baby über mich ergehen, das, Gott sei Dank, in Chipworth geblieben war, wo ich es nicht zu bewundern brauchte, und daher blieben mir die üblichen scharfsinnigen Bemerkungen erspart. Betsy war so elegant wie je und hatte etwas Strahlendes bekommen. Sie hatte in Buenos Aires großen Erfolg gehabt. In England fühlte sie sich noch immer etwas verloren. Timothy hoffte, mit seinen spanischen Kenntnissen beim Nachrichtenamt unterzukommen.

»An welcher Seite wird Spanien eigentlich kämpfen?« fragte ich. »Na ja, jedenfalls ist es ganz gut, sich mit ihnen unterhalten zu können, ob es nun Freunde oder Feinde sind.«

Betsys Mutter war anscheinend auf dem besten Wege, Chipworth zu einem Krankenhaus zu machen, hatte aber Schwierigkeiten mit den örtlichen Behörden, die wohl etwas anderes damit vorhatten. »Ich habe ihr jedenfalls klargemacht«, sagte Betsy, »daß ich eine Ecke für mich und Jennifer beanspruche, was immer sie auch mit dem Haus zu tun gedenkt.«

»Ist sie nicht wütend darüber, daß du dein Kind Jennifer genannt hast?«

»Sie hat sich daran gewöhnt. Du wirst niemals erwähnt. Edward wird als der junge heiratsfähige Junggeselle betrachtet. – Außerdem ist es schließlich nicht das erste Enkelkind.«

»Es ist sehr nett von Edward, daß ich mein Haus behalten durfte. Macht er Anstalten zu einer neuen Heirat?«

»Verschiedene. Aber die letzten Hindernisse machen ihn wieder scheu. Nach der Zeit mit dir sind seine Ansprüche an Frauenschönheit für die Landbevölkerung etwas zu hoch. Sag mal, hast du eigentlich Jack gesehen in der letzten Zeit? Ich habe früher mal gedacht, du würdest ihn vielleicht heiraten.«

»Ich habe ihn zufällig letztes Jahr in Cannes getroffen, aber in England habe ich ihn noch nicht wieder gesehen.«

Die Worte erstarben mir – wie man sagt – auf den Lippen, denn soeben trat er durch die Drehtür. Aber diesmal war ich im Vorteil, denn auch er hatte mich natürlich hier nicht erwartet. Betsy winkte ihm eifrig zu, und er steuerte seine Begleiterin zu unserem Tisch. Die Begleiterin war eines der üppigsten Geschöpfe, die ich je gesehen habe. Blauschwarzes Haar, Wimpern so lang wie ein Schnurrbart, und ein großer, saftiger, blühender Mund. Offensichtlich spanischer oder italienischer Abstammung.

»Das ist aber nett«, sagte er, wieder ganz im Besitz seiner Geistesgegenwart. »Darf ich vorstellen: Miß Castello, meine Verlobte.«

Na, wenn er sich nichts anmerken ließ – ich würde es bestimmt nicht tun. »Jack, wie wundervoll«, rief ich, »ich hab' doch immer gesagt, du solltest heiraten. Ich gratuliere euch beiden.« Ich strahlte mütterliche Zustimmung aus.

»Und dein Mann – es geht ihm hoffentlich gut?« Jack war wirklich äußerst höflich.

»Sehr gut, danke. Leider hatte er zuviel zu tun, um mitzukommen und Betsy zu begrüßen.«

»Du – ich habe völlig vergessen, wo du wohnst.«

»In Yorkshire«, sagte ich schnell und trat Betsy heftig auf den Fuß. Sie sah mich mit schmerzlichem Erstaunen an.

»Entschuldige – aber ich habe tatsächlich auch deinen neuen Namen vergessen.«

»Briddle«, sagte ich.

Inzwischen hatten sich Timothy und Miß Castello bereits eng angefreundet. Sie war nämlich Südamerikanerin und hatte sofort eine ganze Flut von Spanisch auf ihn losgelassen. Er führte sie auf die Tanzfläche, wo sie einen vollendeten Tango hinlegten.

»Schade, daß du nicht tanzen kannst«, sagte ich zu Jack.

»Walzer kann ich sogar.«

»Deine Verlobte ist ja geradezu hinreißend. Der Traum jedes Malers. Wo hast du sie eigentlich kennengelernt?«

»Ihr Mann wollte ein Porträt von ihr gemalt haben.«

»Merkwürdig, daß dich die Leute nur dann reizen, wenn du sie irgend jemandem wegnehmen kannst.«

»Ich erinnere mich nicht, daß ich dich 1930 jemandem weggenommen habe.«

Darauf ging ich gar nicht erst ein.

»Inzwischen ist sie wohl geschieden?«

»Sie wird bald geschieden sein. Jedenfalls trägt sie ihren Mädchennamen.«

Betsy stand auf, um in Chipworth anzutelefonieren und zu fragen, ob das Baby schlafe.

»Eigentlich könnten wir jetzt tanzen«, sagte Jack, »inzwischen ist es ein Walzer geworden.«

Wir standen auf, und beim Tanz hielt er mich sehr eng umschlungen.

»Lieber Jack, *mir* ist es ganz egal, ob du mich so an dich drückst oder nicht, aber glaubst du nicht, daß deine Verlobte es etwas seltsam finden könnte?«

»Ich tanze immer so. Man kann die Partnerin nämlich so viel besser steuern.«

»Küßt du auch immer deine Partnerinnen aufs Haar?«

»Immer. Ohne Ausnahme. Es macht sie gefügiger, manche sind natürlich zu groß, in dem Fall bediene ich mich des Ohres.«

»Jack, ich verabscheue dich.«

»Ich weiß. Aber wie *ich dich* erst verabscheue. Das war übrigens ein schöner Streich, den du mir da voriges Jahr gespielt hast. Weißt du, was passiert ist, als ich vom Balkon hereinkam, die Nacht, nachdem du abgefahren warst? Ein älterer amerikanischer Millionär war im Zimmer. Er war außer sich. Natürlich dachte er, ich sei ein Einbrecher und ließ mich aus dem Hotel werfen.«

»O Jack – wie herrlich. Und was hast du getan?«

»Ich bin nach Italien gefahren, aber erst mußte ich die französische Polizei überreden, mich freizulassen.«

»Bist du jetzt reich, Jack?«

»Wohlhabend, aber nicht wohlhabend genug, um dich zu heiraten, falls du das vorzuschlagen beabsichtigst.«

»Danke, ich habe schon einen ganz vorzüglichen Mann. Hast du übrigens gemerkt, daß die Musik aufgehört hat und man uns bereits mit etwas Erstaunen ansieht?«

Jack hob sein Gesicht aus meinem Haar.

»Tatsächlich. Ich hatte es nicht gesehen. Gehen wir also zu den anderen, bis uns etwas anderes einfällt, das wir uns gegenseitig an den Kopf werfen können.«

»Laßt uns doch alle zusammen essen«, schlug Betsy vor. Jack sagte, er würde sehr gerne mitkommen, aber er müsse zuerst seine Verlobte nach Kensington begleiten, wo sie zum Essen eingeladen sei.

»Das trifft sich alles glänzend«, sagte Betsy am Ende des Abends. »Jetzt kann Jack Jenny ins Hotel bringen, und wir gehen zum Belgrave Square. Gut, daß Miß Castello nicht dabei ist, als fünftes Rad am Wagen. Gute Nacht, Liebling, und ich komm' bald und besuche dich auf deiner schönen Farm.« Sie stiegen in ein Taxi, und wir standen allein auf der verdunkelten Straße.

»Es lohnt sich kaum, ein Taxi zum Piccadilly zu nehmen«, sagte ich.

»Noch weniger zu deinem Haus«, sagte Jack; »laufen wir also.«

Es war nicht der Mühe wert, zu streiten. Ich wollte ohnehin mein Haus wiedersehen. Wir hielten uns an den Händen, denn es war ja so dunkel.

»Ich finde, es war sehr voreilig von Betsy, dir mein Haus zu vermieten.«

»Warum? Ich habe es sehr gern. Ich bin ein weitaus rücksichtsvollerer Mieter als die meisten Leute, die du sonst bekommen hättest.«

Hinter Harrods bogen wir links ein.

»Es muß dir großen Spaß gemacht haben, alle deine schwarzhaarigen Mätressen in mein Bett zu lotsen.«

»Oh, enormen Spaß. Sie waren übrigens nicht alle schwarz. Da war zum Beispiel ein bezaubernder Rotkopf dabei. Mit dem hab' ich's ziemlich lang ausgehalten.« Er schloß meine Haustür auf, und ich blinzelte in meinen eigenen Vorraum.

»Wie klein es auf einmal aussieht. Hast du alles umgestellt?«

»Ich habe das Speisezimmer ausgeräumt. Ich male darin. Das Licht ist nicht sehr gut, aber es geht gerade noch.«

»Wie geht's Sam?«

»Er kommt jeden Morgen mit Mrs. Higgins und begleitet sie durchs ganze Haus und hilft ihr abstauben.«

»Und wie stellt sich Mrs. Higgins zu deinen Mätressen?«

»Oh, ich mache es genau wie du früher. Ich schicke sie mit der letzten Untergrundbahn nach Hause. Ich habe ja immer schon am liebsten allein gefrühstückt.«

»Und wie bringst du mich heute nacht nach Hause?« fragte ich.

»Hast du vergessen, daß heute Samstag ist? Samstag war immer ein Feiertag, wie du dich vielleicht erinnerst.«

»Richtig«, sagte ich sanft. Ich hängte meinen Mantel an die Garderobe.

Das Telefon klingelte schrill. Jack raste ins Wohnzimmer.

»Hallo, Liebstes. Ja, den ganzen Abend hab' ich auf deinen Anruf gewartet. – Wie schön, deine Stimme zu hören. – Wann kommst du? – Morgen abend? – Ich freu' mich schon – kann es überhaupt nicht mehr erwarten. Gute Nacht, Liebste.«

Er legte den Hörer auf und grinste mich an.

»Falsche Nummer«, sagte er und überließ es mir, ob ich es nun glaubte oder nicht.

»Schläfst du in meinem Schlafzimmer?« fragte ich.

»Natürlich«, sagte er, »wo sonst?«

Ich wanderte durch das Wohnzimmer. »Wie viele Bücher du hast! – Sind die Bilder alle von dir?« Vor dem Kamin blieb ich stehen, um ein Porträt zu betrachten, das mich in einer grünen Jacke lesend darstellte. »Ich wußte gar nicht, daß ich damals lesen konnte.«

»Wahrscheinlich war es eines von diesen Frauenmagazinen, und ich habe nur ein richtiges Buch hingemalt.« Er kam zu mir herüber und stellte sich hinter mich. »Du, das Bild ist gut. Ich hänge sehr daran. Diesen Sommer habe ich zweihundert Pfund dafür ausgeschlagen.«

»Aber Jack, dann mußt du doch schon sehr berühmt sein.«

»Bin ich wohl auch. Aber im Krieg kauft natürlich niemand Bilder.«

»Und was hast du vor?«

»Hab' ich es dir noch nicht erzählt? Ich habe mich zur Royal Air Force gemeldet. Nächste Woche geht's los.«

»Ach, Jack – du wirst mir fehlen.«

»Aber wir sehen uns doch nie – und schließlich bin ich ja noch nicht tot.«

»Aber es könnte doch sein – wenn es erst mit den Bomben losgeht.«

»Das kann dir auch passieren.«

Wir sahen uns gerade ins Gesicht.

»Gleich fange ich an, dir eine Menge Dinge zu sagen, die ich sofort danach bereue«, sagte Jack. Er stieß seine Hand durch mein Haar, als wolle er es an den Wurzeln ausreißen.

»Du bringst mich ganz durcheinander, Wren«, sagte er völlig nüchtern. »Vielleicht trinken wir zusammen eine Tasse Tee.«

In der Küche machten wir Tee und setzten uns an den Ofen.

Jack nahm den runden Deckel ab und guckte hinein. »Mrs. Higgins versteht nicht, mit dem Ding umzugehen«, sagte er, »sie stopft dauernd alles mögliche Zeug hinein. Wenn ich mich nicht selbst darum kümmern würde, dann würde er jeden Nachmittag ausgehen.«

»Als ich hier war, ging er auch jeden Nachmittag aus«, sagte ich. »Morgens habe ich ein Bad genommen, wenn das Wasser heiß genug war.«

»Ich weiß nicht, warum wir nicht geheiratet haben«, sagte Jack, »eigentlich wäre es doch das Vernünftigste gewesen.«

»Warum heiratest du eigentlich Miß Castello?«

»Geborgenheit – ein hübsches, geordnetes Heim, all diese Dinge – wozu sie nicht die geringsten Fähigkeiten hat. Aber sie ist ein gutes Modell.«

»Liebst du sie?«

»Nicht mehr und nicht weniger als alle Frauen – mit *einer* merkwürdigen Ausnahme.«

Diesmal würde ich nicht fragen und mich zum Narren halten lassen. Geräuschvoll stellte ich meine Tasse auf die Untertasse und stand auf.

»Ich werde jetzt lieber gehen, sonst denken die im Hotel, ich wäre getürmt, ohne meine Rechnung zu bezahlen.«

Jack stand ebenfalls auf und schloß den Ofen. »Da es nicht in Frage kommt, daß du vor morgen mittag das Haus verläßt, werden die im Hotel sich das eben denken müssen. Komm ins Bett – mein Herz.«

»Meinst du?« fragte ich und ging ihm voran.

Jack ging ins Wohnzimmer, um das Licht auszumachen. In dem Moment, als er mir den Rücken kehrte, schlüpfte ich in meinen Mantel, löste leise den Sicherheitsriegel an der Haustür, schlich aus dem Haus und war schon die halbe Straße hinab, bevor ich ihn hinter mir rufen hörte. In den verdunkelten Straßen konnte er noch nicht einmal sehen, in welche Richtung ich gegangen war, und glücklicherweise fand ich am Ende der Straße ein Taxi. Triumphierend ließ ich mich zum Hotel zurückfahren; diesmal hatte *ich* gesiegt!

Aber bald triumphierte ich nicht mehr. Im Hotel fand ich ein Telegramm von Mrs. Griffith vor, das lautete: »Bitte sofort nach Hause kommen.« Ich blieb die ganze Nacht auf und nahm den ersten Zug nach Cardiff, aber als ich Tan-y-voel erreichte, war Mr. Jones tot. Er hatte einen Herzanfall gehabt.

Der gute Mr. Jones! Ich war wirklich traurig: er hatte mich immer mit so viel Liebe behandelt, und das mindeste, was ich für ihn hätte tun können, wäre gewesen, bei ihm zu sein, als er starb. Ich wünschte, ich wäre nicht fortgegangen, aber als ich abfuhr, schien es ihm gut zu gehen.

Ich sang mit den Bergleuten bei seinem Begräbnis, und wir heulten alle wie die Schloßhunde. Ich glaube, er war der netteste Mann, dem ich je begegnet bin. Und nun wußte ich nicht, was ich anfangen sollte. Das Haus schien mir zu groß für mich allein, und ich hatte niemanden mehr zur Gesellschaft, außer Mrs. Griffith. Ich spielte schon mit dem schrecklichen Gedanken, dem weiblichen Hilfskorps beizutreten, als ein Brief von Jacks Anwälten kam: da ihr Klient – Jack – inzwischen in Kanada sei und wohl einige Zeit dort bleiben würde, sei mein Haus wieder frei. Sie fügten hinzu, daß Jack mir die Obhut aller seiner Bilder anvertraut habe – ohne mich auch nur zu fragen! Ich war wütend.

Aber ich fuhr nach London und veranlaßte, sie alle nach Tan-y-voel zu bringen, aus Sicherheitsgründen. Mr. Jones hatte mir Tan-y-voel hinterlassen und eine ganz hübsche Summe Geldes dazu.

Und als ich London wiedersah, entschloß ich mich – trotz aller Sandsäcke, Sicherheitsballons und anderer Schutzmaßnahmen –, wieder dorthin zurückzukehren. Und das tat ich auch und kam gerade zur rechten Zeit für diesen grauenhaft kalten ersten Kriegswinter. Mrs. Griffith schrieb, Tan-y-voel sei völlig eingeschneit; und ich selbst verbrachte viel Zeit mit Mrs. Higgins und Sam; wir saßen um den Ofen herum, und ich war froh, dem Landleben entronnen zu sein.

9. KAPITEL

Léon-Jacques

»Was soll ich jetzt anfangen, Mrs. Higgins?«

»Wie meinen Sie das, Mylady, oder vielmehr Mrs. Jones?«

»Jeder Mensch ist doch irgendwie mit diesem Krieg beschäftigt. Ich kann doch nicht so einfach hier sitzen und zusehen, wie Sie das Silber putzen.«

»Sie können mir ja dabei helfen, wenn Sie Lust haben.«

Ich lachte und übernahm die Löffel. Gabeln putze ich nicht gern, weil ich mich dabei immer steche. Sam saß auf dem Küchentisch und schüttelte die Flasche mit dem Putzmittel.

»Nein, ernsthaft: es graut mir davor, Uniform anzuziehen, und ich weiß keine Beschäftigung, bei der ich sie mir ersparen könnte.«

»Meine Tochter arbeitet in einer Kantine bei den Docks. Die tragen keine Uniform außer einer Kleiderschürze.«

»Das wäre vielleicht gar nicht so schlecht. – Oder vielleicht könnte ich Spionin werden?«

Diese Möglichkeit schien Mrs. Higgins doch wohl zu bezweifeln.

»Spioninnen haben immer schwarzes Haar«, sagte sie, ihrer Sache gewiß.

»Ach ja, richtig! – Aber jemand wie ich sollte doch vielleicht so etwas Aufopferndes und Gefährliches tun. Weil ich doch keine Kinder oder Verwandten habe.«

»Denken Sie man lieber nicht über die gefährlichen Sachen nach. Überlassen Sie das den tapferen Leuten. Was möchten Sie zum Abendessen haben?«

Aber da ich allein war, hatte ich keinen rechten Appetit.

»Könnten Sie vielleicht Ihre Tochter fragen, ob sie mich mal zur Kantine mitnehmen würde?«

»Gern. Sie wird sich freuen. Ich sage ihr, sie soll Sie morgen abend abholen.«

»Ist das immer abends?«

»Sie geht abends hin, weil sie am Tag mit den Kindern zu tun hat. Wie die anderen es machen, weiß ich nicht.«

Und so ging ich auch abends hin – jeden zweiten Abend. Ich hatte mich so sehr in meine Abneigung gegen das Geschirrspülen hineingesteigert, daß ich die Existenz all der netten Matrosen völlig vergessen hatte. Ich freute mich über diese neue Begegnung so sehr, daß ich gleich am ersten Abend jeden von ihnen einzeln anlächelte, was natürlich einige Aufregung hervorrief. Die Kantine war nur eine Wellblechbaracke – sehr dürftig und unfreundlich – und wurde mit verriegelten Holzläden verdunkelt. Und da die Leute den ganzen Abend darin rauchten, wurde die Luft allmählich dick und stickig. Die Matrosen holten Getränke und Gebäck an unserer Theke und setzten sich dann auf die Bänke an wachstuchbedeckten Tischen. Richtige Mahlzeiten gab es nicht; die Sache diente mehr dem gemütlichen Beisammensein.

Gewöhnlich brachte ich Blumen mit und stellte sie in Krügen auf die Theke. Aber sie merkten es wohl gar nicht. Eines Abends fiel mir ein Matrose auf, der am Tisch direkt vor der Theke saß und mich beobachtete. Er spielte Poker, aber er sah andauernd zu mir auf. Dreimal kam er herüber, um sich eine frische Tasse Tee zu holen.

»Sie kommen doch nicht etwa aus Norwegen?« fragte er, als er sich die dritte Tasse holte.

»Nein, ich bin aus England. Warum?«

»Sie sehen aus wie eine Norwegerin, die ich in Paris kennengelernt habe.«

»Aber ihre Augen waren doch gewiß blau?«

»Ja. Ich sehe gerade, daß Ihre braun sind. Was soll ich bloß in London anfangen? Mein Schiff liegt für einen Monat im Trokkendock.«

»Die meisten Leute sehen sich da den Tower an oder auch die Wachsfiguren bei Madame Toussaud.«

»Möchten Sie nicht mitkommen? Ich heiße Léon-Jacques.«

»Freut mich sehr. Ich heiße Jenny. Zum Tower möchte ich lieber nicht mitkommen, aber vielleicht hätten Sie Lust, mit einem Freund nächsten Sonntag zu mir zum Tee zu kommen?«

»Wo wohnen Sie?«

Ich gab ihm meine Adresse.

»Wir werden kommen.« Er ging zu seinem Tisch zurück und spielte weiter, als hätte er mich völlig vergessen. Er hatte übrigens recht unternehmende schwarze Augen und buschige schwarze Augenbrauen.

Um vier Uhr am Sonntagnachmittag klingelte es. Ich öffnete die Tür. Léon-Jacques stand allein da.

»Da sind Sie ja«, sagte ich, »und wo ist der Freund?«

»Er hätte gestört«, sagte er entschlossen. »Ist das die richtige Zeit zum Tee in England?«

»Genau richtig – manche kommen sogar noch später. Sind Sie im Tower gewesen?«

Er schauderte. »Dieu que c'est triste. Warum mußten Sie mich ausgerechnet da hinschicken?«

»Setzen Sie sich und wärmen Sie sich erst einmal. Dieser braune Sessel ist sehr bequem. – Ich habe Sie nicht hingeschickt. Ich habe nur gesagt, die meisten Leute gehen dorthin. Ich selbst bin niemals dort gewesen.«

»Gehen Sie nicht hin. Es ist schrecklich.«

»Wo haben Sie eigentlich Ihr gutes Englisch gelernt?« fragte ich.

»In London, vor dem Krieg.«

»Na, in diesem Fall müßten Sie ja schon über den Tower Bescheid wissen, und wenn Sie hingegangen sind, ist es Ihre eigene Schuld. Wo leben Sie?«

»In Paris.«

»Mit Frau und Kindern?«

»Nein. Mit Mutter und Großmutter.«

»Na, da werden Sie aber verwöhnt.«

»Allerdings. Sehr verwöhnt.«

Ich reichte ihm den Toast und schenkte ihm Tee ein.

»So eine englische Teemahlzeit ist doch komisch. So viel zu essen – man verdirbt sich ja den Appetit für den Abend«, sagte er.

»Ja ja, wir können es uns nun mal nicht abgewöhnen.« Wir unterhielten uns eine Zeitlang über die angenehmeren Gebräuche der Franzosen, dann ging er zum Fenster und sah hinaus.

»Schneit schon wieder«, sagte er, »aber ich muß trotzdem fort.«

»Schon?« Ich war eigentlich etwas enttäuscht.

»Ja. Es ist weit von hier zu den Docks.« Er küßte meine Hand leicht und stieß dabei auf meinen Ehering.

»Mein Mann ist gestorben«, sagte ich.

»Ach so – ich wollte nicht fragen. Es muß doch traurig sein für Madame – so jung und schön – alleinzustehen.« Und schon war er weg.

Ein ziemlicher Fehlschlag, dieser Nachmittag, so schien es mir.

Franzosen sollen doch für weibliche Reize so empfänglich sein, und er hatte noch nicht einmal angedeutet, daß er wiederkommen wollte. Er gefiel mir nämlich sehr.

Am Freitag wollte ich gerade mit dem Einholkorb ausgehen, als Léon-Jacques vor der Tür stand.

»Ich werde das für Sie tragen, und dann können Sie ganze Eisenbahnzüge oder noch schwerere Sachen mit nach Hause nehmen. Überrascht es Sie, daß ich gekommen bin?« Wir gingen zusammen einkaufen.

»Ich weiß nicht, was ich darauf sagen soll. Jedenfalls freue ich mich, Sie zu sehen. Ich wußte sowieso nicht, was ich mit dem Nachmittag anfangen sollte«, sagte ich.

»Fein. Machen wir gemeinsame Sache. Ich bezahle das Gemüse, und dann werden Sie mich vielleicht zum Abendessen in Ihr hübsches Haus einladen?«

»Wenn Sie Lust haben, gern; aber vielleicht haben Sie etwas Besseres vor.«

»Brrr, dieses englische Wetter ist grauenhaft«, sagte er, als wir wieder in der warmen Küche waren. Er ließ den Korb auf den Tisch plumpsen und rieb sich seine frierenden Hände.

»Bestehen Sie immer noch auf Ihrem englischen Tee, Madame?« fuhr er fort, »oder soll ich Ihnen um sieben Uhr ein ausgezeichnetes Abendessen servieren?« Ich schälte meinen Kopf aus dem Wollschal und legte meine Hände behutsam auf das Heizrohr, das ausnahmsweise warm war.

»Wunderbare Idee!« sagte ich. »Wollen Sie wirklich alles selbst machen?«

»Natürlich. Mit dem größten Vergnügen.«

»Gut, dann nehme ich ein Bad und ziehe mich um, während Sie kochen. Legen Sie Ihre Hände auf die Heizung, dann werden sie gleich warm.«

»Wenn ich anfange zu kochen, wird mir ohnehin sofort warm. Aber Sie müssen hinaus. In der Küche bin ich nämlich sehr temperamentvoll.«

»Na, ich hoffe, Sie sind nicht so temperamentvoll wie Jaspar.«

»Wer ist Jaspar?«

»Mein früherer Arbeitgeber. Er war ein vorzüglicher Koch, aber in mancher Hinsicht sehr seltsam. Können Sie auch alles finden?«

»Ich habe einen Instinkt für Küchen«, sagte er.

Ich ging hinauf und schürte das Feuer im Wohnzimmer. Ich stellte einen kleinen niedrigen Tisch auf den Läufer davor, polierte die Gläser und deckte für zwei. Dann ging ich baden.

Ich streute sehr viel Badesalz in die Wanne, lag eine lange Zeit wohlig im Wasser und spielte nachdenklich mit meinem Schwamm. Was wohl dieser Jack in Kanada tut, dachte ich; wird er mir vielleicht doch einmal schreiben? Die weißen Kacheln glitzerten durch den Dampf. Ich schloß die Augen und versuchte, mich als Unterseeboot in tropischen Gewässern zu sehen. Léon-Jacques klopfte an die Tür. Ich warf mir ein flauschiges rosa Badetuch über und öffnete.

Er studierte die Umrisse des Badetuchs ziemlich genau, aber sagte nur: »Jenny – verzeihen Sie, aber ich kann den Pfeffer nicht finden.« Ich erklärte ihm, wo er sei, und er schloß die Tür und ging zurück in die Küche.

In meinem Schlafzimmer war der elektrische Ofen den ganzen Tag angestellt gewesen; trotzdem schien mir die Temperatur nur wenige Grade über dem Gefrierpunkt. Ich zwängte mich in einen dicken weißen Sweater und wählte einen Hausrock aus Goldbrokat. Das war zwar wohl für Léon-Jacques' Begriffe von französischem *chic* kaum das richtige, aber schließlich ist jede Art von Bekleidung besser als klappernde Zähne.

Als ich fertig war, stieg ich langsam hinunter und goß mir ein Glas Sherry ein. Ich drehte die Lampe aus und setzte mich auf den Fußboden vor das Feuer. Von unten hörte ich methodisches Schüsselklappern, begleitet von *Auprès de ma blonde*.

Endlich erschien Léon-Jacques, angeregt und siegreich. Er drehte das Licht wieder an und servierte mir eine delikate Suppe. Es folgten Risotto, Trauben und Käse.

»Mein Kompliment, Léon-Jacques«, sagte ich. »Schade, daß Sie der Französischen Republik gegenüber gewisse Verpflichtungen übernommen haben. Sonst würde ich Sie sofort als Koch einstellen.«

»Wollen Sie mich nicht vielleicht als Gemahl einstellen?«

»Bisher habe ich noch keine Gelegenheit gehabt, Ihre Qualifikationen für eine solche Stellung zu prüfen.« Er aß ruhig seine Trauben weiter und sah ins Feuer.

»Ich bin einunddreißig«, sagte er. »Es ist an der Zeit für mich, zu heiraten. Meine Mutter wünscht es sich sehnlichst.«

»Haben Sie nicht schon in Paris eine Auserwählte?«

»Meine Mutter hat eine. Eine entfernte Cousine von mir, zweiundzwanzig Jahre alt. Ganz hübsch. Gute Manieren. Ich kann keinen Fehler an ihr finden. Aber wenn wir allein zusammen sind, tut mir mein Gesicht weh, weil ich dauernd das Gähnen unterdrükken muß.«

Ich beugte mich vor und stieß mit dem Fuß ein Holzscheit ins Feuer.

»Aber es gibt doch noch viele andere schöne Frauen in Paris. Manche von ihnen müssen doch auch dazu ganz intelligent sein?«

Warum langweile ich ihn nicht, dachte ich.

»Natürlich. Aber dann kommen sie nicht aus der richtigen Familie, oder sie haben keine Mitgift. Meine Mutter denkt an alles.«

»Ja, lassen Sie denn Ihre Mutter Ihr Leben für Sie einrichten?«

»Bis jetzt ja. Ich habe niemals irgend etwas haben wollen, was sie nicht ohnehin schon für mich wollte.« Er wandte sich zu mir und sah mich an. »Aber jetzt will ich *Sie* – so sehr, daß ich Sie sogar heiraten will.«

Ich finde eigentlich, Männer nehmen die Ehe doch etwas zu leicht. Man braucht sie nur ein ganz klein bißchen herauszufordern – und schon kommt ein Heiratsantrag. Ich öffnete meine Augen weit.

»Léon-Jacques, seien Sie vorsichtig mit dem, was Sie da sagen. Ich bin gar nicht interessant.«

»Aber Sie sind so schön, daß man bei Ihnen an nichts anderes denkt. Ich möchte Sie wirklich furchtbar gern heiraten. Würden Sie gern in Paris wohnen?« Er nahm meine Hand in die seine.

»Sehr gern. Ich würde Sie nämlich auch gern heiraten. Aber meinen Sie, Ihre Mutter wäre damit einverstanden?«

»Natürlich. – Du bist so schön und so vornehm.« Mit dem Finger strich er mir zärtlich über die Augenbrauen. »In meinem nächsten Urlaub gehe ich nach Paris, dann werde ich es sofort einrichten, daß du herüberkommst, und dann heiraten wir.« Er stand auf und zog sich das Jackett gerade.

»Ich muß gehen«, sagte er.

»Du kannst hierbleiben, wenn du magst«, sagte ich.

»Hast du denn ein zweites Schlafzimmer?« fragte er. Ich war – wie man sich vorstellen kann – etwas bestürzt.

»Natürlich«, sagte ich. »Und außerdem noch die Couch. Sie ist ganz bequem.«

»Ich schlafe hier unten. Das ist wohl das beste.« Er war wirklich fürchterlich sachlich. Er nahm den Kohleneimer und schüttete den Inhalt auf das Feuer.

»So. Jetzt trage ich das Tablett hinunter«, sagte er.

»Schade«, sagte ich, etwas übelgelaunt, »daß ich keine Katze habe, die du vor die Tür setzen kannst.«

»Ich glaube, du verstehst mich nicht. Ich werde es dir gleich erklären.« Er nahm das schwere Tablett und ging damit vorsichtig die Treppe hinab. Ich hörte, wie er es auf den Küchentisch stellte, sich die Hände wusch und dann wieder leichtfüßig die Treppe hinauflief. Ich blieb zusammengerollt in meinem Sessel liegen.

»Es ist so«, sagte er mit den Armen gestikulierend, als er wieder ins Zimmer trat. »Du wirst meine Frau, deshalb verlange ich nicht von dir, daß du vorher meine Geliebte wirst. Das ist doch ganz einfach, oder nicht?«

»Ganz einfach«, sagte ich. »Dann gehe ich jetzt schlafen. Du kannst ein Bad nehmen, wenn du willst. Das Wasser ist wohl noch warm. Bitte, mach dann das Licht draußen aus.«

»Natürlich. Ich schließe auch die Haustür ab. Gute Nacht, Liebling.« Er küßte mich auf die Stirn und sah mir nach, als ich hinaufging.

Ich muß sagen, Ausländer sind wirklich komisch.

Das nächste Wochenende kam er wieder. Wieder bereitete er ein vorzügliches Abendessen und schickte mich früh in mein keusches Bett.

Endlich kam eine Karte von Jack. Sie zeigte die Niagara-Fälle.

Ich bringe den Jungens das Fliegen bei. Werde wohl länger hierbleiben. Toller Platz, was? Ich wollte, Du wärest hier. Die Kanadierinnen sind längst nicht so langweilig, wie man denkt. Sieh zu, daß meine Bilder nicht feucht werden.

Alles Gute

Jack.

Postwendend schickte ich ihm eine Karte der Towerbrücke:

Ich bringe den Jungens das Teetrinken bei. Die Londoner Docks sind wunderbar. Habe mich auf Matrosen umgestellt, vor allem auf französische. Ich benutze Deine Bilder als Badematten.

Alles Gute

Jennifer.

Das war das Ende unseres Briefwechsels für mehrere Jahre.

Léon-Jacques' Schiff fuhr wieder aus. Er hatte keine Ahnung, wann er Heimaturlaub bekommen würde. Begleitet von anfeuernden Pfiffen, umarmten wir uns zärtlich vor der Kantine, und ich kehrte rot und zerzaust zu meiner Schicht zurück.

Ein Monat ging vorbei, dann der nächste und dann der dritte. Endlich schrieb Léon-Jacques aus Paris.

Chérie – ich fürchte, die Sache steht schlecht. Es ist nichts mit der Heirat. Ich habe meiner Mutter von meinen Besuchen bei Dir erzählt, und sie will es nicht glauben, daß ein feuriger Franzose einer Frau von Deiner Schönheit widerstehen kann. (Sie hat die Photos gesehen und war von Deiner Schönheit sehr beeindruckt.) Folglich bist Du in ihren Augen eine verdorbene Frau und als solche zur Heirat mit mir ungeeignet. Ich bin untröstlich, aber ich kann mich meiner Familie nicht widersetzen. Natürlich bedauere ich es jetzt um so mehr, daß ich Dich nicht zu meiner Geliebten gemacht habe.

Dein ergebener Diener

Léon-Jacques.

Auch ich tat mir leid bei der Sache. Er war ein sehr reizvoller kleiner Kerl, auf seine Art. Ich habe niemals wieder von ihm gehört. So kam es, daß ich, als Frankreich fiel, immer noch Engländerin war.

10. KAPITEL

David

Und dann war plötzlich alles wieder ziemlich trostlos. Der Krieg wurde immer schlimmer, und alle meine Freunde zogen von London fort, und Betsy schrieb aus Chipworth: »Warum kommst Du nicht zu uns, Liebling? Mutter ist sogar bereit, Dir Deine Unschuld zu verzeihen, angesichts der Bomben.«

Mrs. Griffith drängte mich, ich sollte doch nach Tan-y-voel kommen. Ich weiß wirklich nicht, warum ich in der Stadt blieb. Jedenfalls war ich immer erlöst, am Morgen Mrs. Higgins und Sam wiederzusehen.

Ich fing wieder an zu singen, um mir etwas Mut zu machen. Es war schwierig ohne Klavier oder andere Begleitung oder jemanden, der zuhörte und sagte: »Den Ton hältst du aber gut, Jenny.«

Eines regnerischen Oktobernachmittags probierte ich immer wieder von vorn die beiden Lieder: *Eines frühen Morgens* und *Gib mir, spricht David, die Harfe, die teure.* Ich muß sie etwa zwanzigmal gesungen haben, jedesmal in einer anderen Tonart. Plötzlich klopfte es laut an meiner Haustür. Ich öffnete, und da stand ein Mann; er sah so gut aus, wie man sich einen Zivilisten gar nicht erhofft hätte. Er war sehr groß, größer als Jack, mit tiefen grauen Augen und pechschwarzem Haar. Im Augenblick schien er sehr verärgert, versuchte aber, Höflichkeit zu wahren. »Es tut mir leid, Sie stören zu müssen«, sagte er, »aber ich arbeite an einer sehr wichtigen Doktorarbeit, und ich kann mich einfach nicht darauf konzentrieren, wenn Sie singen.«

»Das tut mir leid«, sagte ich, »ich habe von solchen Leuten gehört. – Wo wohnen Sie denn?«

»Leider nebenan. Meine Frau und ich sind erst vor kurzem eingezogen, und ich empfinde Ihr Singen aus außerordentlich störend. Ich dachte, vielleicht könnten wir da irgendein Abkommen treffen; sonst, fürchte ich, müssen wir wieder ausziehen.«

»Kommen Sie doch herein«, sagte ich, »man kommt sich so dumm vor, wenn man hier an der Tür herumsteht.« Wir gingen ins Wohnzimmer und setzten uns nebeneinander auf den Diwan.

»Gewiß«, sagte ich, »können wir zu irgendeiner Einigung kommen. Ich singe gewöhnlich nur, um mich etwas aufzuheitern, weil ich nämlich so einsam bin. Wenn ich ab und zu hinüberkommen und mich mit Ihrer Frau unterhalten dürfte, dann brauchte ich mich sicherlich nicht so oft aufzuheitern.« Ich strahlte ihn an. Er überlegte sich die Sache. Man sah ihm an, daß er ein mächtiges Gehirn hatte, um sich darin Sachen zu überlegen.

Schließlich sagte er: »Vielleicht hätten Sie Lust, sofort mit mir hinüberzukommen und meine Frau kennenzulernen. Dann können Sie gleich sehen, wie Sie sich gegenseitig gefallen.«

»Sehr gern«, sagte ich und sprang auf. »Ich nehme ein paar selbstgebackene Kuchen mit, und dann muß sie mich zum Tee einladen.«

Es ist immer seltsam, die hintere Hälfte des eigenen Hauses zu betreten; man findet sich fast schwerer darin zurecht als in einem ganz fremden Haus. Davids und Penelopes Wohnzimmer lag zur Linken des Vorraums, und das hintere Zimmer – bei mir das Speisezimmer – war sein Arbeitsraum. Sie hatten das Haus möbliert übernommen, und es hatte natürlich keinen eigenen Charakter, außer Davids Büchern. Eine riesige dreiteilige Einrichtung nahm das ganze Wohnzimmer ein, und über dem Kamin hing eine von diesen scheinbar alten Landkarten, in diesem Falle Somerset.

»Ach – guten Tag«, sagte Penelope, nicht sehr erstaunt über mein Kommen. Sie legte einen Stoß Papiere und ihren Federhalter hin und stand auf, um mir die Hand zu geben.

»Penelope, das ist Mrs. Jones von nebenan – du weißt schon: die, die singt!«

»Ach so, ja. Sie haben wirklich eine wunderschöne Stimme. Ich höre Ihnen sehr gern zu. Aber es stört den armen David so entsetzlich.«

»Sind Sie gerade sehr beschäftigt?« fragte ich und sah auf die weit herabgedrehte blaue Gasflamme. Das Haus kam mir nicht sehr gemütlich vor, verglichen mit dem meinen, und Penelope schien mir nicht die Frau zu sein, mit der man sich besonders anregend unterhalten könnte.

»Mrs. Jones hat dir Kuchen mitgebracht, Liebling«, sagte David.

»Wirklich? Wie nett! Ist er hier drin?« Sie spähte in die Tüte, als erwartete sie, daß Seidenwürmer herauskrabbelten. »Es ist wohl auch gerade Zeit zum Tee? Ich stelle den Kessel auf. Sie können doch bleiben, Mrs. Jones?«

»Sehr gern.«

»Willst du mir eine Tasse hereinbringen, Liebling?« sagte David. »Ich will noch etwas arbeiten, während es gerade ruhig ist.« Und schon war er aus dem Zimmer und hatte die Tür kräftig hinter sich zugeschlagen. Mit geräuschvollen, unrhythmischen Schritten schwang sich Penelope die Küchentreppe hinab. Sie war nicht gerade gehbehindert, aber jede ihrer Bewegungen war unbeholfen.

Nervös sah ich mich in diesem fremden Bereich um. Sie hatten beinahe so viele Bücher wie Jaspar, aber die Titel waren viel langweiliger.

»Ich bin Zoologin«, sagte Penelope, als sie plötzlich wieder auftauchte, und stieß mit dem Fuß die Tür zu. »David ist Historiker.«

»Wie interessant«, erwiderte ich. Etwas Besseres fiel mir nicht ein.

»Ja, schon. Jedenfalls sind die Leute bereit, dafür zu bezahlen. Das ist wichtig, weil David einen sehr schwachen Magen hat.«

Ah, das ist es also, was ihm diesen jenseitigen Blick gibt, dachte ich. Bei ihr dagegen hatte die Zoologie bewirkt, daß sie mehr einem Tier glich – am meisten vielleicht einer Giraffe. Ich konnte mir nicht vorstellen, daß David mit ihr zum Altar geschritten war. Wer weiß, vielleicht konnte sie besonders gut mit schwachen Mägen umgehen. Ich sah auf ihre zuckende Nase und ihren viel zu langen Hals.

»Arbeiten Sie selbst viel?« fragte ich.

»Fast immer. Ich muß mich auf meine Vorlesungen vorbereiten, und in meiner Freizeit schreibe ich an einem Buch über Kröten. David ist fast den ganzen Tag zu Hause, und wenn er zu den Vorlesungen muß, richtet er es so ein, daß er zum Mittag zu Hause ist.«

Langsam wurde mir klar, daß die ganze Sache, vom Gesichtswinkel der Unterhaltung aus gesehen, ein völliger Fehlschlag war; aber unglückseligerweise fing ich an, mich für diesen David zu interessieren. Ich wollte mich doch etwas näher mit ihm beschäftigen; und der einzige Weg zu David führte über Penelope. Deshalb legte ich mir zunächst etwas mehr Zügel an, als ich es sonst vielleicht getan hätte.

»Ich möchte Sie jetzt nicht weiter von Ihrer Arbeit abhalten«, sagte ich, sobald ich meinen Tee getrunken hatte, »aber wenn ich darf, komme ich mal wieder vorbei. Ich fühle mich oft so einsam.«

»Aber gern – jederzeit.« Sehnsüchtig streiften ihre Blicke über den Arbeitstisch und – wie ich annahm – die Abhandlung über Kröten. Ich ging hinaus.

Danach ging ich ab und zu hinüber, aber es blieb wirklich ziemlich unergiebig. Penelope war immer gerade bei der Arbeit, immer überrascht, mich zu sehen, und immer fragte sie sich wohl, warum ich überhaupt käme. David blieb in seinem Arbeitszimmer eingeschlossen. Von Zeit zu Zeit hörte man sein grüblerisches Stöhnen.

Und dann eines Morgens schien Penelope beinahe erfreut, als sie mir öffnete. »Mrs. Jones, ich weiß nicht, was ich tun soll – vielleicht können Sie mir helfen?«

»Aber selbstverständlich – kann ich irgend etwas für Sie tun? Ich tu' es gern.«

»Ich habe gerade einen Brief bekommen – meine Mutter ist sehr krank, und ich muß zu ihr fahren und sie pflegen. Ich weiß noch nicht, wie lange ich fort sein werde, und David kann während des Semesters nicht weg, und er ist so hilflos, mit seinem Essen und so, und da hätte ich gern – – aber nein, es wäre wirklich *zu* viel verlangt, wenn ich Sie bäte ...« Sie lief ziellos im Wohnzimmer umher und stieß an sämtliche Möbelstücke.

»Wenn Sie mich bitten möchten, daß ich kommen und für David kochen soll, dann kann ich nur mit dem allergrößten Vergnügen zusagen«, sagte ich, übrigens völlig ehrlich. Ihr Gesicht erhellte sich zusehends.

»Würden Sie das wirklich tun? Es wäre eine solche Erleichterung für mich. Er könnte natürlich in ein Hotel gehen, aber die sind alle so teuer.«

»Machen Sie sich keine Sorgen. Mrs. Higgins hilft mir. Wir beide werden uns der Sache schon annehmen. Sie können mit gutem Gewissen zu Ihrer Mutter fahren.«

»Es ist wirklich furchtbar nett von Ihnen. Ich weiß gar nicht, wie ich Ihnen danken soll. Hier sind seine Lebensmittelmarken. Am besten berechnen Sie die Mahlzeiten einzeln.«

»Vielleicht sollten Sie mir auch einen Hausschlüssel geben, wenn Sie einen übrig haben.«

»Natürlich. Nehmen Sie meinen. Also, ich muß packen. Dann bekomme ich noch den Zwölf-Uhr-Zug.«

»Gehen Sie ruhig«, sagte ich vergnügt, »ich komme später vorbei und kümmere mich um Davids Mittagessen.«

Singend ging ich zu meinem Haus zurück. Dann erinnerte ich mich an Davids Konzentrationsversuche und ging zu einem leisen Summen über. Fünf Minuten später läutete es an der Haustür. Es war Penelope.

»Hier sind Davids Diätvorschriften«, sagte sie. »Ich hatte sie vorhin vergessen.« Sie übergab mir ein auf Pappe aufgezogenes Blatt Papier, etwa vierzig Zentimeter lang, mit einer Schnur zum Aufhängen. Ich studierte es.

»Du liebe Zeit, das sieht aber kompliziert aus«, sagte ich.

»Überhaupt nicht. Daran werden Sie sich sehr bald gewöhnen. Also – ich muß sausen. Nochmals vielen Dank!« Und weg war sie.

Ich hängte die Diätvorschriften in die Küche über den Gasherd. »Mrs. Higgins«, sagte ich, »ich hoffe, Sie sind mir nicht böse, aber die Dame von nebenan möchte, daß wir uns während ihrer Abwesenheit um ihren Mann kümmern. Meinen Sie, Sie könnten Mittag- und Abendessen anstatt für einen für zwei kochen und während Ihrer Arbeitsstunden bei ihm aufräumen und sein Bett machen?«

»Aber natürlich, Mylady; es ist doch sehr nett für Sie, wenn Sie etwas Gesellschaft haben.«

»Das denke ich auch«, sagte ich. »Also: er darf alles essen, was auf diesem Zettel links steht. Was rechts steht, darf er nicht. Am besten esse ich gleich dasselbe; das macht es etwas einfacher – wenn auch sehr langweilig.«

Um ein Uhr betrat ich Davids Haus und klopfte an die Tür seines Arbeitszimmers.

»Herein«, rief er unwirsch.

»Seien Sie doch nicht so unfreundlich«, sagte ich. »Ich wollte Ihnen nur mitteilen, daß das Mittagessen fertig ist. Ich dachte, es wäre vielleicht einfacher, bei mir drüben zu essen, weil Mrs. Higgins für mich kocht.«

»Ja ja, natürlich – jetzt schon?«

»Jetzt gleich!« Ich hielt die Tür offen und wartete auf ihn.

»Es ist wirklich sehr nett von Ihnen«, sagte er, seiner Pflicht gedenkend, las seine Papiere zusammen, holte noch einige unter dem Schreibtisch hervor und schraubte seinen Füllfederhalter zu. Dann kramte er einen kleinen Taschenkamm hervor und kämmte sein Haar zurück, das ihm sofort wieder in die Stirn fiel.

»Na – das ist doch ganz gemütlich«, sagte ich und lächelte ihn über den Tisch an. Er stimmte mir zu, wenn auch nicht völlig überzeugt.

»Vielleicht sprechen Sie nicht gern beim Essen?«

»Penelope und ich lesen gewöhnlich.«

»Bringen Sie heute abend ruhig ein Buch mit. Ich fürchte, *meine* Bücher würden Ihnen kaum zusagen.«

»Das glaube ich auch.« Er schauderte ein wenig und fügte hinzu: »Was tun Sie eigentlich den ganzen Tag?«

»Ich? Morgens liege ich gewöhnlich lange im Bett, und dann gehe ich einkaufen, und wie Sie wissen, singe ich, und jeden zweiten Abend helfe ich in einer Matrosenkantine. Oft gehe ich auch in die Stadt, um mir neue Kleider zu kaufen. Das nimmt viel Zeit in Anspruch.«

»Das muß es wohl. Ich hatte schon gemerkt, daß Sie hübsch angezogen sind.«

Fein. Wir machen Fortschritte. Immerhin bemerkt er mich schon.

»Und Sie? Sie verbringen Ihre Zeit über Geschichtsbüchern und mit Vorlesungen? Haben Sie niemals Lust, sich ein bißchen zu amüsieren?«

»Amüsieren?« fragte er zweifelnd; »Penelope und ich gehen manchmal ins Konzert.«

»Und ins Theater? Oder ins Kino? Oder Tanzen? Nichts Leichteres?«

»Das Leben ist zu kurz für derlei Unsinn.« Mit Überzeugung machte er sich über seinen Pudding her.

»Ich finde das Leben ist zu kurz für *Ihren* Unsinn. Glauben Sie, daß Sie mit Ihrem Bücherlesen und diesem dauernden Trübsinn irgend jemandem Gutes tun?«

Er sah mich erstaunt an.

»Wollen Sie etwa den Wert des Wissens anzweifeln?«

»Natürlich will ich das. Ich komme sehr gut ohne aus, und ich bin überzeugt, jeder andere könnte es auch.«

»Ich glaube, es hat wohl keinen Zweck, mit Ihnen über solche Dinge zu streiten.«

»Hat es wohl auch nicht. Möchten Sie Käse?«

»Danke.«

Das Gespräch erlahmte.

»Wir wollen den Kaffee im Wohnzimmer nehmen«, sagte ich. Wir setzten uns auf den Diwan. Er rückte ein wenig von mir ab, als sei mein Parfüm zu stark für ihn.

»Mit oder ohne Milch?«

»Ohne, bitte, und zwei Löffel Zucker.« Ob es sich lohnt? dachte ich; leicht ist es jedenfalls nicht. Schade, daß er ein so reizvolles Gesicht hat. Ein Jammer, wenn er es niemals zu etwas anderem als zum Essen und Lesen gebrauchen wollte.

David stand auf. »Ich muß arbeiten. Um wieviel Uhr soll ich zum Abendessen kommen?«

»Heute abend gehe ich nicht zur Kantine. Würde es Ihnen um halb acht passen?«

»Gut, halb acht. Vielen Dank für das Mittagessen.« Und schon war er draußen.

Und da saß ich nun mit meinem freien Nachmittag und starrte

in den leeren grauen Himmel und dachte, wann wohl heute der Luftangriff beginnen würde.

Er kam früh – so um halb sieben. Ich wärmte eine von Mrs. Higgins undefinierbaren Pasteten und trug sie hinüber.

»Ich habe das Abendessen lieber zu Ihnen gebracht, David, wegen des Luftangriffs. Wir könnten in Ihrem Keller essen. Vielleicht gehe ich später in Ihren Luftschutzraum.«

Aber dann wurde das Schrapnellfeuer so heftig, daß wir es unterließen. In der Küche standen zwei Korbsessel und ein Koksofen wie der meine, den man öffnen konnte, und wir setzten uns davor, streckten unsere Füße in die Hitze, und David wurde beinahe menschlich.

»Es ist seltsam«, sagte er, »die Sirenen jagen mir einen viel größeren Schrecken ein als alles andere. Wenn der Angriff einmal angefangen hat, dann macht es mir längst nicht mehr soviel aus.« Er lehnte sich im Stuhl zurück, bis er auf den Hinterbeinen stand, und legte seine Füße auf das Heizrohr.

»Ich finde das Ganze grauenhaft«, sagte ich, »ich habe eine Todesangst, von Anfang bis Ende.«

»Warum, in Gottes Namen, gehen Sie dann nicht von London fort?«

»Ich weiß auch nicht. Ich fühle mich hier daheim, und ich hänge an meinem Haus.« Und außerdem würde Jack gewiß zuerst dorthin kommen, wenn er in England wäre; aber das sagte ich nicht laut.

»Was haben Sie eigentlich vor dem Krieg getan?«

»Ab und zu war ich verheiratet, und dann reiste ich ziemlich viel.« Er warf mir einen etwas tadelnden Blick zu.

»Nach allem, was ich Ihren Gesprächen entnehme, scheinen Sie ein sehr leichtfertiges Leben geführt zu haben.«

»Sehr leichtfertig, fürchte ich, David.« Ich seufzte.

»Und jetzt ist es wahrscheinlich zu spät zur Umkehr?«

»Viel zu spät, glaube ich. Außerdem hat auch zuvor nie jemand wirklich gewollt, daß ich vernünftig werde.«

»Sie meinen: Kein *Mann!?*« sagte er und deutete streng mit dem Schürhaken auf mich.

»Na und?« sagte ich. »Ich mag Männer. Ich mag es, wenn Männer mich mögen. Sie mögen mich gern leichtfertig; und so *bin* ich es eben.«

»Falsch argumentiert. Ich bin ein Mann, und ich mag *keine* leichtfertigen Frauen.«

»Aber Sie sind nicht der Typ des Mannes, dem ich gewöhnlich begegne. Das ist es.«

»Aber es gibt viele Männer wie mich.«

»Gott sei Dank gibt es aber mehr, die *nicht* wie Sie sind.«

Rrumm, rrumm – Wumm –; eine Bombe fiel nahe. Ich erschauerte und sah mich nach dem Tisch um; ob er wohl groß genug wäre, daß wir uns notfalls beide darunter verkriechen könnten? Er war es nicht.

»Aber wollen Sie denn nicht«, fuhr David erbarmungslos fort, »daß auch Männer wie ich Sie mögen?«

»Wenn es bedeutet, daß ich mich von Kopf bis Fuß wandeln soll, dann nicht. Mögen Sie mich denn überhaupt nicht?«

Er betrachtete mich nachdenklich.

»Nicht besonders«, sagte er schließlich.

»Na, wenn Sie mich *so* nicht mögen, dann wäre mir damit auch nicht geholfen, wenn ich plötzlich ganz ernsthaft würde, mir eine Brille kaufte und meinen Kopf unter einem Stapel gelehrter Bücher vergraben würde. Es muß auf dieser Welt sowohl Schmetterlinge als auch Raupen geben.«

»Ich fürchte, Penelope fände Ihre Metaphern etwas unzulänglich. Es sind schließlich die Raupen, aus denen Schmetterlinge werden, und nicht umgekehrt.«

»Vielleicht sind Sie selbst noch nicht im Puppenstadium, David?«

»Ich fürchte, ich würde einen etwas schwerfälligen Schmetterling abgeben.«

»Sie hängen sehr an Penelope – oder nicht?«

»Allerdings. Sie ist eine großartige Frau. Es ist ein Vorzug, an ihren Gedanken teilhaben zu dürfen.«

»Ja, das muß schön sein. Niemand hat es jemals mit *meinen* Gedanken versucht, außer vielleicht Timothy. Kein Wunder, daß sie verkümmert sind.«

Wieder fiel eine Bombe, diesmal noch viel näher. Ein paar Kochdeckel fielen vom Regal in den Ausguß.

»Ich lese immer ›Untergang und Ende des Römischen Kaiserreiches‹ während der Luftangriffe«, sagte David. »Es hilft einem, die Dinge in ihrer rechten Proportion zu sehen. Ich werde es mal holen.« Als er aufstand, ertönte das Krachen weiterer Bomben; diesmal schien es eine ganze Reihe zu sein; sie kamen auf uns zu. Ich warf mich wild in seine Arme.

»Bitte, David, gehen Sie jetzt nicht. Lassen Sie mich nicht allein. Sicher trifft die nächste unser Haus.«

Er blieb – leider muß ich es gestehen – völlig ungerührt. Niemals zuvor habe ich mich einem Mann in die Arme geworfen –

habe es allerdings auch nicht nötig gehabt. Aber da ich es nun tat, hätte ich zumindest erwartet, daß sich diese Arme um mich schließen würden. Aber – nein. David fing mich auf wie einen Schlag auf die Brust und ließ mich behutsam auf den Korbsessel gleiten. Er selbst setzte sich auch wieder hin.

»Möchten Sie eine Zigarette?« sagte er. »Sie scheinen doch etwas nervös zu sein.«

Bumbum – bum, bumm, kamen die Bomben herunter, und die letzten beiden bedeuteten das Ende der anderen Hausseite. Mehrere Brocken Küchendecke fielen uns in den Schoß.

David stellte den Wasserkessel auf und sagte ruhig: »Ich glaube, Tee würde uns guttun, bevor wir die Sache hinter uns haben. Wenn Sie schlafen möchten – im Hinterzimmer hier unten steht ein Bett.«

»Und Sie?«

»Ich werde wohl oben ins Bett gehen. Man kann ebensogut oben sterben wie unten.«

»Macht es Ihnen nichts aus, wenn ich über Nacht hierbleibe? Was würde Penelope dazu sagen?«

»Penelope weiß, daß ich ihr nicht untreu werde. Sie ist Gott sei Dank viel zu klug, um eifersüchtig zu sein.«

Ich fühlte mich sehr klein. Ich war es einfach nicht gewöhnt, keine Quelle der Versuchung zu sein. Und so kam ich zu dem Schluß, daß Davids Blut eisgekühlt sein mußte. Sonst wäre es wirklich zu erniedrigend gewesen.

»Ich glaube, ich werde Ihr freundliches Angebot annehmen«, sagte ich, und er führte mich in eine Art Rumpelkammer. In der Ecke stand ein schmales Eisenbett, und der übrige Raum war mit Schachteln, Golfschlägern, Feuereisen und einem Kaninchenstall angefüllt.

»Ich wußte gar nicht, daß Sie Golf spielen?«

»Ich nicht. Die gehören Penelopes Bruder. Also: hier sind vier Decken. Bettlaken sind leider keine da. Hoffentlich ist es einigermaßen bequem.« Er faltete den baumwollenen Bettbelag sorgfältig zusammen. »Soll ich das Fenster öffnen?«

»Ja, bitte.« Ich schlüpfte aus meinen Schuhen und kroch unter zwei der Decken. David drehte das Licht aus und kämpfte mit dem Fenster, bis es sich zehn Zentimeter weit öffnete. Dann bahnte er sich vorsichtig den Weg zur Tür.

Ich sah hinaus auf die Scheinwerferstrahlen am Nachthimmel und dachte, wie beruhigend es doch wäre, einen Mann im Bett zu haben, wenn auch noch so schmal. (Ich meine das Bett, nicht den Mann.)

Etwa eine Viertelstunde später, als ich gerade eindämmerte, kam David wieder herein, auf Zehenspitzen. Meine Hoffnung stieg. Es war alles eine raffinierte Vortäuschung gewesen, dachte ich. Aber er schleppte nur irgendeine hölzerne Apparatur herein, um den Fensterflügel festzustellen, der wirklich sehr geklappert hatte. Beim Hinausgehen stieß er mit dem Schienbein gegen den Kaninchenstall und fluchte erbärmlich, nicht ein bißchen gelehrtenhaft, und dabei fiel er gegen das Bett. Ich streckte meine Arme aus und flüsterte: »David?«, aber er tat so, als höre und sehe er mich nicht, und erreichte die Tür unberührt.

»Nochmals gute Nacht«, sagte er streng. »Rufen Sie mich, wenn Sie etwas brauchen.« Und damit ging er hinaus.

Jetzt hatte ich die intellektuellen Snobs aber wirklich satt und schlief ein.

Gott sei Dank kehrte Penelope drei Tage später zurück. Komisch, wie unwürdig man sich bei der Verfolgung eines Mannes vorkommt. Ich glaube nicht, daß Männer dasselbe bei der Verfolgung einer Frau verspüren. Jedenfalls den Männern, die *ich* gekannt habe, hat die Jagd Spaß gemacht. Ich war so niedergeschmettert, daß ich beinahe Jack eine Postkarte geschickt hätte, aber ich tat es nicht.

Statt dessen nahm ich drei Einladungen zu Abendgesellschaften an, und es stellte sich auch heraus, daß sie meine Laune sehr hoben.

Ich war schon wieder ganz die alte, als ich eines klaren Dezembermorgens an Penelopes Tür klopfte. Sie öffnete in einem schmutziggrauen wollenen Morgenrock. Ihre Augen waren rot und verquollen. Ihr Haar ungebürstet. Es sah Penelope nicht ähnlich, vormittags noch nicht angezogen zu sein.

»Was ist geschehen?« fragte ich. »Sind Sie krank? Oder machen Ihnen die Kröten Schwierigkeiten?«

»David ist weg«, sagte sie im Tonfall einer Tragödin.

»Um Gottes willen«, sagte ich, trat ein und schloß die Tür hinter mir. Ich schob sie ins Wohnzimmer und zündete den Gasofen an, der sofort wieder ausging und aus blieb, da keiner von uns einen Shilling hatte, um ihn in den Automaten zu werfen.

»Jetzt erzählen Sie mir mal alles. Was meinen Sie mit ›weg‹?«

»Er hat mich verlassen.«

»Das ist doch unmöglich. Er liebt Sie doch. Er hat es mir ja selbst gesagt.«

»Das habe ich auch gedacht. Aber weg ist er trotzdem.«

»Aber doch nicht mit einer anderen Frau?«

»Doch. Mit einer Studentin. Er gibt ihr seit einigen Monaten Privatunterricht. Ich habe mir nichts dabei gedacht. Sie ist öfters ins Haus gekommen, aber das sind die männlichen Studenten schließlich auch.«

»Meinen Sie, er ist mit einem jungen Mädchen auf und davon?«

»Ja, sie kann nicht älter als zwanzig sein. So eine kleine Gans noch dazu. Er hat sogar mehrmals gesagt, daß er noch keine Ahnung hätte, wie er sie durchs Examen schleppen sollte.« – Ja, ja, was soll man nun *dazu* sagen?!

»Wie sieht sie denn aus, das kleine Luder?«

»Monica? Eigentlich ein bißchen wie Sie. Sie ist klein und blond, mit großen braunen Augen. Aber sie ist natürlich gute zehn Jahre jünger als Sie. Ich kann schon verstehen, *warum* sie David gefällt. Nur habe ich immer gedacht, er würde andere Frauen überhaupt nicht ansehen.« Sie strich ihr Haar zurück, völlig ratlos.

»Ich auch«, sagte ich bitter.

»Ich weiß nicht, was ich ohne ihn tun soll«, stöhnte sie.

»Gewiß kommt er zurück. Er kann das Gänschen doch nicht heiraten wollen, sonst hätte er Sie doch um Scheidung gebeten. Wahrscheinlich verbringt er das Wochenende mit ihr irgendwo.«

»Meinen Sie?« Ihre Miene hellte sich ein wenig auf.

»Was hat er denn geschrieben? Oder hat er gar keinen Brief hinterlassen?«

»Er schreibt: ›Ich bin mit Monica fortgegangen. Es tut mir leid, aber ich kann nichts dafür.‹«

»Aber das ist doch nicht so schlimm. Das klingt doch nur nach einer augenblicklichen Gemütsverwirrung.«

»Das habe ich mir auch gedacht. Er hat ja noch den Schlüssel, und ich – ich werde in den nächsten Wochen das Haus nicht verlassen.«

»Wenn ich Sie wäre, Penelope«, sagte ich, »würde ich es sofort verlassen und so schnell wie möglich einen Schönheitssalon aufsuchen. Was Sie brauchen, ist eine anständige Dauerwelle und ein ordentlicher Lippenstift. Dieser Gedankenaustausch ist ja ganz gut und schön, aber ein schönes Gesicht, das vor den Gedanken sitzt, kann auch nichts schaden. Ich glaube, wir beide haben David falsch eingeschätzt. Wenn er jetzt nach Hause käme, würde er in Ohnmacht fallen.«

»Sie haben wohl recht. Wie nett Sie zu mir sind. Wo bekomme ich eine gute Dauerwelle?«

Ich freue mich, sagen zu dürfen, daß ich recht hatte. Ein gelangweilter, enttäuschter David stand nach einer Woche wieder vor der Tür. Ich weiß nicht, was er von seiner gelockten und gepuderten Penelope in einem meiner Hauskleider hielt, aber wenigstens hat er sie nicht wieder verlassen – noch nicht. Und ich – ich wurde daran erinnert, daß ich immerhin bald einunddreißig würde.

11. KAPITEL

Der Fregattenkapitän

Den Fregattenkapitän lernte ich kurz nach Weihnachten bei einer Abendgesellschaft kennen. Er war gerade dabei, eines von diesen ach so amüsanten Kunststücken vorzuführen, zu dem man in diesem Falle ein rohes Ei und ein Glas Wasser brauchte. Die Gastgeberin sträubte sich anfangs gegen das Ei, aber sie bekam es natürlich völlig unbeschädigt zurück, denn der Fregattenkapitän war nicht der Mann, der seine Kunststücke nicht sauber und geschickt vollführte.

»Fein gemacht«, sagte ich, als er aufstand und sich die Stirn abwischte.

»Heiß hier«, sagte er. »Wie wär's mit etwas frischer Luft draußen in der Halle?«

Und dann standen wir in der schmalen Vorhalle, lehnten uns an den Schirmständer und nippten Gin.

»Kennen Sie die Simpsons gut?« fragte er.

»Kaum. Ich habe sie vorige Woche bei den Johnsons kennengelernt. Und Sie?«

»Auch nicht. Freund von mir hat mich hergeschleppt. Wußte, daß ich auf Urlaub bin und nichts Besonderes vorhatte. Wie wär's, wenn wir beide irgendwo zu Abend äßen? Aber eine hübsche junge Frau wie Sie ist wohl immer besetzt, wie?«

»Heute abend bin ich gerade frei«, sagte ich. »Ich komme gern mit.«

»Na, warum dann nicht gleich? Sie holen Ihren Mantel, und ich sage dem ollen Foxy, daß ich mich verziehe.« Er tauchte unter in den Rauch und das Geschnatter des Salons. Ich zog meinen Mantel an und erneuerte mein *make up.*

»Gehen wir ins ›Landsdowne‹«, sagte er. »Ich hätte Lust, ein bißchen das Tanzbein zu schwingen.«

Ich überlegte mir, wie alt er wohl wäre. Die blauen Kinderaugen trügten wohl, aber sein Haar wurde gerade erst hübsch grau an den Schläfen. Nicht weit über vierzig, beschloß ich.

Auf der Tanzfläche war er gut in Form. Wirbelte mich nur so herum. Man spielte soeben einen Wiener Walzer, und bald rückten die anderen Tänzer zur Seite, um uns Platz zu machen, und klatschten unserer Darbietung lauten Beifall.

»Sind ja leicht wie eine Elfe, mein Kind«, sagte er. »Könnte Stunden mit Ihnen tanzen. Wie wär's jetzt mit ein bißchen Hummer?« Wir setzten uns und aßen mit ernsthafter Hingabe.

»Was bedeutet eigentlich all diese goldene Litze?« fragte ich.

»Fregattenkapitän – sind wohl jetzt auch nicht klüger, was? Bin vor kurzem etwas demoliert worden und werde jetzt erst mal nach Bath geschickt – ein bißchen Erholung im Büro der Admiralität. – Ödet mich an, die Sache, aber Befehl ist Befehl. Kennen Sie Bath?«

»Niemals dort gewesen.«

»Sehr schöne Stadt. Verschlafener kleiner Ort. Hoffe, nicht allzulange zu bleiben. – Wo wohnen Sie?«

»Knightsbridge.«

»Ganz allein?«

»Ja. Mein Mann ist vor zwei Jahren gestorben, und seitdem bin ich dort ganz allein.«

»Armes kleines Ding. War Ihr Gemahl beim Militär?«

»Nein. Er war fünfundvierzig und nicht gesund, außerdem hatte er mit Kohle zu tun.«

»Doch kein Bergmann?«

»Nein. Ich habe nie ganz begriffen, was er eigentlich tat, aber jedenfalls organisierte er die Kohlenangelegenheiten ganz bequem von einem Büro in Cardiff aus.«

»So so, ganz allein.« Er dachte nach und sagte dann: »Müssen uns öfters sehen, während ich noch Urlaub habe. Uns gegenseitig aufheitern. Bin auch ganz allein.«

»Sind Sie verheiratet gewesen?«

»Nein. Nie. War einmal verlobt. Hübsches Mädchen, aber irgendwie nichts draus geworden. Meine Mutter mochte sie nicht.«

Um des Himmels willen, *noch* eine schwierige Mutter! Mein Herz sank. »Wo lebt denn Ihre Mutter?«

»In Bristol. Hat eines von diesen hübschen weißen Häusern draußen in Clifton. Kennen Sie Bristol?«

»Auch nicht. Nie dort gewesen. Was macht sie – ich meine Ihre Mutter?«

»Nichts. Sie ist nicht sehr kräftig. Ist aber 'ne ganz schneidige alte Dame. Interessiert sich für alles. Weiß genau über meine Schiffe Bescheid.«

Am nächsten Tag lud er mich zum Mittagessen ein. Den Tag darauf aßen wir bei mir zu Hause. Am vierten Tag gingen wir zusammen ins Theater, am fünften zu Harrods einkaufen. Der Heiratsantrag erfolgte in der Lebensmittelabteilung, mit wütendentschlossenem Blick auf sein Paket Cornflakes. Die Heiratsanträge kommen nie, wenn ich sie erwarte, und ich war, wie immer, sehr überrascht.

»Was?« fragte ich ungezogen.

»Wollte nur mal fragen, ob Sie vielleicht so 'nen alten Seebär heiraten würden«, wiederholte er sein Angebot murmelnd.

Ich bezahlte die Marmelade, die ich soeben gekauft hatte, und hängte mich bei ihm ein.

»Wenn Sie sich selbst meinen, dann wäre ich bereit, die Sache wohlwollend in Erwägung zu ziehen.«

»Wirklich?! – Donnerwetter – muß was zu trinken haben.« Er nahm mich bei der Hand und zog mich aus dem Warenhaus in die nächste Bar, wo er zwei doppelte Whisky bestellte.

»Gar nicht zu hoffen gewagt – ein Glück – hübsche junge Frau wie Sie – Dutzende solcher jungen Fatzken.« Er wurde immer roter vor Erregung und Whisky. Schließlich überredete ich ihn, zum Essen mit mir nach Hause zu kommen.

In der Vorhalle umarmte er mich zum ersten Mal – recht stürmisch. Mrs. Higgins Kopf erschien hinter dem Geländer; sie hüstelte taktvoll.

»Soll ich das Essen sofort auftragen, gnädige Frau?« fragte sie.

»Ja, bitte, Mrs. Higgins. Hoffentlich sind Sie nicht böse. Der Kapitän hat soeben um meine Hand angehalten.«

»Na, da gratuliere ich aber herzlich, gnädige Frau!« Sie kam heraufgeschlurft und schüttelte uns beiden die Hand; aber ich kannte doch meine Mrs. Higgins und merkte sofort, daß sie mit der Sache nicht einverstanden war.

»Ich hoffe, Sie werden beide sehr, sehr glücklich«, sagte sie noch feierlich und zog sich dann in die Küche zurück.

Während des Mittagessens setzte mir der Fregattenkapitän seine Pläne auseinander. Merkwürdigerweise meinte er, es sei nett, wenn ich zunächst bei seiner Mutter in Bristol wohne und wir von dort aus heirateten. Im ersten Impuls wollte ich diesen Vorschlag ablehnen, aber dann dachte ich: was habe ich eigentlich zu verlieren? Viel schlimmer als Edwards Mutter kann sie schließlich auch nicht sein.

»Ich muß nächste Woche nach Bath«, sagte der Fregattenkapitän. »Dann könnte ich dich bei meiner Mutter lassen und am Wochenende immer zu euch herüberkommen. Und dann heiraten wir, sobald ich einen längeren Urlaub bekommen kann. – Will nicht, daß du hier allein bleibst. Muß aufpassen – könnte so'n strammer Leutnant kommen und dich wegschnappen.«

Ich war ganz gefügig. Es war nett, einmal wieder herumkommandiert zu werden. Vor Weihnachten hatte ich zwei Heiratsanträge ausgeschlagen, weil mir die betreffenden Männer zu still waren. Ich lasse mir nämlich sehr gern sagen, was ich tun und lassen soll. Fred – so hieß der Fregattenkapitän – war derb und zäh und augenscheinlich entschlossen, scharf auf mich aufzupassen. Er richtete alles für mich: Gepäck, Fahrkarte, und im Januar 1941 fuhren wir zusammen nach Bristol. Ich war ziemlich erleichtert, die dauernden Luftangriffe hinter mir zu haben.

Wir kamen in Bristol zur Teezeit an, genau wie vorgesehen: denn Freds Mutter pflegte nach dem Mittagessen zu ruhen und durfte vor dem Tee nicht gestört werden. Es war schon dunkel, als das Taxi uns vor dem Haus absetzte, daher konnte ich es von außen nicht sehen, aber innen war es jedenfalls nicht sonderlich ansprechend. Ein grimmiges altes Dienstmädchen mit weißer Haube führte uns in die trübe beleuchtete Vorhalle und schloß die Tür eiligst hinter uns, wegen der Verdunkelung. Wir stiegen den dicken roten Treppenläufer empor und wurden ins Wohnzimmer geführt.

Die alte Mrs. Foster saß am Kamin über einer sehr schwierigen Stickerei. Auf einem Tisch unter dem Bogenfenster stand ein blankgeputzter Messingkäfig mit einem grauen Papagei. Überall standen kleine Tische herum, um Leuten, die es vielleicht eilig haben mochten, Fallen zu stellen. Photographien des Fregattenkapitäns aus sämtlichen Entwicklungsstadien und in allen möglichen Uniformen, vom Pfadfinder aufwärts, starrten mich an, von den Tischen, vom Kamin, vom Flügel, von überall. Zwei dicke Vasen mit römischen Hyazinthen ragten beiderseits des Papageienkäfigs empor.

Mrs. Foster hob ihre scharfen blauen Augen zu uns auf.

»Mein Sohn«, sagte sie und bot ihm die Stirn zum Kuß, aber gleichzeitig ließ sie sich nichts an mir entgehen.

»Wie geht es dir, liebe Mutter? – Dies ist also Jenny.«

»Danke, es geht mir nicht sehr gut, Frederick. Aber ich erwarte, daß Jennifers Gegenwart mich aufheitern wird. Ich hoffe, die Reise war angenehm. Der Tee kommt gleich.«

»Sehr angenehm, danke. Wir hatten zwei Ecksitze erster Klasse.«

»Jetzt setz dich erst mal hin, Frederick, steh nicht immer vor mir!«

Wir setzten uns hin, Fred neben sie und ich auf einen harten grünen Plüschsessel gegenüber. Es juckte mich in den Fingern, das Feuer anzufachen, das mit rapider Geschwindigkeit am Sterben war.

Die alte Dame wandte sich wieder ihrer Stickerei zu.

»So. Jetzt erzähl' mir mal von deinen Heiratsplänen«, sagte sie. »Ich hoffe, ich bin zur Hochzeit eingeladen.« Ihre Nadel stach böse in ein blaues Rosenblatt.

»Aber natürlich, liebe Mutter. Wir müssen eben eine Kirche suchen, wo du mit deinem Rollstuhl Platz hast.«

»Ich möchte niemandem zur Last fallen.«

»Aber davon kann doch gar nicht die Rede sein. Ich wäre nicht glücklich, wenn du dabei fehltest.« Ich äußerte mich nicht dazu. Denn ich wußte bereits: es war Krieg, bis zum blutigen Ende. Nun war ich fest entschlossen, Fred zu heiraten, während es mir vorher ziemlich gleichgültig gewesen war.

Das Dienstmädchen kam mit dem Tee. Mrs. Foster machte große Umstände mit dem Ausschenken. Die silberne Kanne stand auf einer kleinen Flamme. Der Zucker wurde mit einer ziselierten silbernen Zange herausgenommen, aber das Gebäck war zäh und ledrig, und dazu gab es nur Marmelade. Mrs. Foster erklärte, daß sie Margarine nicht anrühre, es daher auch von anderen nicht erwarte, und die Butter bewahre sie lieber für das Frühstück. Ich nahm zuviel von der Marmelade. Ich spürte förmlich Mrs. Fosters Auge auf dem Löffel.

»Schön, daß du in Bath so nahe bist, lieber Frederick. Du mußt mich oft besuchen kommen. Aber während Jennifer hier ist, wirst du ja sowieso dauernd herkommen.« Ein kleiner Haßfunke schoß über den Tisch.

»Ich hoffe, du und Jennifer werdet euch richtig miteinander anfreunden«, sagte der arme gute Fred.

»Aber natürlich«, versicherte ihm seine Mutter sanft und glatt. »Noch eine Tasse Tee, mein Lieber? – Na, und was hat Jennifer vorher getan?«

»Ich habe eine Zeitlang in einer Kantine bei den Docks gearbeitet. Aber ich hoffe, in Bath eine interessantere Arbeit zu finden.«

»Es kommt heute nicht darauf an, ob etwas interessant ist, meine Beste. In diesen schweren Zeiten müssen wir alles, was in unserer Macht steht, für unser Vaterland tun.« Und dann nahm sie wieder ihre Stickerei auf. »Bitte, läute Edith, wenn du mit dem Tee fertig bist, Frederick. Wir dürfen sie mit dem Abwaschen nicht warten lassen. Vielleicht möchte Jennifer jetzt ihr Zimmer sehen? Ich habe für dich das hintere Gästezimmer in diesem Stock vorgesehen, Frederick, und für Jennifer das kleine vordere Zimmer oben, neben dem meinem.«

Fred ging voran, die Treppe hinauf. Der Flur und das Treppenhaus waren offensichtlich so beleuchtet, daß man, selbst wenn die Hauswände einstürzen sollten, von außen nichts sehen könnte. Ich stolperte sofort, und Fred nahm mich bei der Hand, um mich zu führen. Auch in meinem Schlafzimmer war es nicht viel besser. Es war sehr klein und enthielt drei ungeheuerliche Möbelstücke: einen Schrank, ein Bett und einen Toilettentisch; und dazu ein scheußliches dreieckiges kleines Waschbecken in der Ecke. Ich war froh, wenigstens eine kleine Nachttischlampe neben dem Bett zu sehen. Aber als ich sie andrehte, stellte ich fest, daß sehr wenig Licht unter dem blumentopfartigen, dicken rosa Lampenschirm hervorschien.

Fred war die ganze Sache etwas peinlich.

»Ich fürchte, Mutter ist ein bißchen altmodisch«, sagte er. »Aber du hast von hier aus wenigstens eine hübsche Aussicht auf den Avon.«

Ich besah mir die dunkelblau gewirkten Vorhänge und freute mich, daß sie wenigstens tagsüber durch die versprochene Aussicht auf den Avon ersetzt würden. – Meine beiden Koffer standen schon oben.

»Ich werde jetzt erst einmal auspacken«, sagte ich, »und du kannst hinuntergehen und dich mal richtig mit deiner Mutter aussprechen, ohne mich. Ich glaube, das täte sie ganz gern.«

»Vielleicht hast du recht. Aber komm bald, Liebling.«

Mit meinem Gepäck allein gelassen, beschloß ich nunmehr, nicht nur Fred endgültig zu heiraten, sondern auch, ihn sehr *bald* zu heiraten, bevor seine Mutter und ihre Einrichtung mir den Rest gegeben hätten. Ich wünschte, ich wäre mutig genug, das Bild über meinem Bett – es stellte ein affiges kleines Mädchen mit einer weißen Schärpe dar – zu entfernen, aber es würde sich vermutlich herausstellen, daß es Mrs. Foster selbst gewesen sei, in besseren Tagen. Ein widerlicher Frosch aus gelbem Porzellan grinste mich lüstern vom Kaminsims an. Er erinnerte mich daran, daß ich vergessen hatte, mich von Penelope zu verabschieden. Mit David hatte ich mich nicht weiter befaßt, nachdem er mich so verraten hatte. Ich drehte den Frosch um und stellte fest, daß er eine Sparbüchse war. Ich gab ihm zwei Pennies, um ihn zu beruhigen.

Voller Bedenken spähte ich in meine Koffer: gehörten all die Kleider darin wirklich mir? Sie wären bestimmt in diesem Haus nicht ganz das richtige. Ich selbst war allerdings hier auch nicht ganz das richtige. Die unmittelbare Zukunft sah ziemlich kalt und unerbittlich aus. Dieser Gedanke veranlaßte mich denn auch plötzlich, meine Koffer wie eine Wahnsinnige nach der Wärmflasche zu durchstöbern, und langsam wuchs die traurige Gewißheit, daß ich sie wohl zu Hause gelassen hatte. Und so war es. Ich ließ mich auf das Bett nieder, das sich mir sofort hart widersetzte, und starrte trübsinnig in den Spiegel im Kleiderschrank. Vielleicht sollte ich mir einen vernünftigen Haarknoten wachsen lassen? Das würde meine Widerstandskraft festigen.

Fred klopfte an und kam herein.

»Bist du fertig, Liebling?«

»Ich habe noch gar nicht angefangen. Es ist alles so schwierig!«

»Liebling, was ist mit dir? – Kannst du den Koffer nicht auf bekommen? Oder klemmen die Schubladen?«

»Vielleicht ist es nur, weil ich hier oben so friere.«

»Dann komm doch herunter zum Feuer, du Dummes. Edith wird schon für dich auspacken, wenn du einfach alles liegen läßt.«

»Hat deine Mutter dir denn schon alles gesagt, was sie zu sagen hatte?« Er wurde verlegen, und daraus entnahm ich, daß sie bereits den Krieg gegen mich begonnen hatte. »Mach dir keine Sorgen, lieber Fred«, tröstete ich ihn. »Mit der Zeit wird sie sich wohl an mich gewöhnen. Es ist ja ganz natürlich, daß sie zuerst jeder Schwiegertochter feindlich gegenübersteht. Sie hängt viel zu sehr an dir.« Dieser Gedanke machte ihn sofort wieder ganz froh.

Wir tasteten unseren Weg nach unten.

»Ich hoffe, du findest dein Zimmer nicht zu kalt«, sagte die alte Dame vergnügt. Das – so dachte ich – werde ich nicht unerwidert hinnehmen.

»Ehrlich gesagt, es ist sogar sehr kalt. Gibt es nicht vielleicht irgendeinen elektrischen Ofen im Haus, der gerade nicht benutzt wird und den ich mit hinaufnehmen könnte?«

»Sogar eine ganze Menge elektrischer Öfen, die nicht benutzt werden, aber dummerweise gibt es in dem Zimmer keinen Anschluß.« Sie konnte den Triumph in ihrer Stimme nicht ganz unterdrücken.

»Na, dann werde ich mich hier unten erst mal richtig rösten, bevor ich hinaufgehe«, sagte ich lustig und hielt meine Hände an das sterbende Feuer.

Das Abendessen verlief sehr ruhig. Wir nahmen es im Speisezimmer ein. Es lag im Parterre, unter dem Wohnzimmer. Die Gegenwart der alten Dame sollte eine besondere Ehrung für uns darstellen, denn gewöhnlich nahm sie die Abendmahlzeit auf einem Tablett im Bett ein.

»Ich höre, dein voriger Gemahl hatte etwas mit Kohle zu tun.«

»Ja. Er hat mir nie genau erzählt, *was* er eigentlich tat, aber ich glaube, es muß ziemlich wichtig gewesen sein. Er hat mir eine ganze Menge Geld hinterlassen.«

»Frederick hat natürlich auch viel Geld«, warf sie schnell dazwischen.

»Ja, ist das nicht fein? Wir beide zusammen sind beinahe reich. Ich hoffe, wir werden eine Wohnung in Bath finden, denn sogar die besten Hotels sind ziemlich trostlos, vor allem im Krieg.«

»Es eilt euch wohl schon sehr mit der Hochzeit, was? Ich finde immer Hochzeiten im Juni so besonders hübsch.« Fredericks buschige Augenbrauen schossen hoch.

»Aber Mutter, es ist noch so lange bis Juni! Wir haben endgültig beschlossen, allerspätestens nächsten Monat zu heiraten.«

»Mein Gott, mein Gott! Wie eilig es die jungen Leute heutzutage haben! Ihr kennt euch doch überhaupt noch kaum.«

»Wir sind nicht mehr die Jüngsten«, sagte ich. »Ich werde bald einunddreißig – bin also alt genug, um zu wissen, was ich will.«

»So alt schon?« Sie legte ihren Kopf auf die Seite. »Du siehst aber jünger aus. Ich dachte, du wärst höchstens fünf- oder sechsundzwanzig. Frederick ist in jeder Beziehung jung für sein Alter.«

Gott sei Dank ging sie sofort nach dem Essen zu Bett, und wir durften eine Weile allein im Wohnzimmer sitzen. Fred gelang es mit Geschick, das Feuer hochzuschüren, und mir wurde, zum erstenmal an diesem Tag, warm. Fred setzte sich auf den Fußboden und lehnte den Kopf an meinen Schoß.

»Fred, bitte, könnten wir nicht schon nächste Woche heiraten?«

»Warum, Liebling?«

»Ich will nicht, daß du mich hier mit deiner Mutter allein läßt. – Offensichtlich mag sie mich nicht besonders. Und sie wird mich auch nicht mögen, bis sie vor die Tatsache gestellt ist, daß wir verheiratet sind; und dann bleibt ihr nichts anderes mehr übrig, als einverstanden zu sein. Ich glaube, während sie noch die Chance sieht, uns auseinanderzubringen, wird sie ihr möglichstes dazu tun.«

»Gut, Liebling, wenn du es wirklich willst – sobald ich morgen nach Bath komme, werde ich versuchen, mir eine Sondergenehmigung zu besorgen, und mich nach einer Wohnung umsehen. Wir wollen Mutter nichts erzählen, bevor alles erledigt ist. Es würde sie bloß unnötig aufregen.«

»Vielen Dank, Fred.«

Und dann hielten wir uns schweigend an den Händen, bis der Papagei plötzlich krächzte: »Böses Mädchen!«

»Was für ein weiser Vogel«, sagte ich.

Ich hatte wirklich furchtbare Angst vor Freds Abfahrt am nächsten Vormittag. Ich brachte ihn zur Bahn, obwohl Mrs. Foster natürlich ihr möglichstes tat, um mich daran zu hindern; sie sagte, es sei zu kalt und zu naß und Frederick schließlich alt genug, um auf sich selbst aufzupassen. Ich machte mich ganz langsam auf den Heimweg, ging sogar noch in verschiedene Läden und kam gerade zum Mittagessen zurecht.

»Ja, nun sind wir allein. Hoffentlich ist es dir hier nicht zu ruhig, mein Kind. Gewiß wird Frederick sehr oft herüberkommen. Vielleicht bist du so lieb und liest mir morgens manchmal vor? Meine Augen sind alt und ermüden so schnell.«

Na, hör mal, dachte ich, wie ist denn das mit dieser tipfeligen Stickerei? Aber laut sagte ich, daß es mir ein Vergnügen wäre, ihr vorlesen zu dürfen. Nach dem Mittagessen ging sie wieder hinauf, um sich auszuruhen, und es gelang mir, das Feuer im Wohnzimmer etwas in Schwung zu bringen. Ich konnte mich sogar hinsetzen, um einen Brief an Betsy zu schreiben.

Liebste Betsy – schrieb ich – es wäre so schön, Dich mal wiederzusehen. Wie Du aus der Adresse ersiehst, bin ich nicht sehr weit von Chipworth, und bald komme ich Euch noch näher, denn ich ziehe mit meinem neuen Mann nach Bath. Wir sind noch nicht verheiratet, und wir wissen noch nicht ganz genau, wann die Hochzeit stattfindet, aber wahrscheinlich nächste Woche. Ich hoffe, Dich hiermit überredet zu haben, zu kommen und Brautjungfer zu spielen. Wenn ich das genaue Datum weiß, schicke ich Dir ein Telegramm.

Wie geht es Edward? Und Timothy und der kleinen Jennifer

Alles Liebe von Deiner

Jenny.

Die Antwort kam postwendend:

Liebes Dummchen, Dein Brief ist nicht sehr aufschlußreich. Wer ist es? Wie heißt er? Wo hast Du ihn kennengelernt? Ist es endlich die große Liebe? Sprich Dich doch mal aus! Natürlich komme ich – Du brauchst bloß das Zeichen zu geben. Ich werde wahrscheinlich Jennifer mitbringen, so daß die Freunde der Braut reichlich vertreten sind. Das Leben hier ist entsetzlich langweilig. Edward ist natürlich bei seinem Garderegiment, und Mutter hat das Regiment hier übernommen. An sich geht alles ziemlich glatt, aber das Pflichtgefühl vernebelt die Sicht nach sämtlichen Richtungen. Ich verbringe meine Zeit mit dem Öffnen von Knoten in winzigen Schnürchen, dem Sortieren von Altmetall, dem Sammeln von Papier, dem Stricken von öligen Pullovern; außerdem grase ich den Rasen nach eßbarem Grünzeug ab und versuche, zwischen den undankbaren Evakuierten Frieden zu wahren. Eine Hochzeit ist genau die Abwechslung, die ich brauche.

Deine Dich liebende Schwägerin (übrigens: bringt der Zukünftige irgendwelche neuen Schwiegerleute mit in die Ehe?)

Betsy.

PS.: Tim ist gerade auf Urlaub hier und bleibt zehn Tage, bevor sie ihn zu irgendeinem namenlosen geheimen Ziel schicken. Er sagt, Du sollst schnell heiraten, damit er auch kommen kann.

Fred rief diesen Abend an. Seine Stimme klang ganz aufgeregt: »Liebling, wir haben eine Wohnung, und dazu eine bildhübsche. Der Kollege, den ich hier ablöse, hat sie uns hinterlassen, und die Sondergenehmigung habe ich auch: wir können sofort heiraten, wo wir wollen. Wann soll es sein?«

»Hast du das Wochenende frei?« fragte ich.

»Von Samstag mittag an.«

»Wie wär's mit drei Uhr am Samstag in der Kirche hier um die Ecke? Ich gehe gleich als erstes morgen früh und spreche mit dem Pastor. Wann können wir die Wohnung beziehen?«

»Freitag. Dann geht er nach London zurück. Sie ist voll möbliert; der oberste Stock in einem Haus am Park.«

»Mein Gott, das nenn' ich aber Glück. Also, wir hören jetzt lieber auf, damit ich deiner Mutter die Neuigkeit unterbreiten kann.«

Nur noch zwei Nächte kalte Füße im Bett! Ich lief schnell hinauf ins Wohnzimmer.

»Fred läßt dich herzlich grüßen«, sagte ich, »und denk dir, ist es nicht wunderbar? – er hat schon eine Wohnung bekommen – von einem Mann in der Admiralität, der weggeht.«

»Das ist aber nett, mein Kind«, sagte sie argwöhnisch.

»Ja, und da haben wir beide gedacht« – atemlos sprach ich weiter –, »daß es das beste wäre, gleich dieses Wochenende zu heiraten und sofort einzuziehen, bevor sie uns irgend jemand wegschnappt.«

»Ach, du meine Güte! – Ich hatte doch gehofft, dich einige Zeit hier bei mir zu haben.« Die Sticknadel arbeitete mit hektischer Emsigkeit.

»Ja, das wäre ganz schön gewesen, aber der arme Fred möchte natürlich so schnell wie irgend möglich heiraten, während wir noch zusammen sein können, weil er ziemlich sicher ist, daß er bald wieder zur See muß.«

»Du liebe Zeit! Das ist aber ein schwerer Schlag für mich. Ich finde doch, daß man nicht so leichtsinnig aufs Geratewohl eine Ehe schließen sollte.«

»Der Krieg macht es eben für uns alle schwierig, die Dinge einfach ruhig abzuwarten.«

»Und ich habe ja gar nichts anzuziehen. Dieses Wochenende sagst du? Das geht wirklich zu schnell.«

Die alte Dame tat mir beinahe leid, aber ich blieb unerbittlich.

Am nächsten Morgen telegraphierte ich Betsy und sprach mit dem Pastor.

Mrs. Foster konnte während des Mittagessens kaum sprechen. Wut und das Gefühl, schlecht behandelt worden zu sein, kämpften in ihr. Sie stöhnte und schnaubte abwechselnd. Nun, da die Flucht in Sicht kam, war ich tapfer genug, alles durchzustehen.

Diesmal trug ich zur Hochzeit ein blaugraues Wollkleid und einen großen schwarzen Hut.

Wir trafen uns alle in der Kirche. Fred übernahm von Edith den Rollstuhl und schob ihn durch das Kirchenschiff an einen günstigen Platz. Edith und Mrs. Foster standen auf der einen Seite; Betsy, Timothy und ein kleines rotes Mützchen, unter dem ich die kleine Jennifer vermutete, saßen auf der anderen. Ich wandelte zum Altar mit einem großen Strauß roter Rosen, die ein Vermögen gekostet hatten.

Nachher gingen wir alle zu Mrs. Foster und tranken Champagner, den Fred besorgt hatte. Mrs. Foster ging sofort zu Bett.

Betsy und ich verkrochen uns in eine Ecke hinter dem Papagei. »Ich finde, er sieht gut aus, richtig wie ein Seemann. Ich hoffe, diesmal wird es wirklich gut gehen.«

»Mit Mr. Jones wäre es auch gut gegangen; wenn er nur nicht gestorben wäre.«

»Ach so, ja. Den kannte ich ja leider nicht. Er muß nett gewesen sein. Jennifer, komm und begrüße mal deine Patentante.« Aber Jennifer war von dem Papagei zu hingerissen, um mir irgendwelche Aufmerksamkeit zu widmen.

»Böser Bube!« sagte der Papagei, und sie wich einen Schritt zurück und ergriff schnell Betsys Hand.

»Kommst du nicht mal nach Bath herüber, um mich zu besuchen, Betsy? Ich werde wohl den ganzen Tag allein sein. Ich nehme an, Fred wird die üblichen Bürostunden haben.«

»Aber natürlich. Ich werde mir alle möglichen Entschuldigungen ausdenken, damit ich kommen kann. Tim und Fred scheinen übrigens gut miteinander auszukommen.«

»Warum ist Tim eigentlich jetzt bei der Armee?«

»Oh, nur eine Form der Verkleidung.«

Tim kam herüber und küßte die Braut aufs herzlichste.

»Du siehst schöner aus als je, Jenny«, sagte er, »ich hoffe, du hast das Bücherlesen nicht ganz aufgesteckt?«

»Es scheint, daß ich in der letzten Zeit wenig dazu gekommen bin, Timothy, aber ich habe es jedenfalls nie bereut. Hoffentlich schickt man dich nicht irgendwohin, wo es gefährlich ist.«

»Nicht sehr wahrscheinlich.«

»Wir müssen jetzt gehen, Liebling«, sagte Fred, »das Taxi ist hier. Wollen wir hinaufgehen und uns von Mutter verabschieden?«

Die gute Alte saß im Bett, auf mehrere Kissen gestützt, und hatte eine von diesen lächerlichen Nachtmützen aus Spitzen auf. Sie lächelte matt und sauer.

»Es tut mir leid, daß ich ein solcher Spielverderber bin, liebe Kinder; es war für mich alles ein ziemlicher Schlag, und die Menge da unten hätte ich nicht ertragen können.«

»Aber Mutter, du tust ja so, als kämst du gerade von meiner Beerdigung!«

»Um Gottes willen, Frederick! Solche Sachen solltest du nicht sagen, noch nicht einmal im Spaß!«

»Also dann auf Wiedersehen, Mutter; und wir werden dich sehr bald besuchen. Vergiß nicht, daß wir sehr nahe sind.«

»Ich finde, du bist sehr tapfer gewesen, Fred, um meinetwillen. Sie wird schon bald darüber hinwegkommen, wenn sie erst einmal sieht, daß wir glücklich zusammen sind.«

Wir sprangen ins Taxi und nahmen dann schließlich noch Betsy und ihre Familie mit zum Bahnhof. Und dann fuhren wir alle zusammen bis nach Bath. Es war schon dunkel, als wir zu unserer Wohnung hinaufstiegen, aber innen war es hübsch und gemütlich. Zwei rote Armsessel standen vor einem großen Feuer.

»Fred, du denkst wirklich an alles. Wie hast du das bloß gemacht?«

»Wir haben eine sehr nette Hilfe – gehört zur Wohnung – hat sich gefreut, alles für die Flitterwochen vorbereiten zu können. Komm, sieh dir mal das Schlafzimmer an.«

Das Schlafzimmer war weiß und pastellblau, ziemlich kitschig. Anständiges Doppelbett, die Querbalken mit blauer Atlasseide überzogen. (Aha – wieder kalte Füße!)

»Mrs. Clark hat uns ein kaltes Abendessen bereitgestellt; die Suppe können wir uns aufwärmen. Wir brauchen also nicht auszugehen«, sagte Fred.

»Fein. Es sah so aus, als würde es bald schneien. Wie schön, endlich allein zu sein.«

»Ich freue mich, daß du es so empfindest, Liebling.« Er legte seine Arme um mich.

»Ist dieser Brief für dich?« fragte ich; und lugte über seine Schulter auf einen Tisch hinter ihm.

Er hob ihn auf.

»Für dich«, sagte er, »von der Admiralität an unsere Adresse nachgeschickt.«

Ich sah auf den Absender. »Mrs. Higgins. Was sie mir wohl zu sagen hat? Ausgerechnet zu meiner Hochzeitsnacht!« Aber ich hätte es wissen sollen. Ich las:

Liebe gnädige Frau, ich möchte Ihnen hiermit zu Ihrer neuen Hochzeit alles Gute wünschen. Ich nehme an, wenn Sie den Brief lesen, hat selbige bereits stattgefunden.

Das Haus ist noch nicht zerbombt. Ich gehe jeden Morgen hin um nachzusehen und werde wieder schreiben, wenn es ist. Wie war ich erstaunt, als ich heute morgen hinkam und Mr. Jack in Ihrem Bett schlief. Es ist gut, daß Mylady weg ist. Scheinbar hat er noch den Schlüssel. Er fragte nach Ihnen, und ich war glücklich, ihm die schöne Neuigkeit Ihrer Hochzeit sagen zu können. Er fragte, was für ein Mann der Fregattenkapitän ist, und ich habe es ihm gesagt. Nicht gut genug für sie, Mrs. Higgins, sagt Mr. Jack, und ich war auch der Meinung. Irgendwie kann ich mir das gar nicht vorstellen, sagt er. Er sagt, er läßt Sie vielmals grüßen, wenn ich Ihnen schreibe, und ich soll Ihnen bestellen, daß er seine Tante in Bath sehr bald besuchen will und dann auch zu Ihnen kommt. Sam spielt mit dem Tintenfaß und daher beschließe ich mit den besten Wünschen,

Ihre Ellen Higgins.

Ich fühlte mein Herz durch den ganzen Körper rasen; und mit einem dumpfen Schlag setzte es sich wieder an den rechten Fleck.

Es war wirklich scheußlich von Jack, immer dann hereinzubrechen und mich durcheinanderzubringen, wenn ich gerade einmal zu Ruhe und Frieden gelangen sollte.

»Sie sagt, mein Haus steht noch«, sagte ich und warf den Brief ins Feuer.

»Es scheint kaum der Mühe wert, deshalb zu schreiben.«

»Na ja, eigentlich hat sie nur geschrieben, um uns Glück zu wünschen. Gibt es hier irgend etwas zu trinken?«

»Und ob! Was möchtest du?«

»Einen großen Gin. Es war doch ein anstrengender Tag. Ich hatte bis zum letzten Augenblick Angst, deine Mutter würde sich weigern und überhaupt nicht in Erscheinung treten.«

Bei dem Gedanken, daß Jack kommen würde, wurden mir die Knie weich, und ich setzte mich ziemlich hastig hin.

Aber er kam nicht sofort. Fast hatte ich schon die Hoffnung aufgegeben. Am Morgen meines Geburtstages, am vierzehnten Februar, stieg Fred aus dem Bett, reckte sich und sagte: »Wie furchtbar! Ich bin diensthabender Offizier heute nacht. Wir wollen in der Stadt zu Abend essen, und dann muß ich von neun Uhr abends bis neun Uhr morgens im Büro bleiben und habe nur eins von diesen furchtbaren Feldbetten.«

»Schade«, sagte ich, »ausgerechnet an meinem Geburtstag. Wie rücksichtslos!«

Geburtstage sind niederdrückend, wenn man über dreißig ist. Ziellos schlenderte ich durch die Wohnung. Mrs. Clark war sehr gründlich; Staub zu wischen brauchte ich nicht. Ich fing an, ein Paar Socken zu stopfen, und bevor ich mich versah, war ich – aus keinem ersichtlichen Grund – in Tränen ausgebrochen. Geschah mir ganz recht: weshalb regte ich mich auch umsonst so auf über Jack. Am Nachmittag ging ich ins Kino, um den Tag hinzubringen.

Um sieben Uhr, gerade als ich weggehen wollte, um mich mit Fred zu treffen, rief er an. Zuerst dachte ich – und das hätte gerade noch gefehlt –, daß nun auch das Abendessen ins Wasser fiele, aber es stellte sich heraus, daß er sich mit irgendeinem jungen Mann im Büro angefreundet hatte und ihn mitbringen wollte. Ich sagte natürlich ja und ging noch einmal zurück und nahm noch einen Hauch »Amour propre« – für alle Fälle.

Nach der Verdunkelung auf den Straßen erschien das Hotel festlich beleuchtet. Ich trat in die Halle, blinzelte ein bißchen, und dann sah ich Fred auf einem Barhocker. Er unterhielt sich mit einem dunkelhaarigen Fliegeroffizier. Es gab keinen Zweifel darüber, wem dieser Hinterkopf gehörte. Ich drehte mich auf dem

Absatz um und verschwand wieder im Dunkel. Draußen lehnte ich mich an die Mauer und versuchte, mir Mut zu machen. Ich spürte, wie ich in komischen kurzen Stößen atmete, als wäre ich mehrere Kilometer weit gerannt. Ich wartete, bis mein Atem sich etwas beruhigt hatte, und wagte den zweiten Auftritt. Ich schlenderte auf die beiden zu und gab Fred die Hand.

»Guten Abend, Liebling«, sagte ich, »komm' ich zu spät?«

»Aber nein. Hier ist der junge Mann, von dem ich dir erzählt habe. Er sagte, er ist allein und würde sich freuen, mit uns zu essen. Jack, das ist Jenny.«

Ich wandte mich ihm zu mit einem gefrorenen Lächeln. In Uniform sah er noch besser aus als sonst, und er wußte es genau, das Scheusal.

Er sprang auf und hob mich auf seinen Hocker, bevor ich einen Ton hervorbringen konnte.

»Ich bin entzückt, Sie kennenzulernen, Mrs. Foster«, sagte er.

»Sind Sie aus den Vereinigten Staaten?« fragte ich. »Sie haben so einen interessanten Akzent.«

»Ich bin Fluglehrer in Kanada und nur zu einem Schnellkurs nach Hause gekommen.«

»Und was machen Sie in Bath, wenn ich fragen darf?«

»Ich wollte nur ein paar enge Beziehungen wieder anknüpfen. – Ich habe nämlich gerade ein paar Tage Urlaub – und außerdem hatte ich eine kleine Angelegenheit mit dem Fregattenkapitän zu regeln.«

»Was möchtest du trinken, Liebling?« fragte Fred.

»Gin und Orangensaft, bitte. Wie war's im Büro?«

»Wie immer. Und dann kam dieser junge Mann herein und hat mich noch eine Stunde lang aufgehalten mit seinen geheimen Angelegenheiten.«

»In London sagte man mir, Ihr Herr Gemahl wäre der rechte Mann für diese besondere Frage«, erklärte Jack hochtrabend.

Fred sah sehr selbstzufrieden drein, und ich war genauso klug wie vorher.

»Komisch«, fuhr Jack fort, »als ich vorhin zufällig in den Spiegel der Bar schaute, sah ich Sie schon einmal hereinkommen. Natürlich ahnte ich nicht, daß Sie Mrs. Foster sind, aber ich habe genau bemerkt, daß Sie eintraten; und dann gingen Sie sofort wieder hinaus, und nach ein paar Minuten kamen Sie wieder zurück. Was hatten Sie vor?« Ich hätte wissen müssen, Jack würde auch nicht die kleinste Einzelheit entgehen.

»Ich hatte einen Handschuh verloren«, sagte ich. »Wo wohnen Sie in Bath?«

»In diesem Hotel. – Das einzige, wo ich ein Bett bekommen konnte.«

»Das war auch wohl eine Augenblickslaune, nach Bath zu kommen?«

»Keineswegs. Ich habe das Zimmer schon vor vierzehn Tagen bestellt. Ich tue immer gern etwas Nettes am St. Valentinstag.«

»Außerdem ist es mein Geburtstag.«

»Ich weiß. – Ich meine, Ihr Herr Gemahl hat mir gerade erzählt, daß wir heute abend Ihren Geburtstag feiern. Auf Ihr Wohl!« Er trank sein Glas leer.

»Vielleicht sollten wir jetzt lieber essen, bevor es nichts mehr gibt als Kabeljau«, sagte Fred.

Bei Tisch saß Fred rechts von mir und so etwas wie eine Lähmung zu meiner Linken. Vielleicht könnte ich durch den Abend kommen, ohne eine Dummheit zu machen, wenn ich mir dauernd einredete, ich hätte Jack soeben kennengelernt. Ich bin einunddreißig, sagte ich zu mir. Also näher den Vierzig als den Zwanzig, ich bin kein dummes kleines Mädchen mehr. Ich sollte wirklich nicht soviel für einen Mann übrig haben, den ich schon viel zu gut und viel zu lange kenne.

Aber wie ich es auch anstellte, das Huhn blieb mir im Hals stecken.

Fred war sehr fröhlich und bestellte eine Flasche Wein. Beide tranken mir zu. Fred auf meine Gesundheit, Jack auf meine schönen Augen. Wir waren alle drei die besten Freunde.

»Um Gottes willen!« Fred sprang auf. »Zehn Minuten vor neun. Muß ins Büro. Hier das Geld für die Rechnung, Liebling. Laß Jack auf keinen Fall auch nur einen Pfennig bezahlen. Jack, Sie würden mir einen großen Gefallen tun, wenn Sie die kleine Frau nach Hause begleiteten. Habe leider selbst keine Zeit. Muß die Nacht über im Büro bleiben.«

»Mit Freuden, Sir. Es war ein so vergnüglicher Abend. Ich bin Ihnen – und auch Mrs. Foster – sehr dankbar.«

»Schon gut, mein Junge, freut mich, Sie kennengelernt zu haben. Besuchen Sie uns mal, wenn Sie noch länger bleiben. Jenny wird Ihnen die Telefonnummer geben. Ich muß fliegen.«

Ich saß da und starrte auf die beiden Pfundnoten, die er mir in die Hand gedrückt hatte.

»Ich mach' das schon«, sagte Jack. »Lauf, hol' deinen Mantel.«

Blitzschnell überlegte ich; wenn ich mich bei der Garderobe nicht lange aufhalte, kann ich draußen sein, bevor er die Rechnung bezahlt hat, und ehe er seinen Mantel angezogen hat, bin ich in der Dunkelheit verschwunden wie damals. In drei Minuten huschte ich hinaus, aber Jack stand schon da und wartete auf mich. Er grinste.

»Dachte ich's mir doch, daß Sie still und unauffällig verschwinden wollten, Mrs. Foster. Aber diesmal ist es nicht so leicht.« Er nahm meinen Arm und drückte ihn fest an sich. Ich konnte vor Wut kaum sprechen. Und so ging es flott hügelaufwärts; bald war ich ganz außer Atem, weil ich versuchte, mit seinen langen Beinen Schritt zu halten.

»Um Gottes willen, Jack, ich bin doch kein Expreßzug!«

»Na, ich weiß nicht so recht. Für ein weibliches Wesen hast du ein ganz hübsches Tempo.«

»Das ist nicht wahr. Ich lasse mir zwischen den Ehen immer viel Zeit, wenn du *darauf* anspielst. Drei in einunddreißig Jahren sind nicht viel.«

»Einunddreißig, sagst du? Ich hatte vergessen, mitzuzählen. Ich bin inzwischen fünfunddreißig.«

»Ich weiß.«

»Woher?«

»Ich habe mitgezählt. Übrigens, du bist ja inzwischen wohl mit Miß Castello verheiratet?«

»Natürlich nicht.«

»Warum natürlich? Du sagtest ausdrücklich, du seiest mit ihr verlobt; ich heirate immer die Leute, mit denen ich verlobt bin. – Oder fast immer.«

»Achtung! Beinahe wärest du gegen die Straßenlaterne gelaufen. Du brauchst dich doch nicht gleich so aufzuregen und gegen alles anzurennen.«

»Ich rege mich nicht auf. Ich bin ganz vernünftig.«

»Übrigens: was ist eigentlich mit meinen Bildern? Ich habe im ganzen Hause nachgesehen, aber kein einziges gefunden.«

»Sie sind alle auf meinem Gut in Wales.«

»So so. Und deinen Nerz und die anderen Wertgegenstände hast du sicher in deinem Fasanenmoor in Schottland?«

»Sei nicht so schäbig. Kann ich dafür, daß ich reich bin?«

»Und ob! Vor neun oder zehn Jahren hättest du es noch leicht vermeiden können.«

»Gut: du mußt mich also als das schlichte, kleine reiche Mädchen nehmen, das ich jetzt bin. War dir übrigens oft ganz angenehm.«

»Red' keinen Unsinn. Sag' mal: wie lange geht es hier eigentlich noch bergauf?«

»Bis zum nächsten Haus rechts. – Oh, Jack!«

»Was?«

»Wie töricht, über nichts zu streiten, findest du nicht?«

»Oh, wir zanken uns ja nicht über ›nichts‹. Hier geht's um Grundsätzliches. – Außerdem streiten wir uns doch immer.«

»Das stimmt. Hier wohne ich. Vielen Dank für deine Begleitung. Einesteils war es nett, dich mal wiederzusehen.« Auf der obersten Stufe wandte ich mich entschlossen um. Er nahm überhaupt keine Notiz davon, sondern fragte nur: »Wo ist der Schlüssel?« Ich gab ihm den Schlüssel, er öffnete die Tür und schob mich einfach hinein.

»Eigentlich könntest du mir für meine Dienste etwas zu trinken anbieten.«

Schweigend ging ich ihm voran, die Treppe hinauf. Ich hatte das Feuer im Wohnzimmer schon angelegt, und Jack erweckte es im Nu zum Leben. Ich holte die Flasche und zwei Gläser und stellte sie auf den kleinen Tisch vor das Feuer. Aber ich werde mich hüten – sagte ich zu mir selbst –, etwa ein atemberaubendes Negligé anzuziehen oder leise Tanzmusik anzustellen oder der Romanze nachzuhelfen. Ich setzte mich abweisend in einen von den roten Sesseln und ließ das Sofa ganz offensichtlich leer. Jack nahm sich den roten Sessel an der anderen Seite des Kamins und schenkte sich einen Whisky ein. Er drehte die Leselampe ab und lehnte sich zurück. »Das ist wirklich hübsch hier. Bloß du und ich und das Feuer; ganz wie in alter Zeit. Eigentlich müßte es einen Schlager geben, der so heißt: ›Ich und meine alten Flammen‹; – das würde gut zu uns passen.«

Ich antwortete nichts, weil mir einfach nichts einfiel, und außerdem tat Jack jetzt sein möglichstes, mich zu quälen, und ich hatte genug damit zu tun, das Zittern meiner Hände zu verbergen.

»Liebling, du bist so still. Dumme Gedanken?«

»Du weißt ganz gut, daß mein Kopf nicht ausreicht, um irgendwelche Gedanken zu hegen.«

Das überging Jack. Er sagte statt dessen: »Wie oft habe ich drüben in der großen weiten Prärie davon geträumt, so mit dir am eigenen Herd zu sitzen ...«

»Du willst mir doch nicht etwa erzählen, du wohntest in der großen weiten Prärie!«

»Natürlich nicht. Ich wohne in einer großen modernen Stadt in einem schönen Haus zusammen mit sechs anderen Junggesellen. Und eine Schar hübscher junger Mädchen in Uniform bedient uns von Kopf bis Fuß.«

»Was für ein reizendes Bild! Ich bin so beruhigt, daß du ganz außer Gefahr bist, glücklich und wohlgenährt, und in keiner Weise unter diesem schrecklichen Krieg zu leiden hast.«

»Ja, es ist wirklich sehr angenehm, nicht wahr? Aber, Gott sei Dank, scheint es dir ja auch sehr gut zu gehen.«

»O ja. Ich bin wirklich die glücklichste Frau in ganz England. Ein reizvoller Ehemann, eine schöne Wohnung an einem sicheren Ort. Alles, was man sich nur wünschen kann.«

Ich schlug die Augen nieder, damit sie mich nicht verrieten. Wenn ich ihn ansähe, würde er sogar beim Feuerschein merken, daß mich die Liebe zu ihm verzehrte.

»Komisch, daß es eben doch nicht genügt«, sagte er.

»Wer sagt denn, daß es nicht genügt?«

»Ich.« Er stellte seinen Whisky hin und stand auf. »Wenn es nämlich genügen würde, dann würdest du nicht immer wieder ganz von allein in meine Arme kommen.« Und so war es auch; bevor ich mich versah, lag mein Kopf an seinem Herzen, und ich fühlte mich wieder ganz geborgen. Das Seltsame war, daß sein Herz genauso heftig und laut klopfte wie meines.

»O Wren, mein Liebling«, sagte er in mein Haar.

»Du darfst mich nicht mehr so nennen«, sagte ich, »ich bin jetzt die Frau eines Marineoffiziers.«

»Ich nenne dich, wie es mir behagt, verstanden? Du weißt genau, daß du mir gehörst, wen du dir auch zum Gemahl aussuchen magst.«

»Ja, ich fürchte, ich habe dir schon vor langer Zeit meine Seele verkauft.«

»Es ist nur schade«, sagte er, »daß der Körper nicht für immer mit dazu gehört. Obwohl ich es zu schätzen weiß, daß du stets auf mich wartest. Deine Ehemänner stören mich doch eigentlich erstaunlich wenig. Wo schläfst du mit dem augenblicklichen?«

»Das Schlafzimmer ist hier nebenan. Möchtest du es sehen?«

»Na, was meinst du?«

»Ich meine, daß du sehr wenig Rücksicht auf meine Ehemänner nimmst.«

»Und sie etwa auf mich?«

»Warum sollten sie auch?«

»Sie sind mir eigentlich zu großem Dank verpflichtet. Ich habe dir im Laufe der Jahre eine ganze Menge beigebracht. Wirklich, du bist auch eine entzückende Schülerin.« Ich wand mich leise aus seinen Armen.

»Können wir nicht von etwas anderem reden? Manchmal finde ich, du hast wirklich keinen Takt.«

»Aber Liebling! Das ist doch gerade das große Band zwischen uns: Mangel an Takt.«

»Ich glaube, du gehst jetzt lieber.«

»Glaubst du?« Ich starrte ihn über das Sofa an, aber er lachte nur.

»Wirklich, ich vergöttere dich, wenn du dich so ärgerst; aber natürlich« – er hob mich auf – »ich vergöttere dich auch, wenn du glücklich bist. Ich würde dich auch vergöttern, wenn du schieltest, oder wenn du fett wärest – allerdings«, sprach er weiter, »es ist vielleicht besser, daß du klein und schlank bist – viel handlicher.« Seine Lippen legten sich auf meine, und ich konnte nicht mehr antworten.

»Sagtest du nicht: diese Tür?«, und er trug mich ins Schlafzimmer.

Fred rief am Morgen um zehn aus dem Büro an.

»Gut geschlafen, Liebling?« fragte er.

»Ja, danke«, log ich. »Wie war das Feldbett?«

»Viel zu kurz; ich werde heute früher nach Hause kommen, um mich von gestern zu erholen.«

»Jack hat angerufen. Er wollte mit mir in Pumps Restaurant essen gehen. Hast du etwas dagegen?«

»Nein, Liebling. Bring ihn zum Abendessen mit, wenn genug da ist. Hat mir sehr gefallen. Ich finde, das ist ein intelligenter junger Mann.«

»Ja, er ist ganz amüsant.«

»Also, muß aufhören. – Menge Zeug zu erledigen.«

»Also dann – auf heute abend, Liebling.«

Jack lag auf dem Sofa, die Füße auf der Lehne. »Ich freu' mich, daß du mich ganz amüsant findest, Liebling. Du gibst nicht oft etwas preis.«

»Das habe ich auch von dir gelernt.«

»Was?«

»Nichts preiszugeben.« Ich setzte mich auf die Sofalehne, stützte meine Ellbogen auf die Knie, den Kopf in die Hände, und rückte meine Füße neben seine.

»Bleib mal einen Augenblick so sitzen, Liebling, ich muß dich zeichnen.« Der Augenblick dehnte sich zu einer halben Stunde. Meine Zehen schliefen ein.

»Ich kann nicht mehr«, sagte ich, »ist es nicht genug für jetzt«?

Er signierte das Blatt mit Schwung und legte es auf den Kaminsims. »Das lasse ich hier für Fred. Eine kleine memoria noctis.« Es war hübsch. Mit Bleistift und Farbe ist Jack immer gütig zu mir, so barsch er auch oft zu mir spricht. Ich küßte ihn.

»Ich danke dir, Liebling«, sagte ich, »daß du so nett bist, die Fältchen zu übersehen.« Er strich mir sanft mit dem Zeigefinger über die Stirn.

»Ich spüre auch gar keine«, sagte er, »es ist wirklich erstaunlich. Du mußt dir doch über vieles Sorgen gemacht haben. So, wenn du magst, leg dich doch mal auf das Sofa – ich setz' mich hier hin und versuche es aus dieser Ecke. Wie wär's mit einer Aktstudie?«

»Nein«, erwiderte ich fest, »es ist nicht die richtige Jahreszeit für Akte.« Ich legte mich gemütlich hin, die Füße zum Feuer, und schlief ein. Jack weckte mich um halb eins mit einem Kuß.

»Komm, meine Prinzessin. Zeit zum Mittagessen. Du willst mir doch Pumps Restaurant zeigen.«

Schläfrig schlang ich meine Arme um seinen Hals: »Du darfst mich nie mehr verlassen«, sagte ich.

»Ich ...«, erwiderte er. »Du verläßt mich doch immer, wie du dich vielleicht erinnerst.«

»Wirklich?« Langsam wurde ich wach: »Aber ich will es doch gar nicht.«

»Es gelingt dir aber jedenfalls immer sehr gut. Du bist ja nie zufrieden, bis du nicht Länder und Erdteile und ganze Meere zwischen uns gebracht hast.«

»So. Und was ist mit dem Ozean und dir?«

»Da hat mich die Regierung Seiner Majestät hingesandt. Das ist was anderes.«

»Warum? Du hättest dich ja nicht freiwillig zu melden brauchen.«

»Dann wäre ich früher oder später eingezogen worden.«

»Vielleicht werde ich auch bald eingezogen.«

»Kann sein. In der Uniform der weiblichen Marine würdest du reizend aussehen. Allerdings dürftest du in der Marine nicht zum Offizier avancieren. Die Mützen der weiblichen Offiziere sind nicht halb so hübsch.«

»Wann fährst du nach Kanada zurück, Jack?«

»Nächste Woche. Wollen wir nicht dieses Wochenende zusammen nach London fahren?«

»Wie soll ich das anfangen? Ich bin schließlich erst vierzehn Tage verheiratet.«

»Ach so, ja, das habe ich vergessen. Du benimmst dich nicht, als seist du noch in den Flitterwochen. Könntest du nicht Verwandte besuchen wollen?«

»Aber Fred weiß doch, daß ich in London keine Verwandten außer Tante May habe. Und warum sollte ich plötzlich Tante May besuchen?«

»Das ist allerdings etwas schwierig. Warum hast du Fred nicht schon letztes Jahr geheiratet?«

»Er hat mir keinen Antrag gemacht; das heißt, da hab' ich ihn überhaupt noch nicht gekannt; und außerdem war ich damals noch mit Léon-Jacques verlobt.«

»Léon-Jacques? Von dem habe ich ja überhaupt noch nicht gehört. Was für ein Bettgenosse war denn *das*?«

»Überhaupt keiner. Ich meine, ich war nur verlobt mit ihm. Er war ein Franzose. Aber ein Bettgenosse war er trotzdem nicht.«

»Na, hör mal – das kannst du *mir* doch nicht erzählen!«

»Du hast eben einfach kein Vertrauen zu mir. Du bist der einzige Bettgenosse, mit dem ich *nicht* verheiratet war – außer Lancelot, und der war überhaupt ein Sonderfall.«

»Du lieber Himmel! Jennifer hütet die Heiligkeit der Ehe; eine hübsche neue Rolle für dich. Ich kann mich nicht erinnern, je von Lancelot gehört zu haben, aber wir wollen uns jetzt nicht mit ihm befassen. Warum genieße ich eigentlich den Vorzug, dich mit deinen Ehemännern teilen zu dürfen?« Er kniete noch immer auf dem Fußboden neben mir, seine Arme um mich geschlungen.

»Wahrscheinlich, weil du immer zufällig gerade da bist«, sagte ich.

»Womit du meinst, daß ich treu bin?«

»Du?« fragte ich. Er hob mein Gesicht hoch, um in meine Augen zu schauen, die alles verrieten.

»Ich bin so treu wie du. Nicht mehr und nicht weniger. Bist du damit zufrieden?«

»Muß ich ja wohl, wie gewöhnlich. Komisch, wie wir umeinander herumlaufen, wie ein Löwenpaar.«

»Ich fände es besser, wie legten uns hin, wie der Löwe mit dem Lamm. Wie wär's, wenn wir auf das Mittagessen verzichteten?«

»Nein!« sagte ich und sprang schnell auf, bevor ich Zeit hatte, schwach zu werden.

»Wie scheußlich dieses Zeug schmeckt«, sagte Jack mit einer Stimme, die durch den ganzen »Pump Room« tönte, und hob sein Glas Wasser zum Licht. »Trinkst du das Zeug oft?«

»Ich habe es bisher noch nie versucht, aber es soll sehr wirksam sein.«

»Wirksam? Gegen was?«

»Alles mögliche – Gicht und so weiter.«

»Ich habe keine Gicht. Alles, was ich brauche, ist ein Gegengift gegen die Liebe.«

»Meerwasser soll sehr gut dagegen sein«, sagte ich.

»Du mußt es ja wissen. Komm, gehen wir irgendwo Tee trinken.«

Wir schlenderten hinüber zu Forte's und warteten lange auf Tee und Toast. Es war schön, im Warmen zu sitzen.

»Ich wollte, es wäre Sommer«, sagte Jack, »und wir könnten was Hübsches tun, irgendwohin fahren, wohin man eben von hier aus fährt.«

»Und woher nähmen wir ein Auto?«

»Was für eine Frage! Es wird doch wohl Autos zu mieten geben. Mit all deinem Geld müßte es doch ganz leicht sein.«

»Ja, es ist wirklich nicht sehr romantisch, hier zu sitzen, umringt von würdigen Ehefrauen, mit der Aussicht auf schmutzige Tassen von anderen Leuten und Kuchen, der nach Pappe schmeckt.« Jack griff nach meiner Hand unter dem Tischtuch.

»Wenn du das tust, komm' ich mir so dumm vor«, sagte ich. »Als ob ich zwanzig wäre.«

»Ich bin froh, daß du es nicht mehr bist. Du bist jetzt schöner als damals. Ich habe ganz recht daran getan, auf dich zu setzen. Man sagt ja auch immer, die Erfahrung macht eine Frau anziehend.«

Ich zog meine Hand zurück.

»Jack, willst du schon wieder häßlich über meine Ehemänner reden? Ich erwähne ja schließlich deine Freundinnen auch nicht dauernd.«

»Das kannst du auch nicht. Du hast ja nur eine von ihnen gesehen, und ich selbst bin taktvoll genug, sie nicht zu erwähnen, wenn wir zusammen sind.«

»Ja, das stimmt. Du sagst eigentlich niemals: ›Ruby hat viel braunere Augen als du‹, oder ›du solltest mal sehen, wie Sally mich küßt‹ –.« Eine müde dicke Kellnerin erschien und lud den Tee ab. Ich schenkte ein und biß in ein ziemlich trockenes Stück Toast.

»Wirst du mir schreiben?« fragte Jack.

»Warum, Liebling? Dort drüben hast du doch wahrscheinlich ganz andere Gedanken im Kopf?«

»Das ist anzunehmen, aber es wird mich wahrscheinlich nicht daran hindern, ab und zu stirnrunzelnd darüber nachzudenken, was du wohl machst.«

»Wann wirst du wohl zurückkommen?«

»Wohl erst in ein paar Jahren.«

»Schade.«

Ich sah auf meine Uhr.

»Ich glaube, wir müssen zurück, weil Fred nämlich heute früher kommt.«

»Jenny – ich komme nicht mit zum Abendessen.«

»Warum nicht?«

»Ich möchte nicht zu Freds Solo die zweite Geige spielen. Ich habe beschlossen, heute abend nach London zurückzufahren.«

»Oh, Jack, du meinst, daß wir uns jetzt trennen müssen?«

»Ich werde dich nach Hause bringen.«

Was sollte ich noch sagen? Jack schaute plötzlich sonderbar traurig aus. Ich zog meine Handschuhe an, und wir traten hinaus auf die verdunkelte Straße. Wir gingen etwas voneinander entfernt, als fürchteten wir jede Berührung. Ich jedenfalls hatte Angst davor. Ich dachte, ich würde zusammenbrechen und ihn anflehen, mich mitzunehmen.

Am Fuß der Treppe zog er mich an sich, und wir küßten uns, als sei er auf dem Weg zu seiner Hinrichtung. »Ich liebe dich so«, sagte er, und dann war er im Dunkel verschwunden, und ich stolperte die Treppe hinauf wie eine Wahnsinnige. Tränen strömten mir übers Gesicht.

Gott sei Dank war ich vor Fred zu Hause und hatte Zeit, mich zu erholen und mein Gesicht zu waschen. Trotzdem begrüßte er mich mit: »Guten Abend, Liebling, du siehst aus, als ob du eine Erkältung bekämst.«

»Ich habe sie schon«, sagte ich und putzte mir die Nase.

»Wo ist Jack?« fragte er.

»Leider konnte er nicht bleiben. Er läßt dich herzlich grüßen. Ich habe ihm die Stadt gezeigt, und wir haben bei Forte's Tee getrunken.«

»Was gibt's zum Abendessen? Ich bin hungrig.«

»Liebling, sei nicht böse. Es gibt nur Konserven. Ich bin den ganzen Tag zu nichts gekommen.« Ich eilte in die Küche und bereitete mit viel Lärm das Abendbrot.

Und so lebten wir ruhig weiter in Bath. Oder zumindest: *fast* immer ruhig, denn der Sommer brachte die beiden sehr unruhigen Nächte. Jack schrieb natürlich nicht, und so unterließ ich es natürlich auch.

Im Herbst 1942 wurde Fred wieder zur See beordert. Er bedauerte es meinetwegen, aber er war ein zu guter Marineoffizier, als daß es ihm für sich selbst leid getan hätte. Es war eine große Erleichterung für mich.

»Möchtest du nach London zurück, Liebling?« fragte er.

»Nein, ich glaube, ich bleibe hier. Ich mag die Wohnung gern. Und Betsy besucht mich oft. Oder ist es schwieriger, hierher zu kommen, wenn du Urlaub hast?«

»Das glaube ich nicht. – Weiß natürlich nicht, wo man mich hinschickt.« Er blies sich auf und straffte die Augenbrauen. Gewiß sah er sich bereits auf der Kommandobrücke.

»Ich hoffe, du brauchst nichts als Shawls«, sagte ich; »ich kann nämlich nichts anderes stricken.«

»Shawls sind sehr nützlich. Ich werde alle tragen, die du strickst.«

»Na, Vorsicht! Das ist ein voreiliges Versprechen!«

Seine Mutter hatte noch immer nicht viel für mich übrig, daher fuhr er allein zu ihr, um sich von ihr zu verabschieden.

12. KAPITEL

Der Oberst

Anfangs war ich froh, allein zu sein. Fred hatte eine Art, mir dieselbe Geschichte zwei- oder dreimal an einem Abend zu erzählen, die mir auf die Nerven ging. Dazu sprach er im Schlaf barsche, abgehackte Kommandolaute, an imaginäre Untergebene gerichtet.

Aber nach ein paar Wochen begann ich, mich wieder nach Gesellschaft umzusehen. Die Auswahl war ziemlich groß. Mehrere von Freds jüngeren Kollegen schienen ängstlich darauf bedacht, das Gefühl der Vereinsamung in mir nicht aufkommen zu lassen. Neuerdings waren auch Amerikaner in der Gegend. Aber alle fielen mit solch gewöhnlicher Begeisterung über die Amerikaner her, daß ich es überhaupt nicht erst erwog, mich dieser Menge anzuschließen.

Endlich geriet ich an einen sehr wohlerzogenen Obersten, der als eine Art Verbindungsoffizier in Bath stationiert war. Ich hatte ihn ein- oder zweimal mit Fred getroffen, und er hatte mich immer mit einer ausgesuchten Höflichkeit behandelt, die noch gute alte Schule verriet, und das gefiel mir sehr gut.

Nur sein Schnurrbart beeinträchtigte etwas diesen Eindruck. Ich hatte mir schon ein paarmal überlegt, ob ich es ihm sagen sollte; aber er war offensichtlich so stolz darauf, daß ich es nicht übers Herz brachte, ihn zu bitten, sich ihn abschneiden zu lassen. Wahrscheinlich hätte er es sowieso nicht getan; denn sicherlich liebte er ihn mehr als mich. Dauernd strich er ihn sich glatt.

Zwischen dem Oberst und mir entspann sich eine ideale Freundschaft. Er führte mich zum Abendessen aus, wann immer ich Lust hatte, und wenn ich nicht mochte, rief er an oder schickte Blumen. Manchmal aß ich bei ihm in seiner Wohnung, aber jedesmal war ein junger Offizier als »Anstandsdame« dabei.

Der Oberst küßte mich gerne beim Gute-Nacht-Sagen, aber weitere Freiheiten nahm er sich nicht. Einmal sagte er seufzend zu mir: »Du mußt für uns beide stark bleiben.« Sein Schnurrbart zitterte von seinem leidenschaftlichen Atem. Ich seufzte ebenfalls und schob ihn sanft von mir. Es war alles sehr ergreifend. Ich glaube, er fand es schön, daß ich so unnahbar war. Er wäre traurig gewesen, wenn sich die Freundschaft zu einer einfachen Liebesgeschichte entwickelt hätte.

Bald nach Weihnachten fiel mir ein kleiner Mann auf, den ich immer wieder traf, wenn ich am Park entlangging. Ich mußte ihn einfach bemerken: er hatte ein vergnügtes braunes Gesicht und ein reizvolles Lächeln und war nicht viel größer als ich. Manchmal blinzelte er mir zu, wenn er vorbeiging. Eines Tages traf ich ihn sogar im Haus an; er kam die Treppe herunter, als ich hinaufging.

»Guten Tag«, sagte ich. »Wollten Sie zu mir?«

»Das gerade nicht«, sagte er, »aber ich hoffte natürlich, daß Sie auftauchen würden.«

»Kommen Sie herein und trinken Sie eine Tasse Tee mit mir«, sagte ich.

»Gerne.«

Ich ließ ihn in die Wohnung und ging in die Küche, um den Kessel aufzusetzen. Als ich zurückkam, hatte er seinen schäbigen Regenmantel ausgezogen und stand in einem flotten, braunen Anzug am Kamin. Es war beinahe aufregend, im Jahre 1943 jemanden in Zivil zu sehen. »Sind Sie auf Urlaub?« fragte ich.

»Ach wo! Bin unabkömmlich. Unseren Johnny wird das Militär nicht so schnell schnappen.«

»Wieso unabkömmlich?«

»Geheimagent – fresse alle Ihre Briefe.« Er nahm die Zeitung und begann, an ihr zu kauen.

»Das ist die heutige«, sagte ich. »Ich hole Ihnen eine alte, wenn Sie hungrig sind.«

»Ich bin nicht hungrig. Ich wollte Ihnen nur meine Künste zeigen.«

»Aber ernsthaft – was machen Sie wirklich?« drang ich in ihn.

»Ich bin Elektriker und habe ein sehr schwaches Herz.«

»Warum gehen Sie mir immer nach?«

»Man *muß* Ihnen ja nachgehen, wenn man Sie einmal gesehen hat. Ich habe hier in der Gegend oft zu tun, und da richte ich es gern so ein, daß ich Sie treffe. Übrigens: wie heißen Sie eigentlich?«

»Jenny – Jenny Foster im Augenblick, aber ich ändere meinen Namen öfters.«

»Warum? – – – Polizei?«

»Nein – Ehemänner.« Das Wasser kochte über, und ich lief hinaus, um den Tee zu bereiten. Als ich zurückkam, saß Johnny in Freds Sessel, die Füße am Ofengitter, und las die Zeitung.

»Ganz gemütliches Plätzchen haben Sie da«, sagte er. »Ist der da im Silberrahmen Ihr Freund?«

»Nein, mein Mann. Der Freund steht auf dem Kaminsims in einem Holzrahmen.«

»Was – dieses alte Walroß? Könnte ja Ihr Großvater sein!«

»Niemals. Er ist jünger als mein Mann. Der Schnurrbart entstellt ihn nur. Abgesehen davon ist er reizend. – Aber wie kommen Sie eigentlich dazu, hier hereinzuschneien und bei der ersten Tasse Tee sich abfällig über meinen Freund zu äußern?!«

»Na, nichts für ungut. Regen Sie sich nur nicht auf. Ich leide eben an unheilbarer Eifersucht.« Er lächelte mich verführerisch an und fügte hinzu, »ich fürchte, ich kann Tee nicht ohne mindestens zwei Löffel Zucker trinken.«

»Dann müssen Sie das nächste Mal Ihren eigenen Zucker mitbringen.«

»Freut mich zu erfahren, daß ich wiederkommen darf.«

»Sie sollten sich mal Ihren Dialekt entfernen lassen«, bemerkte ich. »Ich habe es auch getan. Es ist ganz schmerzlos. Und Ihrer ist gar nicht so schlimm; nur manchmal stolpern Sie darüber.«

»Und welche Heilmittel empfehlen Sie mir, Fräulein Lehrerin?«

»Ich weiß nicht. Bei mir half die Liebe.«

»Na gut; sagen wir, ich verliebe mich in Sie, und Sie heilen mich. Dann würde ich mich freuen.«

»Ich hatte schon gedacht, Sie würden es mir übelnehmen, wenn ich von Ihrem Dialekt spreche.« Ich war ganz enttäuscht.

Er lachte und ging zu einem fehlerlosen Oxford-Englisch über.

»Nein, wirklich, es macht mir sogar großen Spaß, daß Sie ihn erwähnt haben. Ein Zeichen, daß ich meine Rolle gut spiele. Wissen Sie, wir Geheimagenten müssen auch gute Schauspieler sein.«

Jetzt war ich wirklich ärgerlich.

»Sie sind gemein«, sagte ich, »ich hätte Ihnen niemals von meinem Dialekt erzählt, wenn ich nicht zwischen uns eine gewisse Seelenverwandtschaft vermutet hätte.«

»Aber Jenny, Jenny, die Verwandtschaft besteht ja auch. Wir haben ganz die gleichen Interessen.«

Argwöhnisch sah ich ihn an. Er lachte natürlich wieder. Ich lachte auch.

»Aus Ihnen werde ich nicht klug«, sagte ich. »Aber es macht Spaß, es zu versuchen.«

Er stand auf und kramte in seiner Manteltasche. »Wollen wir uns ein paar Kastanien rösten?« fragte er, und tatsächlich: er brachte eine ganze Tüte voll zum Vorschein.

»Sie müssen ein schönes Stück Geld dafür bezahlt haben!«

»Geld spielt keine Rolle, wenn es Ihnen, meine Dame, Vergnügen macht.« Er bückte sich und legte sie sorgfältig vor das Kamingitter.

»Erwarten Sie etwa Ihren Freund heute abend?« fragte er.

»Oh, nein. Er kommt nie hierher. Aber er wird wohl anrufen, um sich mit mir zu verabreden«, und tatsächlich, während ich noch sprach, läutete schon das Telefon. Als ich den Hörer abnahm, sagte Johnny: »Vergessen Sie nicht, ich habe Sie schon zum Abendessen eingeladen.«

Die Stimme des Obersten schallte nur so in mein Ohr. Ich hielt den Hörer ein wenig von mir entfernt, bis er fertig war. »Ich möchte heute lieber ruhig zu Hause bleiben, mein Lieber«, sagte ich. »Ich habe so viel zu flicken. Wie wär's dafür mit morgen abend?«

Eine der Kastanien platzte laut und sprang ins Zimmer.

»Um Gottes willen, was war das?« bellte der Oberst.

»Wohl irgend etwas in der Leitung. Also, dann morgen um sieben Uhr. Auf Wiedersehen, Schnurrbärtchen.«

Und dann machten wir beide noch grauenhafte Kußgeräusche ins Telefon. Ich möchte nicht wissen, was die Mädchen in seinem Büro sich dabei dachten. Ich ging zum Kamin zurück, und Johnny überreichte mir eine geröstete Kastanie.

»Seiner Stimme nach ist und bleibt er ein alter Trottel«, sagte er. »Könnte ich nicht seine Stelle einnehmen?«

»Sie haben lange nicht so gute Manieren.«

»Oder sagen wir: lange nicht soviel Geld. Ist irgend etwas in der Speisekammer? Ein Abendessen in dem Stil, den Sie offenbar gewöhnt sind, ist für mich unerschwinglich.«

»Ich habe eine Büchse Bohnen in Tomatensauce und zwei Scheiben Speck, wenn Ihnen das genügt?«

»Vollkommen. Oder sagen wir, wenn das alles ist, was Sie mir zu bieten haben, muß ich wohl damit zufrieden sein. Hier, noch eine Kastanie!«

»Kastanien machen sehr satt«, sagte ich. »Vielleicht brauchen wir sonst gar nichts?«

»Ich schon.« So aßen wir also zu Abend und sprachen über das Leben.

Um halb neun Uhr stand er auf, zog seinen Regenmantel wieder an, setzte einen ziemlich mitgenommenen Hut auf und ging zur Tür.

»Sie haben sicherlich nicht geglaubt, mich so einfach loszuwerden?«

»Ich habe ziemlich scharfe Zähne«, sagte ich. »Es macht mir gewöhnlich keine Schwierigkeiten, Leute loszuwerden.«

»Nun, dann schleifen Sie sie ein bißchen ab, und übermorgen

abend komme ich wieder. Ich schließe aus Ihrem Telefongespräch, der morgige Abend ist dem guten ›Schnurrbärtchen‹ gewidmet.«

»Wenn Sie mich nicht zum Essen einladen, müssen Sie Ihr Essen mitbringen. So gerne koche ich nun nicht, daß ich meine Zeit für völlig Fremde opfere.«

»Mehr als drei Minuten haben Sie für die Bohnen nicht gebraucht. Und außerdem bin ich bis dahin nicht mehr fremd. Sie werden inzwischen Zeit haben, um mich einzuordnen.«

Aber ich verschwendete nicht viel Zeit damit, ihn einzuordnen. Er amüsierte mich, und ich handle ja immer nach meinem Gefühl. Er hatte ein nettes Gesicht. Und Menschenkenntnis besaß ich nie.

Zu seinem nächsten Besuch zog ich ein warmes rotes Hauskleid an. Er kam herauf, aus dem Matsch und Schnee der Straßen.

»Ah – Ihr Anblick tut richtig gut. Macht einem heiß.«

»Ihr Mantel scheint nicht wasserdicht zu sein«, sagte ich. »Ihr Anzug ist ja ganz naß; können Sie sich denn keinen Wintermantel leisten, bei so einem Wetter?« Er zog seine Jacke aus und hängte sie zum Trocknen vors Feuer.

»Ja zur ersten Frage, und ja zur zweiten. Ich könnte mir einen Wintermantel leisten, aber es paßt nicht zu meiner Rolle.«

»Sie sind also immer noch Geheimagent?«

»Ganz recht. Habe wieder den ganzen Tag herumspioniert. Hat Ihr Marine-Gemahl Ihnen nichts zu trinken hinterlassen?«

Ich brachte ihm die Whisky-Flasche.

»Netter Kerl, Ihr Mann«, sagte Johnny. »Gefällt mir besser als der Freund. Halten Sie die ›Times‹?«

»Ja. Das heißt, Fred hielt sie, und ich habe sie nicht abbestellt.«

»Gut – dann raten wir jetzt mal das Kreuzworträtsel.« Ich holte die »Times« aus der Küche.

»Haben Sie einen Bleistift?« fragte ich.

»Natürlich habe ich einen. Kein guter Spion geht jemals ohne Bleistift. Kommen Sie, setzen Sie sich auf meine Knie.«

»Noch nicht«, sagte ich. »Haben Sie etwas zum Abendessen mitgebracht?«

»Fleischpastete in der einen Tasche, Kuchen in der anderen.«

Er deutete mit seinem Bleistift auf seinen Regenmantel, der langsam das Sofa durchnäßte. Ich hängte ihn über die Badewanne und nahm die schon etwas durchweichten Pakete heraus. Ich bereitete einen starken Kaffee dazu und stellte das Tablett neben Johnny. Er hatte schon das halbe Kreuzworträtsel geraten. Ich sah ihm über die Schulter.

»Wie Sie das machen!« sagte ich, »ich brauche gar nicht erst anzufangen.«

»Alles Gewohnheit«, sagte Johnny. »Mach' ich jeden Tag. – Ah – Fleischpastete! Was für eine köstliche Überraschung!« Er legte die Zeitung zusammen und griff nach Messer und Gabel.

Nach dem Essen sagte er plötzlich: »Haben Sie in dieser Wohnung immer heißes Wasser?«

»Natürlich. Im Badezimmer. Es ist ein ganz gewöhnlicher Gasbadeofen, aber es geht schneller damit als mit den meisten anderen.«

»Haben Sie etwas dagegen, wenn ich jetzt ein Bad nehme? In meiner Wohnung habe ich kein Badezimmer, und ich vermisse es sehr.«

»Gewiß«, sagte ich, »wenn das Ihrer Vorstellung eines glücklichen Abends entspricht, nur zu! Im Schrank finden Sie ein frisches Handtuch.«

Ich trug die Teller in die Küche und stellte sie ins Wasser, für Mrs. Clark, die am nächsten Nachmittag fällig war. Ich wusch nie ab, solange noch ein Teller übrig war.

Ich legte mich aufs Sofa und las »Die gute Hausfrau«.

Johnny blieb lange im Badezimmer. Er sang sehr laut und plantschte vergnügt herum. Was wohl die Leute in der unteren Wohnung denken würden? Ich mußte eingenickt sein, denn das nächste, was ich sah, war Johnny, der zwischen mir und dem Feuer stand, und zwar in einem von Freds alten Morgenröcken, die gewöhnlich an der Badezimmertür hingen.

»Sie fühlen sich anscheinend ganz zu Hause«, bemerkte ich. »Ich kann mir nicht denken, daß Fred sehr begeistert wäre, wenn er wüßte, daß Sie sich seine Sachen ausleihen.«

Johnny setzte sich aufs Sofa und legte meinen Kopf in seinen Schoß.

»Wir wollen jetzt nicht an Fred denken«, sagte er. »Erzählen Sie mir lieber etwas über sich. Sie sind zweifellos die bezauberndste Frau, die ich je getroffen habe.« Ich schloß meine Augen und fühlte mich eigentlich sehr wohl.

»Nein; erzählen Sie«, sagte ich, »Männer reden immer gern, und ich höre so gern zu.«

»Ich wurde in einem Londoner Slum als zehnter einer dreizehnköpfigen Familie geboren. Meine Mutter trank und schlug meinen Vater. Ich lief unbeaufsichtigt in London herum und geriet bald in die Untergrundbahn oder vielmehr Unterwelt – –.«

»Erzählen Sie lieber etwas, was besser zu Ihrem Oxforder Tonfall paßt.«

»Wie Sie wollen: – ich bin in Cambridge geboren, als einziges Kind harmloser, aber intelligenter Eltern aus dem Mittelstand. Sie waren beide Gelehrte und überließen mich dem Kindermädchen, das ein furchtbarer alter Drachen war – – –.«

»Stimmt immer noch nicht ganz.«

»Es ist aber wirklich schwierig, es Ihnen recht zu machen. Wie wär's hiermit: Mutter Schauspielerin, Jugend in Putney, Vater mehrmals verheiratet, und infolgedessen eine riesige Familie mit verschiedenen Kindern – – –?«

»Schon interessanter, aber unwahrscheinlich. Ich bin dreimal verheiratet gewesen, und schon das finden viele Leute sonderbar.«

»Warum? Mir kommt es ganz natürlich vor. Ich habe selten eine Frau getroffen, die man so gern heiraten würde wie Sie!«

»Kennen Sie viele Frauen?«

»In meinem Beruf lerne ich viele kennen.«

»Ich heirate immer die falschen Leute«, sagte ich düster.

»Das beweist gar nichts. Je mehr man Sie begehrt, um so eher können Sie den Falschen ergreifen – die Auswahl ist einfach zu groß.«

»Meinen Sie wirklich?« Es tat gut zu hören, es sei nicht mein Fehler, immer bei so langweiligen Männern wie Fred und Edward zu landen.

»Sind Sie verheiratet, Johnny?«

»Nein. Ich fand es immer unnötig«, sagte er und fing an, mich ganz zielbewußt zu streicheln.

Ich setzte mich auf. »Halt«, sagte ich. »Genug. Ich bin von Ihrer Lebensgeschichte nicht so hingerissen, um nicht zu merken, was mit mir geschieht.«

»Aber Jenny – – –.« Er war ganz beleidigt.

Plötzlich wurde ich richtig wütend auf den dummen kleinen Kerl. Ehemänner wie Edward und Fred, Freunde wie Schnurrbärtchen und diesen albernen Johnny – nichts als Trottel auf der ganzen Welt, und nichts, was einem Vergnügen macht. Mein Herz tat mir weh nach Jack.

»Müssen Sie nicht heim?« fragte ich gähnend.

»Nach dem heißen Bad? Soll ich mir den Tod holen? – Außerdem habe ich schon den letzten Autobus versäumt.«

»Das auch noch! Na gut; dann müssen Sie eben auf dem Sofa schlafen.« Ich holte ihm Decken.

»Gute Nacht. Angenehme Träume«, sagte ich zuckersüß, als ich mich ins Schlafzimmer einschloß. Das Sofa würde natürlich viel zu kurz für ihn sein.

Am nächsten Morgen wachte ich davon auf, daß er an meine Tür klopfte. Ich öffnete, und da stand er, mit einem Frühstückstablett. Ich strich mir das Haar aus dem Gesicht. Er hatte schon seinen schrecklichen Regenmantel angezogen.

»Sagen Sie mir bloß nicht, daß Sie schon so früh morgens mit dem Spionieren anfangen!« sagte ich, als ich ins Bett zurückkletterte.

»Es ist schon nach neun. Ich kann nicht so spät ins Büro gehen. Ich komme heute abend wieder«, antwortete er.

»Das werden Sie nicht. Heute abend gehe ich mit Schnurrbärtchen aus.«

»Dann werde ich oben auf der Treppe sitzen und warten, bis Sie nach Hause kommen.«

»Es ist eine Plage mit Ihnen. Tun Sie das nicht; es würde auffallen. Dann nehmen Sie schon lieber den Schlüssel aus meiner Handtasche. Ich habe noch einen.«

»Ganz wie Sie sagen, meine Schöne.« Er beugte sich zu mir und küßte mich auf den Scheitel. »Wie wär's damit, mich zu heiraten, sobald Sie wieder geschieden sind?« fragte er.

»Woher wissen Sie denn, daß ich mich wieder scheiden lasse?«

»Ich habe das so im Gefühl. Und das täuscht mich selten.«

»Sie können ja Ihren Antrag wiederholen, wenn ich frei bin, dann weiß ich jedenfalls, ob er ernst gemeint ist.«

Ich fing an, den Toast, den er mir gemacht hatte, mit Butter zu bestreichen. Er ging hinaus, kam aber noch einmal mit der Post zurück; ein Brief von Fred, der vom Mittelmeer erzählte, ein Briefkärtchen von Schnurrbärtchen – er schrieb, wie reizend doch unser letzter Abend gewesen sei, und daß ich den heutigen nicht vergessen solle – und seltsamerweise: ein Brief von Jack.

»Wollen Sie nicht auch den letzten öffnen?« fragte Johnny.

»Erst, wenn Sie weg sind«, sagte ich. »Er ist von dem Mann, den ich liebe.«

»Wer in aller Welt kann das sein? Ich dachte, ich wüßte inzwischen über alle Bescheid.«

»Sie sind wirklich neugierig«, sagte ich. »Ich sehe nicht ein, warum ich es Ihnen erzählen sollte. Er ist leider Tausende von Kilometern weit weg, also kann es Sie gar nicht interessieren.«

»Alles, was Sie angeht, ist für mich von größtem Interesse, und ich kann es nicht erwarten zu erfahren, wen Sie lieben.«

»Er heißt Jack, und er ist in der Royal Air Force. Sind Sie jetzt klüger?«

»Nicht viel. Aber so langsam bringe ich es schon zusammen.

Jetzt muß ich aber wirklich losziehen. Wir sehen uns heute nacht, Dornröschen.« Die Wohnungstür schlug krachend zu, und pfeifend ging er die Treppe hinunter. Offensichtlich lag ihm mein guter Ruf nicht sehr am Herzen.

Nachdenklich öffnete ich Jacks Brief. Ich rechnete mir aus, daß es jetzt zwei Jahre her waren, seitdem ich etwas von ihm gehört oder gesehen hatte; wahrscheinlich wollte er mir nur mitteilen, er hätte geheiratet. Ich wagte nicht zu hoffen, daß er wieder auf Urlaub komme; und daran tat ich gut, wie sich herausstellte.

Liebste meiner Geliebten – hast Du in letzter Zeit mal wieder irgend jemand Interessanten geheiratet? Verzeih, daß ich nicht schon früher geschrieben habe. Zu viel angenehme Ablenkung! Ich bin jetzt in Indien. Natürlich kann ich Dir nicht schreiben wo, aber ich habe mich hier in einem netten, sicheren Platz eingenistet und bleibe jetzt wohl den Krieg über hier. Kannst Du mir vielleicht ein paar gute Adressen in dieser Gegend geben? Ich habe letztes Jahr ziemlich viel gemalt und hoffe, daß ich genug zusammenbekomme, um auszustellen, sowie der Krieg zu Ende ist. Sobald Friede ist, lasse bitte meine Bilder sofort von Wales nach London bringen und harre weiterer Anweisungen. Was machen Deine Fältchen? Es würde mich sehr beruhigen zu erfahren, daß Du endlich widerstehlich geworden bist. Aber so, wie es jetzt ist, sehe ich unserem nächsten Zusammentreffen mit den üblichen gemischten Gefühlen von Freude und Verwirrung entgegen.

Bewahre ein warmes Plätzchen in Deinem übergroßen Herzen Deinem Dich liebenden alten Gespielen

Jack.

Bis zum Mittag hatte ich das letzte Tröpfchen Trost, das dieser scheußlichen kleinen Botschaft zu entlocken war, herausgepreßt und antwortete:

Liebster Skorpion – ich bin noch mit Fred verheiratet und vermute, daß er Dir näher ist als mir. Jedenfalls habe ich ihn seit einigen Monaten nicht mehr gesehen. Aber Gott sei Dank sind hier viele liebevolle Freunde von mir.

Wenn ich irgendwelche netten Adressen wüßte, würde ich sie Dir nicht geben; aber wenn Du in Tibet bist, könntest Du vielleicht Lancelot besuchen. Du findest ihn wohl jenseits der Schneegrenze in einem härenen Hemd.

Natürlich werde ich alles nur mögliche tun, um Deinen künstlerischen Erfolg zu fördern, aber hier gibt es noch keine Anzeichen von Frieden, außer den Amerikanern.

Paß weiter gut auf Dich auf.

Mit freundlichen Grüßen

Jenny.

Das versetzte mich für den Rest des Tages in Trübsinn. Ich schrieb Betsy und flehte sie an, übers Wochenende zu kommen.

Schnurrbärtchen kam um sieben Uhr und führte mich zum Essen aus. Er tat sein Bestes, um mich aufzuheitern, aber ich konnte ihm doch nicht erzählen, was mich bedrückte, und so war ich noch genauso schwermütig, als ich zum Schlafen heimging.

Johnny hatte ich ganz vergessen und war sehr überrascht, ihn vorzufinden. Er räkelte sich auf dem Sofa, die Füße auf der Lehne.

»Ach so, guten Abend«, sagte ich etwas blöde. »Sie sind da!«

»Ja, ich bin da. Hier ist Ihr Schlüssel. Haben Sie gut gegessen?«

»Ausgezeichnet, danke. Und Sie?«

»Sie haben mir ja nichts dagelassen als eine Büchse Sardinen und einen kleinen Rest Käse. Sie sollten wirklich mehr Vorrat in Ihrer Speisekammer haben. Für eine reiche Frau sind Sie sehr ungastlich.«

Ich warf Mantel und Handschuhe auf mein Bett und kam zurück, mein Haar bürstend.

»Ich weiß nicht, warum ich mich überhaupt mit Ihnen abgebe«, sagte ich ganz nebenbei, denn leider ging mir noch immer dieser Jack im Kopf herum.

»Sie würden sich noch weniger mit mir abgeben, wenn Sie alles wüßten«, sagte Johnny. »Kommen Sie und setzen Sie sich hierher, und Onkelchen wird Ihnen eine hübsche Geschichte vor dem Einschlafen erzählen.« Ich setzte mich auf den Teppich vor dem Kamin und bürstete mein Haar weiter.

»Haben Sie jemals vermutet«, begann er, »daß ich mich zunächst nur beruflich für Sie interessiert hatte?«

»Wie meinen Sie, beruflich?«

»Ich bin Privat-Detektiv. Ich werde dafür bezahlt, Ihre Liebhaber ausfindig zu machen.«

»Du meine Güte!« Ich war wirklich erschrocken. »Von wem denn?«

»Von Ihrer Sie liebenden Schwiegermama.«

»Welcher?«

»Der alten Mrs. Foster natürlich. Sie hat sich nämlich gedacht, sobald Fred fort wäre, würden Sie von Ihrer Freiheit Gebrauch machen, und sie hat sich nun mal in den Kopf gesetzt, Ihre Ehe zu ruinieren, koste es, was es wolle. – Ja, ja – gehässige alte Hexe.«

»Ich bin sprachlos«, sagte ich. »Was für ein widerlicher Charakter! Und dabei habe ich ihr wirklich nie etwas getan! – Anstatt mir dankbar zu sein, daß ich ihr Fred abnehme!«

»Jedenfalls ist sie das nicht. Im Gegenteil: sie lechzt danach, ihn wieder zurückzubekommen. Und je mehr Liebhaber ich bei Ihnen entdecke, desto glücklicher mache ich unsere gute Alte.«

»So so – und da haben Sie also die Nacht in meiner Wohnung verbracht, um mich bloßzustellen. Da haben Sie wohl auch auf der ganzen Treppe Ihre Zeugen aufgestellt?«

Dies machte ihn wenigstens ein bißchen verlegen. »Ich hatte selbst nicht gedacht«, sagte er, »daß es nötig sein würde, aber natürlich, als ich herausbekam, daß zwischen Ihnen und Schnurrbärtchen nichts Ernsthaftes besteht, mußte ich doch irgend etwas inszenieren, um die alte Dame nicht zu enttäuschen.«

Ich starrte ihn an. Jedes Wort blieb mir im Halse stecken. Und ich hatte mich von seinem gutmütigen Aussehen täuschen lassen. Er holte tief Atem.

»Bis jetzt«, sagte er, »habe ich aber noch keinen Bericht über Ihre Handlungen eingereicht, und – wer weiß – vielleicht werde ich es auch nicht tun!«

»Wie meinen Sie das?«

»Nun, wenn Sie unserem Johnny ein glückliches kleines Heim bereiten, während Fred nicht da ist, können Sie Ihre Ehe retten, wenn Ihnen daran liegt.«

»So sieht also Erpressung aus«, sagte ich; »– wirklich eine interessante Erfahrung; aber in diesem Fall, Sie übler kleiner Kunde, haben Sie keine Trümpfe in der Hand. Ich bin mit Fred ganz gut ausgekommen, aber so verrückt bin ich nach ihm nicht, daß ich bereit wäre, auch noch Sie mit in Kauf zu nehmen.« Ich erhob mich und schwang die Haarbürste. »Und jetzt machen Sie, daß Sie hinauskommen, und bringen Sie Ihren dreckigen kleinen Bericht zu meiner Schwiegermutter und lassen Sie sich nie wieder vor mir blicken!«

Er sah ganz erschrocken aus. Langsam stand er auf. Schweigend reichte ich ihm den Regenmantel.

»Seien Sie doch nicht so voreilig, Jenny«, sagte er. Er versuchte sein verführerisches Lächeln, aber ich blieb eisig.

»Könnten wir nicht ruhig darüber sprechen? Ich möchte Sie nicht durch meine Schuld unglücklich machen.«

»Lassen Sie das meine Sorge sein«, schrie ich ihn an. »Weder Sie noch jemand anders kann mich unglücklich machen. Und nun raus, bevor ich Ihnen etwas an den Kopf werfe!« Sofort war er draußen, und ich schlug die Tür hinter ihm zu und warf mich auf das Sofa und weinte nach Jack, bis mein Gesicht aufgeblasen war wie ein Ballon.

Das war Donnerstag nacht, und Betsy erschien am Samstag, wie vom Himmel gesandt. Ich umarmte sie so stürmisch, als hätte ich sie seit Jahren nicht mehr gesehen.

»Ach, Betsy, ich bin froh, dich zu sehen! Ich bin in einer so schrecklichen Situation.« Ich erzählte ihr alles haargenau und ließ nichts aus.

»Es ist so gemein«, schloß ich, »gerade dieses einzige Mal erpreßt zu werden, wo ich wirklich überhaupt nichts Böses getan habe!«

Sie konnte sich nicht halten vor Lachen. »Liebste Jenny – was dir alles passiert! – Hast du denn nicht gesehen, was für eine kleine Ratte das war?«

»Ach, ich kann ja eine Ratte nicht von einem Rhinozeros unterscheiden«, sagte ich. »Außerdem hat mich ja noch nie jemand erpreßt. Und weiß der Himmel – es wäre oft schon so einfach gewesen. Außerdem war er manchmal ganz ulkig und hatte so nette Augen.«

»Du hast es immer mit den Augen. Nichts kann so täuschen wie der Ausdruck in den Augen. Ich glaube nicht, daß Augen überhaupt etwas zu bedeuten haben.«

»Oh, und wie. Schau dir mal Jack an. Er braucht mich bloß anzusehen, und schon werden mir die Knie weich«.

»Du und Jack – ihr seid wirklich ein paar Schwachsinnige. Ich verstehe nicht, warum du ihn nicht schon vor zehn Jahren geheiratet hast.«

»Er hat mich nie darum gebeten.«

»Aber er wollte es sicher. Man sieht doch, er betet dich an.«

»Meinst du? Aber er tut doch nichts dafür, außer daß er mich immer in den unpassendsten Augenblicken verführt. Er schreibt ja noch nicht einmal.« Mitleid mit mir selbst überwältigte mich, und ich brach wieder in Tränen aus.

Betsy streichelte mir den Rücken und tröstete mich liebevoll.

»Mir scheint, du bist hier zu lange allein gewesen«, sagte sie.

»Du kannst dir eben dein Leben nicht selbst einrichten. Komm für ein paar Monate mit nach Chipworth, bis deine Scheidung vorbei ist.«

»Und deine Mutter? Sie wäre außer sich.«

»Sie ist viel zu beschäftigt, um dich überhaupt zu bemerken. Sie ist jetzt Leiterin unserer ›Freiwilligen Frauen-Organisation‹ und ist fast den ganzen Tag unterwegs. Du könntest ja sogar beitreten, dann ist sie begeistert.«

»Sommer in Chipworth, das muß hübsch sein«, sagte ich, »ich habe nur Erinnerungen an Kälte. Ist Edward denn da?«

»Er kommt gelegentlich auf Urlaub. Aber augenblicklich ist er, glaube ich, in Nordafrika; du bist also ganz sicher vor ihm.«

»Dann komme ich gern«, sagte ich. »Was würde ich bloß ohne dich anfangen, Betsy!«

Ich übergab die Wohnung Schnurrbärtchen für einen Offizier aus seinem Stab. Er weinte beinahe, als er hörte, daß ich fortging, aber gleichzeitig meinte er, daß es wohl das beste wäre, da es für ihn immer schwieriger würde, seine Gefühle mir gegenüber zu beherrschen.

»Nur eine ›wunderbare Erinnerung‹«, sagte er, als er am Bahnhof meine beiden Hände ergriff. Sein Schnurrbart zitterte vor lauter Aufregung.

»Sie müssen von jetzt an Ihrer Frau helfen, Sie verstehen zu lernen.«

»Ein neuer Anfang«, zitierte er trauervoll.

»Ja, ein neuer Anfang. Aber ist es nicht schön«, rief ich, als der Zug sich in Bewegung setzte, »daß Sie ihr niemals etwas zu beichten haben?« Er lief keuchend neben dem Zug her und hielt immer noch meine Hand.

»Werden Sie schreiben?« fragte er.

»Nein«, sagte ich. »Ein völliger Bruch wird am leichtesten für uns beide sein.«

»Ein ›völliger‹ Bruch!« Er ließ meine Hand los und blieb stehen. Er winkte mit einem tadellos weißen Taschentuch, bis wir uns nicht mehr sehen konnten.

So zog ich denn also zum zweitenmal in Chipworth ein, um auf eine Scheidung zu warten. Ich bekam ein kleines Zimmer neben Betsy. Von hier aus sah man in den Garten hinaus, und während des ganzen Sommers blühte ein alter Stock weißer Rosen rings um das Fenster. Ich war froh, daß Clark immer noch da war; allerdings hatte er keine Gehilfen mehr, und er selbst kam nur sehr langsam um den langen Eßtisch herum.

Oft saßen Betsy, Marion und ich allein bei Tisch, aber solange Marion dabei war, waren unsere Plätze an dem langen Tisch alle weit voneinander entfernt, so daß wir uns von einem Ende zum anderen zurufen mußten.

Ich trat der »Freiwilligen Frauen-Organisation« bei, und Marion teilte mich als Fahrer ein. Ich fand es herrlich. Die Landschaft war im Frühjahr und Frühsommer so wunderbar, und ich wußte nie vorher, wohin es ging.

Es vergingen ein paar Monate, ehe ich überhaupt etwas von Fred hörte. Als er schrieb, war es ein sehr trauriger Brief:

Meine liebste Frau – von meiner Mutter erfahre ich, daß Du mir untreu gewesen bist. Ich wollte, ich könnte glauben, daß es nicht wahr ist, aber es scheint, als habe sie feste Beweise. Ich muß mich deshalb von Dir scheiden lassen. Es ist alles sehr schwierig, da ich auf dem Weg nach dem Fernen Osten bin.

Mit viel Liebe

Fred.

Ich antwortete darauf:

Chipworth

Liebster Fred – ich fürchte, ich war nicht die passende Frau für Dich. Ich hätte Dich nie heiraten sollen, Du bist viel zu gut für mich. Bitte betreibe die Scheidung so schnell Du kannst. Ich bleibe hier bei Betsy, bis es vorbei ist.

Alles Gute

Jenny.

Und im Juni, als ich jede Nacht den Duft der weißen Rosen in meinem Zimmer verspürte, schickte er eine Luftpostkarte.

Liebste Jennifer – die Scheidung geht unter Volldampf voran. Ich freue mich zu hören, daß Du bei Betsy bist. Weißt Du, wen ich neulich getroffen habe, als ich in Kalkutta auf Urlaub war? Den netten R.A.F.-Offizier, mit dem wir einmal an Deinem Geburtstag zu Abend gegessen haben. Er erkundigte sich nach Dir, und es tat ihm sehr leid zu hören, daß unsere Ehe auseinandergeht. Er läßt Dich grüßen. Er war auf dem Weg in gefährlichere Gegenden.

Alles Gute

Fred.

Neuigkeiten genug, um darüber nachzudenken. Zum erstenmal wurde mir so recht klar, daß auch im Fernen Osten Krieg war.

Die kleine Jennifer war inzwischen viereinhalb Jahre alt und sehr redselig.

»Du riechst aber fein«, sagte sie, als sie an einem heißen Nachmittag in meinen Kleidern wühlte. »Was für ein schöner Hut! Ich will ihn aufsetzen.« Ohne meine Zustimmung abzuwarten, setzte sie einen grünen Strohhut mit einem Strauß roter Kirschen auf. Sie kletterte auf einen Stuhl und studierte ihr schmales braunes Gesicht im Spiegel. Sie hatte schwarze Rattenschwänze, genau wie Betsy als Kind. »Ich finde, der Hut steht mir nicht«, meinte sie zweifelnd.

»Paß auf: es sieht gleich ganz anders aus, wenn du dein Haar aufsteckst«, sagte ich. Ich band ihr die Rattenschwänzchen hoch, und wir probierten den Hut nochmals auf.

»Siehst du«, sagte ich. »So ist es viel hübscher.« Betsy kam herein.

»Jenny, du verdirbst mir bereits meine Tochter.«

»Jede Frau sollte auf ihre äußere Erscheinung Wert legen«, sagte ich, »wenn sie auch noch so klug ist.«

Betsy war außer Atem; sie setzte sich hin und fächelte sich mit einem Kohlblatt. Sie war schon ziemlich rundlich, die Ärmste, obwohl das neue Baby nicht vor September erwartet wurde.

Jennifer sagte: »Mami, findest du mich nicht hübscher in diesem Hut?«

»Sehr hübsch, mein Liebling. – Jenny, ich wollte dir eigentlich sagen, Edward hat telegraphiert. Er ist leicht verwundet und kommt auf längeren Genesungsurlaub.«

»Ach, um Gottes willen! Soll ich abreisen?«

»Natürlich nicht, du Dummes! Ihr könnt doch jetzt ganz gut miteinander auskommen. Schließlich ist *diese* Scheidung doch schon lange her.«

»Natürlich. Jedenfalls könnten wir es versuchen. Sollte es zu schwierig sein, dann gehe ich eben. – Was ist eigentlich mit diesem Kohlblatt?«

»Ich habe Erdbeeren gepflückt.«

»Sehr unvernünftig, bei dieser Hitze. Das hätte ich doch tun können.«

»Es ist ganz gut für mich – ein bißchen Gymnastik. Komm mit in den Garten und erzähl' mir was, während ich stricke.«

»Eigentlich sollte ich auch stricken, aber Shawls würden deinem Baby wohl nicht viel nützen. – Jennifer, du bist zu jung für einen schwarzen Samtturban. Versuch's mal statt dessen mit diesem roten Shawl; und komm mit in den Garten und spiel' lieber dort.«

»Gut. Darf ich Erdbeeren auf dem Weg essen, Mami?«

»Ja, aber nur sechs. Sie stehen auf dem Büfett im Eßzimmer.« Jennifer lief davon. Betsy seufzte. »Wie sie bei dieser Hitze auch noch rennen kann, ist mir schleierhaft.«

»Kinder sind eben nicht normal«, sagte ich.

Edward sah beinahe genauso aus wie früher, bis auf ein Paar Krücken; das Hinken machte ihn interessanter. Er hatte einen Beinschuß erhalten.

Als er mich zuerst sah, war er ziemlich verlegen, aber bald gewöhnte er sich an meine Gegenwart und war froh, jemanden zu haben, mit dem er sich unterhalten konnte. Seine Mutter war den ganzen Tag fort, und mit Betsy hatte er sich niemals besonders gut verstanden. Er nahm mich überall mit, wenn er auf dem Gut umherging, und versuchte – vergeblich – mein Interesse für landwirtschaftliche Probleme zu erwecken.

Ungefähr einen Monat nach seiner Ankunft saßen wir eines Abends auf der Terrasse und tranken unseren Kaffee. Marion war bei irgendeiner Komiteesitzung, und Betsy spielte im Wohnzimmer Klavier.

Plötzlich sagte Edward: »Jenny, du möchtest mich wohl nicht wieder heiraten? Für mich ist nämlich niemals eine andere Frau in Frage gekommen.«

»Nein, danke, Edward. Unsere Ehe klappte damals nicht, und das wird diesmal kaum anders sein.«

»Wie du meinst. Dann vergiß bitte, daß ich es in Betracht zog. Auf alle Fälle ist es nett, dich hier zu haben. Ich wollte, ich könnte glauben, daß du glücklich bist, aber das scheinst du nicht zu sein.«

»Ich bin so glücklich, wie ich es nur sein kann. Ich bin jedenfalls zufriedener, wenn ich allein bin. Ich werde nicht wieder heiraten.« Ich sah dem Alter mit stiller Verzweiflung entgegen.

Bis Weihnachten hielt ich es in Chipworth aus, dann aber entmutigte mich der Gedanke an die drei eisigen Monate so sehr, daß ich Anfang des neuen Jahres nach London übersiedelte, ohne meine neue Freiheit abzuwarten. Betsy war zwar traurig über den Abschied, aber mit ihrem neuen Sohn Charles vollauf beschäftigt.

Mrs. Higgins geriet ganz aus dem Häuschen, als sie mich wiedersah, obwohl sie doch durch meine Rückkehr doppelte Arbeit haben würde. Ich hatte sie drei Jahre lang bezahlt, nur damit sie auf das Haus achten sollte. Ich fand es tadellos vor, alles so, wie ich es verlassen hatte. Sie empfing mich an der Türschwelle. Sam saß auf ihrer Schulter.

»Ich möchte gern wissen, wie alt eigentlich Affen werden«, sagte ich.

»Ich glaube, steinalt«, sagte Mrs. Higgins. »Er ist so gut in Form wie je – hab' ich recht, Sammy?« Statt einer Antwort sprang Sam mir in die Arme.

»Da sehen Sie's – ist er nicht ein gescheiter kleiner Bursche? Er hat Mylady nicht vergessen.«

»Ich muß mal Miß Betsys Tochter mit nach London bringen. Sie wäre von Sam hingerissen.«

»Na, das will ich meinen. Das ist ja wunderbar, daß Miß Betsy jetzt auch einen Sohn hat. Was das wohl für eine Freude ist in dem großen Haus!«

»Ja, und ob. Wohnen eigentlich nebenan noch dieselben Leute?« fragte ich.

»Ach, Sie meinen die gelehrte Dame?«

»Ja.«

»Ihr Mann ist fast immer allein, weil sie dauernd zu ihrer Mutter nach Hause fährt. Ich weiß nicht, wie die alte Dame es macht, daß sie sich immer wieder erholt.« Wir gingen in die Küche hinunter, und ich stocherte vergnügt im Herd herum. »Ich kann Ihnen gar nicht sagen, wie froh ich bin, endlich mal wieder warm zu werden, Mrs. Higgins. In Chipworth gibt es im Winter keinen Winkel, wo einem nicht die Zähne klappern.«

»Was Sie nicht sagen!«

»Ja – Sie sollten mal sehen, wie die Reichen leben. Man möchte es keinem Hund zumuten.«

»Es tut mir aber leid, daß Sie hier allein sind, wo Sie dort doch Miß Betsy zur Gesellschaft hatten.«

»Ich bin vorher auch allein gewesen, und ich bin nicht daran gestorben. Solange ich Ihr fröhliches Gesicht jeden Morgen sehe, will ich mich nicht beklagen. Wie wär's jetzt mit einer Tasse Tee?«

»Gut, daß Sie mich daran erinnern, Mylady, ich hatte nämlich den Kessel schon aufgesetzt, weil ich mir dachte, gewiß hat Mylady Lust darauf.«

Später an diesem Abend, als Mrs. Higgins gegangen war, läutete es. Ich öffnete die Tür, und da stand David.

»Ich habe Sie heute nachmittag ankommen sehen«, erklärte er, »und dachte, daß Sie vielleicht irgend etwas brauchen. Penelope hätte sich gewiß schon um Sie gekümmert, aber sie ist nicht da. Sie ist jetzt sehr oft fort.«

»Das ist aber lieb von Ihnen, herüberzukommen«, sagte ich lebhaft, »und ich werde mich bestimmt melden, falls ich irgendwelche Hilfe brauche.« Er sah ein ganz klein wenig enttäuscht aus, was seinem gutgeschnittenen Gesicht einen reizvollen melancholischen Zug verlieh. Trotzdem forderte ich ihn nicht auf hereinzukommen, so daß er nach ein oder zwei Minuten mir die Hand schüttelte – fast *zu* herzlich – und in einem ganz ernsten Ton sagte: »Ich freue mich so, daß Sie wieder da sind.« Ich schloß die Tür und lachte mir ins Fäustchen.

Nicht lange danach fielen einige unerwartete Bomben auf London, die uns alle überraschten. Ich stellte fest, daß meine Nerven nicht besser geworden waren.

In der zweiten Bombennacht war ich gerade auf dem Weg in die Küche, als David kam.

»Ich kann mir vorstellen, Sie hätten gern Gesellschaft während des Angriffs«, sagte er.

Ich markiere nicht die Mutige, wenn ich Angst habe, und so hieß ich ihn herzlich willkommen.

»Kommen Sie nur herein. Es ist gemütlich und warm in der Küche.« Er ging mir nach, die Treppe hinunter. Ich gab ihm Mrs. Higgins' bequemen Stuhl und setzte mich auf den Tisch.

»Na, haben Sie in letzter Zeit irgendwelche guten Bücher geschrieben?« fragte ich.

»Ja, eine kleine Monographie über Beda Venerabilis, die im Frühjahr herauskommt«, sagte er. »Kein Buch, das die Welt erschüttert, aber ich habe sehr lange und sorgfältig daran gearbeitet. Haben Sie inzwischen viel gesungen? Ich habe Sie ja noch gar nicht gehört.«

»In Chipworth habe ich gesungen, weil meine Schwägerin Klavier spielt, aber allein zu singen, traue ich mich nicht mehr.«

»Sie sind so bedrückt!? – Das tut mir leid.«

»Ja – mein Leben ist etwas aus der Bahn geworfen.«

»Wirklich? Was ist Ihnen denn passiert?«

»Ich habe schon wieder einen Mann verloren.«

»Das tut mir leid. Woran ist er denn gestorben?«

»Überhaupt nicht. Er hat sich von mir scheiden lassen.«

»Habe ich doch recht gehabt!« rief David triumphierend. »Ich bin also doch nicht der einzige Mann, der es nicht mag, daß Sie so leichtfertig sind. Da ich Sie jetzt in dieser Stimmung antreffe:

Halten Sie es nicht für eine gute Idee, zusammen ein paar Studien zu treiben, und ich erteile Ihnen Nachhilfeunterricht, um andere Interessen in Ihnen zu erwecken?«

»Da ich weiß, was bei Ihren Nachhilfestunden herauskommt, bin ich lieber etwas vorsichtig.«

»Jenny – das ist nicht nett von Ihnen.« Er warf mir einen vorwurfsvollen Blick zu.

»Verzeihung, David.« Ich beugte mich vor und küßte ihn auf die Stirn. Er errötete bis zu den Ohren. Die Abwehrgeschütze im Hyde Park erschütterten das Haus.

»Sie sollten vielleicht den Kessel aufsetzen«, sagte David.

»Ja, Sie haben recht. Tee ist immer etwas Sicheres.« Ich schwang mich vom Tisch herunter und zündete das Gas an.

Beim nächsten Angriff stand David bereits an der Türschwelle, bevor die Sirenen verstummt waren. Er mußte wohl schon an der Eingangstür gestanden und darauf gewartet haben, herüberlaufen zu können.

»Kommen Sie ins Wohnzimmer«, sagte ich. »Wir wollen nicht hinuntergehen, bevor es wirklich schlimm wird.«

Wir setzten uns nebeneinander auf die Couch. David nestelte nervös an seinem Kragen.

»Es ist sehr heiß hier«, sagte er.

»Unsinn, David. Das Feuer ist fast aus. Nehmen Sie die Krawatte ab, wenn Ihnen der Kragen zu eng ist.«

Er riß sie herunter, mit dem Ausdruck ungestümer Befreiung.

»Jenny – – –«

»Ja?«

»Ach nichts. – Es tut mir so leid, daß ich vor drei Jahren so hart zu Ihnen war.«

»Waren Sie das?« fragte ich sanft. Der Arme, er war damals viel verlockender als heute.

»Sie sehen jetzt sogar jünger aus als damals«, fuhr er ungeschickt fort.

»David – David – das ist doch wohl ein bißchen dick aufgetragen. Damals, als Sie Monica erwählten, begriff ich ganz gut, daß ich durch meine Jahre im Nachteil war.«

»Jedenfalls«, sagte er selbstzufrieden, »geben Sie zu, daß Sie mir nachgelaufen sind. Ich hatte damals nicht viel Erfahrung mit Frauen, und ich war mir nicht ganz sicher.«

»O ja; ich *bin* Ihnen nachgelaufen. Sie sind sogar der einzige Mann, dem *ich* jemals nachgelaufen bin – wenn Ihnen das eine Genugtuung ist.«

Erwartungsvoll streckte er seine Hand aus und versuchte, mich an sich zu ziehen. Ich widerstand ihm energisch: »Ich habe in diesem Satz das *Perfekt* gebraucht. Ich *bin* Ihnen nachgelaufen. Ich tue es nicht mehr.«

»Natürlich nicht«, besänftigte er mich. »Jetzt bin ich es, der verrückt nach *Ihnen* ist.«

Und plötzlich warf er sich auf mich, mit der Wucht eines Höhlenmenschen, die David gar nicht ähnlich sah, und küßte mich wild. Ich wand mich aus seiner Umarmung und fiel, ziemlich schmerzhaft, auf den Fußboden.

»Schluß jetzt, David«, sagte ich fest. Er setzte sich auf und sah mit seinem zerzausten Haar ziemlich blöde aus.

»Ich dachte, Sie wünschten das auch«, sagte er kleinlaut.

»Vor drei Jahren vielleicht, aber sonderbar – nun nicht mehr. Wenigstens nicht von Ihnen. Mit den Jahren werde ich wählerischer. So, und nun laufen Sie schnell nach Hause und seien Sie nett zu Penelope.«

»Ach, Jenny – – –.« Einen schrecklichen Moment lang dachte ich, er würde anfangen zu weinen, aber er stand nur auf und fragte: »Wo habe ich meine Krawatte hingelegt?« Wir jagten nach seiner Krawatte und fanden sie hinter dem Diwan.

In der Diele ergriff er meine Hände, und diesmal ließ ich mich von ihm küssen. Es war ganz angenehm, aber nicht wert, daß sich Penelope darüber Kummer gemacht hätte. Sanft schob ich hin hinaus.

»Ich glaube, Sie bleiben doch in Zukunft besser zu Hause«, sagte ich.

»Vielleicht ja. – Sonst kann ich keine Verantwortung mehr für mich übernehmen. Sie machen mich ganz verrückt. Ich kann nicht einmal mehr arbeiten.« Sein Haar stand ihm zu Berge, und er sah wirklich ganz wild aus.

»Armer David«, sagte ich vergnügt. »Immerhin sind Sie die letzten drei Jahre recht gut ohne mich ausgekommen; daher darf ich annehmen, daß Sie bald wieder zur Ruhe kommen.«

Peng, peng, machten die Geschütze. Ich schloß schnell die Tür und ging in die Küche hinunter, um mich in den einzigen gemütlichen Stuhl zu setzen und in meiner Angst allein zu sein.

13. KAPITEL

Joseph

Einige Monate nach Kriegsende – es muß im Oktober 1945 gewesen sein – ging ich die Sloane Street hinunter, in der Richtung auf das Warenhaus Peter Jones zu, als plötzlich ein Rücken vor mir auftauchte, den ich kannte. Er trug ein leuchtend grünes Tweedjackett und orangefarbene Kordsamthosen. Ich überholte ihn, um mich zu überzeugen, ob es wirklich Joseph sei, und er war es; ein ziemlich verzagt aussehender Joseph; ohne seine frühere Heiterkeit. Aber unzweifelhaft er selbst.

»Joseph, mein Bester!« rief ich, und gerührt fielen wir uns in die Arme.

»Jenny! – Du wirst ja nicht älter! Wie ich mich freue, dich zu sehen!«

»Was machst du denn hier, Joseph? Hast du Zeit, mit nach Hause zu kommen und mir alles der Reihe nach zu erzählen?«

»Aber Liebste, ich hab' so viel Zeit, wie ich nur will.«

Wir eilten nach Hause, und dort mußte sich Joseph auf die Couch legen; er sah wirklich ganz krank aus. Ich holte den Sherry und schenkte ihm ein großes Glas ein.

»So, nun erzähl mal!«

»Also, mein Herz. Gerade bevor dieser dumme Krieg anfing, wollte Jaspar einige Verwandte in Amerika besuchen. Wir vermieteten also das Haus in Aix und fuhren los, mit ganzen Bergen voll Gepäck und Kisten voll Wein für alle Fälle ... daran haben wir übrigens gut getan.«

»Schlauer alter Fuchs, dieser Jaspar.«

»Aber, Liebling, das ist nicht nett von dir. Er sagte, man weiß ja nie, wie lange wir in Amerika bleiben.«

»Das glaube ich.«

»Unterbrich mich doch nicht immer. – Also, da sind wir nun glücklich und zufrieden in den Vereinigten Staaten, und Jaspar besorgte sich sofort einen hübschen Job in Hollywood, ich komme natürlich mit, und wir wohnen in einem zauberhaften Häuschen in Beverly Hills.« Er seufzte wehmutsvoll. »Mit einem himmlischen kleinen Schwimmbad im Garten und einem hinreißenden Neger als Diener. Es war wie im Himmel.« Er verstummte und starrte ins Leere.

»Na, und weiter, Joseph? Was geschah dann? Warum bist du jetzt wieder in England?«

»Ach, Kindchen, weißt du, Jaspar wurde immer schwieriger, und dann ... einige dieser bezaubernden Filmstars sind wirklich sehr anziehend ...«

»Die weiblichen?«

»Aber Kindchen, *nein, die* doch nicht. – Na, und ich war eifersüchtig und ließ es ihn merken; und schließlich halte ich es nicht mehr aus, und da der Krieg aus ist, laufe ich ihm einfach weg. Ich dachte, ich könnte hier irgendeine Stellung bekommen.«

»Oh, Joseph – das klappt natürlich nicht?«

»Nein. Die Leute fragen immer: Was *können* Sie? Können Sie Schreibmaschine schreiben? Und das schlimmste ist, daß ich noch nicht einmal eine menschenwürdige Wohnung finden kann. Wenn du mein *Zimmer* in Chelsea *sehen* würdest ... und ich glaubte immer, Chelsea sei so kultiviert und voll künstlerischer Atmosphäre ... aber nein, wie in einem Elendsviertel, meine Liebe – und was es dazu noch *kostet* ...!«

»Da weiß ich einen Ausweg, Joseph. Du ziehst einfach zu mir. Ich freue mich, wenn ich etwas Gesellschaft habe, und du brauchst keine Miete zu zahlen, bis du eine Stellung gefunden hast.«

Er streckte sich auf der Couch ganz entspannt aus.

»Wer sagt denn, es gäbe keine göttliche Vorsehung«, meinte er.

»Mit der Vorsehung weiß ich nicht so genau Bescheid, aber jedenfalls bin ich noch da. Du mußt natürlich helfen und dein Bett selbst machen.«

»Aber Jenny, du kennst mich doch – den kleinen Sonnenstrahl im Haus. Ich verspreche dir, du wirst es nicht bereuen. Ich hole lieber schnell mein Gepäck, bevor du es dir anders überlegst.«

Ich ging zu Mrs. Higgins, um ihr die Neuigkeit mitzuteilen.

»Das wird aber nett für Sie sein, Mylady, mal ein bißchen Gesellschaft zu haben«, sagte sie. »Sie sind ja jetzt alt genug, um auf sich selbst aufzupassen.«

Für einen armen Arbeitslosen hatte Joseph eine Menge Gepäck. Argwöhnisch betrachtete ich einen großen gedeckten Wäschekorb, unter dessen Gewicht der Taxichauffeur schwankte.

Joseph schwirrte ängstlich um ihn herum.

»Joseph, was ist denn in dem Korb?«

»Mein Bär, Kindchen.«

»Aber Joseph – – –«

»Er ist ein ganz bescheidener Bär und braucht kein eigenes Schlafzimmer.«

Mrs. Higgins stand in der Tür und war entzückt.

»Na, da schau mal her!« sagte sie, »ein neuer Freund für Sam – wird der sich freuen!«

Wir packten den Bär im Wohnzimmer aus. Er war entzückend. Klein und braun.

»Und seine Zähne, Joseph?«

»Ich habe sie ein bißchen abfeilen lassen, aber er ist sowieso ganz zahm. Komm heraus, Flynn!«

Gehorsam hopste der Bär heraus und kletterte auf Josephs Knie.

»Na, hat man Worte?« rief Mrs. Higgins. »Soll ich ihm etwas Milch geben?« Sie verschwand in der Küche.

Joseph sah sich vergnügt um. »Ist das nicht ein hübsches neues Zuhause für dich? Lauter Frauen, siehst du?« Er legte dem Bären ein kleines weißes, mit Juwelen besetztes Geschirr an.

»So, mein Liebling, jetzt geh' ich erst mal ein wenig mit Flynn spazieren.«

Mrs. Higgins kam mit der Milch.

»Hat Flynn Lebensmittelmarken?«

»Also, meine Liebste, wirklich, Sie dürfen ihm nicht das Gefühl geben, er sei unerwünscht. Er ist so empfindlich.«

Die beiden zogen los, die Straße hinab. Ich mußte lachen. Mrs. Higgins lachte mit. »Ich habe Mylady schon lange nicht mehr so vergnügt gesehen«, bemerkte sie.

»Ja, ich fühlte mich in letzter Zeit etwas einsam. Ich bin froh, Joseph getroffen zu haben. Ich glaube, er wird mich aufheitern.«

Joseph und Flynn zogen also in Betsys früheres Zimmer. Hollywood hatte Josephs Gewohnheiten nicht ändern können, nur daß seine weißen Pyjamas jetzt aus noch feinerer Seide waren.

Mrs. Higgins meinte, er brauchte nicht im Bett zu frühstücken, und so ging er hinunter, holte sich sein Frühstück und dann schlüpfte er unter meine Steppdecke am Fußende meines Bettes.

»Aber Jenny, du hast ja Honig! Das ist aber nicht nett von Mrs. Higgins, mir zu erzählen, es sei nur Marmelade da.« Gehorsam übergab ich ihm den Honigtopf. Flynn streckte sofort seine Tatze aus. »Na, du ungezogener Bär. Wart gefälligst, bis Papi sich genommen hat.«

Sam, der gleichzeitig mit dem Frühstück erschien, saß am Kopfende und sah Flynn beschwörend an. Er fühlte sich immer noch nicht ganz sicher in seiner Nähe.

Die Türglocke läutete, und ich hörte Stimmen im Vorraum. Ich erwartete den Installateur.

Die Schlafzimmertür öffnete sich: »Ein Herr möchte Sie sprechen, Mylady«, sagte Mrs. Higgins, und hinter ihr trat Jack ins Zimmer.

»Derselbe alte Zoo«, sagte er vergnügt. Ich konnte mich weder bewegen noch sprechen. Jack nahm das Tablett herunter und setzte sich zu mir aufs Bett. »Na, Liebling, dann stell mich mal vor«, sagte er. »Sam kenne ich schon, aber die anderen beiden sind mir noch fremd.« Er streichelte meine Hand ganz zart.

»Der Weißseidene ist Joseph«, sagte ich, »und der im braunen Pelz mit dem Honigtopf ist Flynn.«

Jack verbeugte sich höflich. »Und Joseph ist wohl der augenblickliche Gemahl?«

Joseph gab einen Schreckenslaut von sich: »Aber, mein Lieber, welcher *Gedanke*!«

Ich freute mich, daß Jack sofort im Bilde war. Er lachte auch nicht, sondern sagte: »Na, dann entschuldigen Sie bitte, daß ich Jenny wie eine alte Freundin begrüße.«

Er wandte sich mir zu und nahm mich in die Arme. Nach einigen Minuten hüstelte Joseph und sagte: »Vielleicht sollten Flynn und ich ein bißchen spazierengehen.« Keiner von uns beiden antwortete, und er kroch aus meinem Bett.

Er nahm auch Sam mit: »Mir scheint, das ist auch noch nichts für kleine Affen«, sagte er, und alle drei marschierten aus dem Zimmer.

Beim Mittagessen sagte Jack: »Ich habe eine Atelierwohnung in Knightsbridge genommen. Jetzt muß ich meine alten Kunden wieder bearbeiten.«

»Das ist aber nett, daß Sie so nahe sind«, sagte Mrs. Higgins und reichte ihm die Kartoffeln.

Ich verbarg meine Enttäuschung, so gut ich konnte. Zum Lachen, aber ich hatte mir am Morgen Hoffnungen gemacht, daß Jack mich endlich doch brauchte, aber offensichtlich tat er es nicht. Gott sei Dank hatte ich nichts Törichtes gesagt. Ich tat also sehr heiter.

»Ja, da wirst du hier ja wohl ein und aus gehen«, sagte ich.

»Da fällt mir gerade ein, wer Jack ist«, rief Joseph plötzlich.

»Wer denn, Joseph?«

»Du hast mir doch mal in der Küche in Aix erzählt, daß du einen sehr launischen Künstler kennst. Das ist er doch wohl?«

»Aber, liebste Jenny, für einen Künstler bin ich doch überhaupt nicht launisch. Was hast du denn nur über mich erzählt?«

»Weiß ich nicht. Ich hab es vergessen. Sicher nichts Schlimmes.«

»Ißt der Bär immer mit euch?« Flynn, der in seinem hohen Stuhl saß, streckte seine Pfote nach Jack aus.

»Ja. Er mag nicht mit Sam in der Küche essen. Er ist ein sehr klassenbewußtes Tier.«

»Wer paßt auf ihn auf, wenn Joseph nicht da ist? Ich bin überzeugt, er ist gefährlich.«

»Joseph geht nie ohne ihn weg. Ich bin also ziemlich sicher.«

Jack wandte sich an Joseph. »Sagten Sie nicht, daß Sie eine Stellung suchen?«

»Ja – das kann man wohl sagen.«

»Da wundert es mich nicht, daß Sie keine finden, wenn Sie immer einen Bären bei sich haben.«

»Ich habe es zuerst ohne Bär versucht und habe Flynn zu Hause gelassen, aber ohne ihn konnte ich auch keine Stellung bekommen.«

»Vielleicht versuchen Sie es mal«, sagte Jack, »und kleiden sich etwas unauffälliger.«

Ich sah von dem einen zum anderen. Jack, der Künstler, trug einen tadellosen grauen Anzug, Joseph aber eine blaue Kordsamtjacke, weiße Flanellhosen und eine hübsche hellrosa Krawatte.

»Aber mein Bester, ohne Farbe wäre ich *verloren*, vor allem in London, wo alles grau ist.«

»Ja, dann werden Sie wohl noch eine ganze Weile von Jenny leben müssen«, meinte Jack.

»Aber was für harte Worte! Jenny hat mich doch gebeten zu kommen.«

»Natürlich, lieber Joseph. Und ich freue mich auch, daß du da bist.« Ich streichelte beruhigend seine Hand. »Erzähl mal von deiner Ausstellung, Jack. Wann soll sie sein?«

»Ziemlich bald. Vor Weihnachten, hoffe ich. Du mußt mal vorbeikommen und dir ansehen, was ich in Indien gemalt habe. Jetzt habe ich auch Zeit, noch ein paar Bilder von dir zu machen. Kann ich mir das große im Wohnzimmer ausleihen?«

»Natürlich, Liebling. Und alle, die ich in Wales hatte, sind unten im Abstellraum.« Wir gingen hinunter und drehten sie um.

»Eigentlich habe ich 1939 doch mehr gekonnt, als ich gedacht hätte«, sagte Jack. »Aber warte nur, bis du siehst, was ich in den letzten Wochen gemalt habe.«

»Bist du schon lange in London?«

»Ungefähr einen Monat.«

»Oh, Jack!«

Er war angelegentlich damit beschäftigt, die Maße für Rahmen zu nehmen. »Zwanzig mal dreißig – – – was sagst du, Jenny?«

»Nichts. Ich habe nur ›Oh‹ gesagt.« Das beweist alles, dachte ich mir. Ich bin nur eine kleine Erholung für ihn. Wenn er mich wirklich liebte, wäre er den ersten Tag zu mir gekommen.

»War die Reise angenehm?« fragte ich kühl und lehnte mich an das Fensterbrett.

»Danke, äußerst angenehm; in Gesellschaft von etwa zwanzigtausend anderen Leuten in Uniform. Aber immerhin, wir sind schneller wieder zurückgekommen, als wir ausgefahren sind. – Was hast du denn, mein Kind?«

»Ich hab' nichts. Warum?«

»Ich weiß nicht, *warum*. Ich weiß nur immer *wann*. Nach fünfzehn Jahren dürfte ich ja alle Modulationen deiner weichen Stimme kennen.«

»Das hast du mir noch nie gesagt, daß ich eine weiche Stimme hätte.«

»Wirklich? Liegt wohl daran, daß dieses Thema bisher noch nie auftauchte.« Er kam zu mir und legte seinen Arm um mich.

»Kümmere ich mich nicht genug um dich?« fragte er. »Ich glaube, es ist an der Zeit, daß ich dir mal erkläre, was mich am meisten interessiert: – malen!«

»Das habe ich bereits gemerkt.«

»Gut. Sag mal: färbst du eigentlich dein Haar jetzt?«

»Noch nicht. Sieht es so aus?«

»Nein. Es ist zwar etwas nachgedunkelt, aber es ist immer noch ein Traum. – Ein paar kleine Fältchen um den Mund, die ich noch nicht kenne.«

»Na, vielleicht entwickelt sich in mir doch noch ein Charakter.«

»Unmöglich. Viel zu spät, um mit solchem Unsinn anzufangen.«

»Du bist sehr braun, Jack.«

»Wie sollte ich nicht! Ich bin vier Jahre im Fernen Osten gewesen.«

»Als ob ich das vergessen hätte«, sagte ich. »Zuletzt hörte ich von dir aus Burma.«

»Da war ich auch. – Soll ich dir etwa davon erzählen?«

»O ja, bitte.«

»Gut. Dann laß uns zu Bett gehen, da kann man sich besser unterhalten.«

Auf der Treppe trafen wir Joseph und Flynn.

»Kümmert euch nicht um uns, ihr Lieben«, sagte Joseph. »Wir wollen gerade wieder spazierengehen.«

Bald darauf begannen die Geldsorgen; zum ersten Mal seit vielen Jahren. Mein Rechtsanwalt erklärte mir, daß die Verstaatlichung für Mr. Jones' Unternehmen nicht eben günstig gewesen sei. Leider müsse ich mich an einen anderen Lebensstandard gewöhnen. Ich unterbreitete die Angelegenheit Joseph.

»Es tut mir leid, Joseph«, sagte ich, »aber wenn du hierbleiben willst, mußt du arbeiten und Miete bezahlen. Meinem Geld scheint etwas zugestoßen zu sein. Ich fürchte, ich werde sogar selbst arbeiten müssen.«

»Ach, Jenny, das ist aber ein Schlag – und wir waren so glücklich und angesehen hier.«

»Ich weiß, Joseph, es tut mir wirklich *sehr* leid. Ich würde dich gerne weiter ernähren, wenn ich nur könnte. Aber es geht nicht.«

»Könnten wir beide zusammen nicht einfach losgehen, mit Flynn und einem großen Hut, in den die Leute Pfundnoten werfen?«

»Ich glaube nicht, daß das Gesetz so etwas erlaubt. Außerdem ist es für mich vielleicht ein wenig unwürdig; aber *du* könntest es ja mal versuchen.«

Zu meiner großen Überraschung tat er es, und es wurde ein Riesenerfolg. An sonnigen Vormittagen ging er in den Hyde-Park, setzte sich auf eine Bank und stellte eine große Büchse neben sich mit der Aufschrift: »Für unsere stummen Freunde.« Dann brachte er Flynn bei, still neben ihm zu sitzen und die Büchse zu halten, und die Kinder flehten natürlich ihre Kindermädchen und Mütter an, ihnen Geld für den Bären zu geben.

Für mich war es etwas schwieriger, eine Stellung zu finden. Seit 1932 hatte ich nichts für Geld getan – außer heiraten. Und ich würde lieber sterben, als Jack um Geld zu bitten; ihm ging es viel zu gut. Seine Ausstellung war ein ungeheurer Erfolg, und die Porträtaufträge flogen ihm nur so zu. Es war nicht einmal schön, ihn zu besuchen: gewöhnlich fand man irgendeine berauschende Dame der Gesellschaft neben der Staffelei vor, die süßlich lächelte, und Jack ließ ganz augenfällig seinen Charme spielen. Glühend vor Zorn hielt ich mich im Hintergrund, bis Jack beiläufig sagte: »Irgendwas Besonderes, Jenny? Wenn nicht, sei so lieb und komm' später wieder.« Und dann ging ich und kam später natürlich nicht mehr vorbei, sondern lief wütend durch den Park, oder manchmal weinte ich auch nur.

So kann es nicht weitergehen, dachte ich. Ich suchte Rat bei Mrs. Higgins.

»Liebste Mrs. Higgins«, sagte ich. »Ich bin in einer etwas schwierigen Lage. Ich habe längst nicht mehr soviel Geld wie früher, und ich muß mir eine Stellung suchen. Wissen Sie etwas?« Wir saßen bei unserer vormittäglichen Tasse Tee in der Küche. Mrs. Higgins klopfte mir begütigend auf die Schulter.

»Na also, Mylady. Hab' ich doch gewußt, daß Sie was auf dem Herzen haben. Ich dachte schon, es hätte was mit Mr. Jack zu tun.«

»Ach, zum Teufel mit Mr. Jack«, sagte ich mißvergnügt.

»Aber Mylady, so spricht man doch nicht von einem der feinsten Männer, die auf der Erde wandeln.«

»Was hab' ich davon, daß er einer der feinsten Männer ist, wenn er nicht mit *mir* wandelt!?«

Darauf wußte sie keine Antwort.

»Er wird wohl seine Gründe haben«, sagte sie.

»Natürlich hat er seine Gründe. Ich kann Ihnen mindestens hundert aufzählen. Aber damit wird es auch nicht besser für mich.« Ich brach in schmachvolle Tränen aus. Mrs. Higgins reichte mir ein sauberes Taschentuch und füllte meine Tasse.

»Wie wär's, wenn Sie meinem Schwiegersohn in seinem Kolonialwarenladen helfen würden?« sagte sie. »Es ist sehr schwierig für ihn heutzutage, taugliche Mädchen zu finden.«

»Vielleicht wär' das was«, sagte ich, »jedenfalls besser als nur immer Sorgen und Alleinsein.«

Die Arbeit im Laden wurde mir sehr schwer. Ich hatte vergessen, wie unbequem es ist, von neun bis sechs stehen zu müssen, mit nur einer Stunde Mittagspause und – wenn man Glück hat – zwanzig Minuten zum Tee.

Aber ich hielt es ein ganzes Jahr lang aus: all diese dummen Frauen, die ihre Lebensmittelkarten nicht auseinanderhalten konnten und vergaßen, was sie besorgen wollten, und das Schlangestehen im Regen an den Haltestellen. Eines Abends kam ich völlig erledigt nach Hause und zog meine nassen Schuhe aus.

»Joseph«, sagte ich, »ich kann nicht mehr. Es ist zuviel des Guten. Es muß doch wohl irgendeine angenehmere Beschäftigung geben, um Geld zu verdienen.«

»Was du brauchst, Kind«, sagte er, »ist ein neuer umgänglicher

Mann. Und ich glaube, ich hab' auch schon einen gefunden. Heute morgen im Park.«

»Aber, Joseph, wirklich? – Wo?«

»Ich wollte dir gerade von ihm erzählen und auch, daß ich eine richtige Stellung habe, aber du warst so traurig.«

»Na Gott sei Dank; was denn?«

»Na langsam, alles der Reihe nach. Heute morgen sitzen Flynn und ich auf einer Bank – es war sehr kalt, und wir rückten ganz eng aneinander, um uns etwas zu wärmen –, und da kommt ein Mann und setzt sich an das andere Ende.«

»Was für ein Mann?«

»Ein ganz männlicher, ziemlich schroffer Typ; du wirst ihn, glaube ich, mögen, hat so einen richtigen Militärschnurrbart.«

»Ich bin gegen Schnurrbärte.«

»Aber Kind, hör doch erst mal zu; du willst doch nicht etwa ein gutes Angebot ausschlagen, bloß wegen der paar Härchen.«

»Na also weiter. Was hat er gesagt?«

»Er sagte, er sei der Herausgeber einer Zeitschrift, die sich ›Der Tierfreund‹ nennt, und er sucht jemanden, der den Briefkasten für notleidende Tiere bearbeitet, und ob ich's mal versuchen will. Na, und da sag' ich sofort ›ja‹, und wir gehen in sein Büro. Er weist mir einen hübschen Schreibtisch an, mit frischem Löschpapier, ganz für mich allein, und einem Papierkorb für Flynn. Und mein Bild mit Flynn kommt über meine Seite, und ich nenne mich Onkel Joseph.«

»Aber Joseph, das ist ja großartig. Das freut mich wirklich. Ich hoffe, Flynn wird sich in seinem Papierkorb anständig aufführen.«

»Gar nicht nötig, Kind. Der Herausgeber sagt, ich solle ruhig mit Flynn spazierengehen, wenn ich Lust habe, nur muß er dann ein Schild umhängen haben mit der Aufschrift: Der berühmte Flynn vom ›Tierfreund‹.«

»Das klingt ja alles herrlich. Nur verstehe ich noch nicht ganz, wie du darauf kommst, daß der Herausgeber mich gern heiraten würde.«

»Er sah so einsam aus, und dann sagte er auch etwas über Frauen, auf die man sich niemals verlassen kann, und da hab' ich natürlich aufgehorcht. Ich werde ihn zum Abendessen einladen, sowie ich seinen Namen weiß.«

Am Donnerstag kam also Gerald zum Abendessen. Er war ein unendlich traurig aussehender Mann. Eine Art Reinkarnation eines tibetanischen Mastiff. Alles hing an ihm, sogar sein Schnurrbart. Man war beinahe erstaunt, daß die Ohren noch standen. Ich verstand nicht recht, wie Joseph ihn schroff nennen konnte.

»Meine Wirtin, Jennifer Foster«, sagte Joseph großartig.

»Es freut mich, Sie kennenzulernen«, sagte Gerald ohne Andeutung eines Lächelns. Ich zeigte ihm Sam, um ein Gespräch zu entfachen. Mrs. Higgins hatte sich erboten, abends zu kochen, als sie gehört hatte, daß Josephs neuer Chef käme.

Leider fand Gerald nichts Geeignetes über Sam zu sagen. Affen schienen nicht seine starke Seite zu sein. Aber wir stellten bald fest, daß er dafür um so lieber über Elefanten sprach. Er hatte eine Schwäche für sie und hätte gern einen besessen.

»Ich habe eine große Garage«, sagte er, »in meinem Haus in Potters Bar. Wenn ich die Mauern etwas verstärken ließe, könnte ich gewiß einen Elefanten halten.«

»Und wo würden Sie ihn ausführen?«

»Jeden Tag zur Stadt reiten.«

»Aber das würde doch mehrere Stunden dauern.«

»Da haben Sie recht« – er fiel förmlich in sich zusammen.

»Vielleicht«, schlug ich vor, »könnten Sie ihm eine Masse Holzscheite geben, die er in der Garage herumtragen würde, dann braucht er weiter keine Bewegung.«

Mrs. Higgins steckte ihren Kopf herein.

»Es ist angerichtet, Mylady.«

Gerald sah mich erschrocken an.

»Keine Angst«, sagte ich, »ich bin nicht mehr Lady, aber Mrs. Higgins will sich nicht daran gewöhnen, mit meinen Ehemännern Schritt zu halten.«

»Haben Sie so viele gehabt?«

»Drei«, sagte ich.

Er war sehr beeindruckt. »Ich wollte, ich hätte Ihren Mut. Ich bin vierzig und habe noch kein einziges Mal geheiratet.«

»Die Ehe ist eine gesegnete Einrichtung«, sagte Joseph und nahm sich Senf.

»Sind Sie auch verheiratet gewesen?« fragte Gerald verdutzt. Joseph sah ihn entsetzt an.

»Ich? Ich bin noch nicht alt genug«, sagte er. »Ich warte, bis ich vierzig bin. Ich glaube, vierzig ist das ideale Alter, um zu heiraten.« Ich versuchte, ihm auf den Fuß zu treten, aber es war Gerald, der darauf seine Miene schmerzlich verzog.

Aber schon als der Mokka kam, hatte es den Anschein, als sei nun auch der trauervolle Gerald für mich entbrannt.

»Wenn ich eine intelligente Frau wie Sie im Büro hätte«, sagte er, »wäre schon damit viel getan. Wir haben so viele weibliche Leser.«

»Zufällig bin ich im Augenblick unbeschäftigt«, sagte ich. – »Wenn Sie wirklich daran denken, Ihren Redaktionsstab zu vergrößern . . .«

Zum ersten Mal leuchteten seine Augen auf.

»Wie sich das trifft!« sagte er.

Und so verließen Joseph, Flynn und ich jeden Tag um zehn das Haus, um zu der vorgerückten Stunde von halb elf im Büro zu sein.

Ich zeichnete verantwortlich für die »Hundeseite der Dame« und erteilte Rat in Fragen des Halsbandes, der Leine, des Mantels und modischen Schnittes. Und natürlich behandelte ich auch persönliche Fragen mit großem Einfühlungsvermögen.

Gerald wies mir einen Tisch am Fenster in seinem eigenen Büro an, weil er mich, wie er sagte, wegen eventueller Redaktionsbesprechungen in seiner Nähe haben wollte. Und so machte ich zum ersten Mal die Erfahrung, was es mit diesen dummen Witzen über den Chef und die Sekretärin auf sich hat.

Noch bevor vierzehn Tage vergangen waren, saß ich auf seinem Schoß und spielte liebevoll mit seinem Schnurrbart.

»Liebster Gerald«, sagte ich, »erklär' mir mal, wie du eigentlich diese Zeitschrift aufrecht hältst. Die Auflage ist doch nicht sehr groß.«

»Eine von meinen Liebhabereien«, sagte er. »Viel besser als die ungeheure Steuer zu bezahlen.«

Das war alles, was ich wissen wollte.

Nach einem Monat machte er seinen Heiratsantrag, und ich war sehr erfreut, endlich wieder einen großen Brillantring geschenkt zu bekommen.

Ich kann nicht behaupten, daß mir die Zukunft mit Gerald als Idealzustand vorschwebte, aber es war immerhin besser als die alte Gemischtwarenhandlung.

Im Büro steckte er mir den Ring an den Finger, und ich lief voller Ungeduld und Eifer zu Jack, um ihm den Ring zu zeigen.

14. KAPITEL

Die letzte Hochzeitsreise

Und so kommen wir denn zur Gegenwart. Ich fing an, dies alles niederzuschreiben, um mir die leeren Tage meiner vierten Hochzeitsreise zu vertreiben. Wir mieteten Jaspars Haus in Aix für sechs Monate. Er hatte geschrieben, daß er eine kleine Versöhnung mit Joseph in die Wege zu leiten gedenke, wobei herauskam, daß er Joseph nach Frankreich schicken und ihn das Haus vermieten lassen wollte. Wir haben es übernommen, aber Joseph bewahrte männliche Zurückhaltung, was die Versöhnung betraf: er sagte, er würde nicht eher daran glauben, bis er Jaspar wiedergesehen habe. Inzwischen fühlt er sich bei seiner Arbeit sehr wohl und verspürt keine Neigung, sich neuen Gefahren, wie etwa den Strapazen von Hollywood, auszusetzen.

So sitze ich hier also auf der schattigen Terrasse unter dem Kastanienbaum mit einer Flasche minderwertiger Tinte und einem typischen Postamts-Federhalter und versuche, mein Leben aufzuschreiben. Wie ich ja schon gesagt habe: der Lauf der Dinge ist doch recht seltsam. Ich hatte mir doch wirklich nicht das Ziel gesetzt, viermal zu heiraten, aber zurückblickend sehe ich nicht, wie ich es hätte vermeiden können.

Jack geht nach dem Frühstück weg, um zu zeichnen; er nimmt einen Eßkorb und eine Flasche Wein mit und kommt vor dem Abendessen nicht zurück; daher habe ich viel Zeit.

»Liebling«, sagte ich heute morgen, »es hat doch wirklich keinen Zweck, daß du deine ganze Energie für den Mont St. Victoire verschwendest. Glaub' mir, andere haben ihn schon gemalt. Du wirst es niemals verkaufen.«

»Mein geliebtes Weib«, sagte er, »du mußt endlich mal deine Besessenheit auf Geld etwas in Schach halten. Ich habe genug von der modernen Malerei. Ich möchte mal untersuchen, wie Cézanne die Sache angepackt hat. Ob das Resultat sich verkauft oder nicht, ist mir egal.«

Aber: es ist eine schöne Bilderserie, die da allmählich an den Wänden von Jaspars Schlafzimmer hängt, und Jack ist inzwischen so berühmt, daß ihm alles, was er zu Papier bringt, sofort von irgend jemandem aus der Hand gerissen wird. Und die Sonne scheint, die Pfirsiche sind reif, der Wein ist gut. Gestern abend gingen wir zur Stadt hinab und saßen den ganzen Abend in einem Café an einem Springbrunnen. Jack skizzierte all die komischen Leute an den anderen Tischen, und ich nahm einen seiner Bleistifte und begann zu kritzeln.

»Was machst du, Liebling – zeichnest du etwa?« fragte er.

»Nein. Ich schreibe. Mein erstes und mein letztes Gedicht«, sagte ich, »eine Dankeshymne, meinem Lieblingsgemahl gewidmet.«

»Um Gottes willen«, sagte Jack, »lies mal vor.« Ich las:

»Der Wein in meinem Glas ist rot und schwer,
Es spiegelt sich in ihm das Lampenlicht,
Verschwimmend in der Straße dämmerndem Gesicht –
Und Sterne, Bäume, Katzen streichen um mich her.

Mein Liebster ist mir nah, er sieht mich an
Und flüstert mir ins Ohr ein hübsches Wort.«

»Das ist gelogen«, unterbrach mich Jack, »ich habe kein einziges Wort gesagt.«

»Und *moulin rouge* dreht sich in einem fort. –
Die abendliche Welt hat es mir angetan.
Man sagt, die Erde sei so ungeheuer groß.
Ich aber weiß, die ganze schöne Welt ist mein.
Und auch der Mond nippt ab und zu an meinem Wein. –
Die ganze große Löwenwelt, sie schläft in meinem Schoß.«

»Danke, mein Süßes«, sagte Jack, »es freut mich, daß du dich bei mir so wohl fühlst. Aber du wirst dich doch nicht etwa in einen Schöngeist verwandeln, dann hätte ich dich nämlich unter falschen Voraussetzungen geheiratet.«

»Ach, das macht nur der Wein«, sagte ich wahrheitsgetreu; und dann: »Jack, du hast mir nie gesagt, warum du so lange mit deinem Heiratsantrag gewartet hast.«

Er legte den linken Arm um mich, mit dem rechten zeichnete er weiter. »Liebling, ich wollte ganz sicher sein, daß du mich nur des Geldes wegen heiratest.«